人民共和國文化與文學叢書

八 編

李 怡 主編

第 17 冊

1951年的共和國文藝界：
「統一戰線」政策下的「整合」（下）

袁 洪 權 著

花木蘭文化事業有限公司

國家圖書館出版品預行編目資料

1951 年的共和國文藝界：「統一戰線」政策下的「整合」（下）
／袁洪權 著 -- 初版 -- 新北市：花木蘭文化事業有限公司，
2020〔民 109〕
目 6+184 面；19×26 公分
（人民共和國文化與文學叢書 八編；第 17 冊）
ISBN 978-986-518-226-7（精裝）
1. 中國當代文學 2. 中國文學史 3. 電影史 4. 文學評論
820.8   109010915

特邀編委（以姓氏筆畫為序）：

ISBN-978-986-518-226-7

9 789865 182267

人民共和國文化與文學叢書
八 編 第十七冊   ISBN：978-986-518-226-7

1951 年的共和國文藝界：
「統一戰線」政策下的「整合」（下）

作　　者 袁洪權
主　　編 李 怡
企　　劃 四川大學中國詩歌研究院
總 編 輯 杜潔祥
副總編輯 楊嘉樂
編　　輯 許郁翎、張雅淋　美術編輯 陳逸婷
印　　刷 普羅文化出版廣告事業
出　　版 花木蘭文化事業有限公司
發 行 人 高小娟
聯絡地址 235 新北市中和區中安街七二號十三樓
　　　　 電話：02-2923-1455／傳真：02-2923-1452
網　　址 http://www.huamulan.tw 信箱 hml 810518@gmail.com
初　　版 2020 年 9 月
全書字數 406226 字
定　　價 八編 18 冊（精裝）台幣 55,000 元

1951 年的共和國文藝界：
「統一戰線」政策下的「整合」（下）

袁洪權　著

目

次

第四章 「文藝建設叢書」與「新文學選集」叢書的出版

　　本章裏，我們把眼光轉向人民共和國初期文藝書籍的出版上。但為了論說的歷史延續性，我們從 40 年代的延安出版經驗出發。40 年代創建新華書店開始，延安邊區的出版事業，緊密地與中國共產黨中央出版局的日常指導相聯繫〔註 1〕。到 40 年代後期，隨著人民軍隊在戰場上的節節勝利，中國共產黨中央加強了對新區〔註 2〕出版業的政策指導。1948 年 12 月 29 日，中國共產黨對新區的出版業做出「暫行規定」，其中涉及到對國民黨政府的出版機關及民營、私營出版業的相關規定：對「國民黨反動派的出版機關」，採取的是「沒收」的政策，這包括正中書局、中國文化服務社、獨立出版社、提拔書店、青年書店、兵學書店等；對「民營及非全部官僚資本所經營的書店」，採取「不接收，仍准繼續營業」，這包括開明書店、世界書局、上海北新書局等〔註 3〕。顯然，中國共產黨在對待新區的出版業時，考慮到了各出版業在革命歷史進程中曾扮演的角色。若是反動政府下依託的出版業，中國共產黨採取了強硬的措施，「直接沒收」；對那些在歷史上曾經起過進步作用的民營出版業，中國共產黨則採取了比較寬鬆的政策，讓它們在接受「必要的調查」之後，「繼續營業」。這對穩定共和國成立前夕出版業的局面，起到了很大的作用。

　　1949 年 9 月 21 日，中國人民政治協商會議第一屆全體會議在北平召開，

〔註 1〕 《新華書店總店史》編輯委員會編：《新華書店總店史（1951～1992）》，北京：
　　　　 人民出版社，1996 年，第 4 頁。
〔註 2〕 這裡的「新區」，其實指的是新解放的地區，即 1948 年被共產黨解放的地區。
〔註 3〕 《中共中央對新區出版事業的政策的暫行規定》，《中華人民共和國出版史料
　　　　 （一九四九年）》第 1 冊，北京：中國書籍出版社，1995 年，第 1 頁。

毛澤東在會上強調,「隨著經濟建設的高潮的到來,不可避免地將要出現一個文化建設的高潮」〔註 4〕。隨著人民共和國的成立,文化建設的目標已經出現,但「對於這個必將到來的文化建設的高潮,我們固然並不是毫無準備,但也必須承認,至今我們準備得還不夠充分」〔註 5〕。很快,人民共和國建立後,文藝出版迅速啟動起來。根據《中國人民政治協商會議共同綱領》的規定,人民共和國政體為「新民主主義即人民民主主義的國家」,「實行工人階級領導的,以工農聯盟為基礎的、團結各民主階級和國內各民族的人民民主專政」,「中國人民政治協商會議為人民民主統一戰線的組織形式」〔註 6〕。國家的政體上,實行的是「統一戰線」政策。這對其他事業性組織,都有規範與指導的意義。具體到經濟政策上,「中華人民共和國經濟建設的根本方針,是以公私兼顧、勞資兩利、城鄉互助、內外交流的政策」,「國家資本與私人資本合作的經濟為國家資本主義性質的經濟」,「在必要和可能的條件下,應鼓勵私人資本主義向國家資本主義方向發展」。人民共和國初期的出版業中,不可否認地帶有經濟資本的運營成分及屬性。根據《中國人民政治協商會議共同綱領》的具體規定,在全國範圍內將實行「公私兼顧、勞資兩利、城鄉互助、內外交流」的新民主主義經濟政策,這就給予了私營出版業合法的活動範圍。

考察人民共和國誕生前夕的中國出版業,國營出版業以新華書店和三聯書店〔註 7〕為主,但與商務印書館、中華書局的規模相比,明顯地還處於劣勢地位〔註 8〕。陸定一曾指出,「現在全國的出版業我們占 1/5,私人占 4/5。我

〔註 4〕毛澤東:《中國人民站起來了》(1949 年 9 月 21 日),《毛澤東選集》第 5 卷,北京:人民出版社,1977 年,第 6 頁。

〔註 5〕《朱德在全國新華書店出版工作會議開幕式上的講話》(1949 年 10 月 3 日),《中華人民共和國出版史料(一九四九年)》第 1 冊,北京:中國書籍出版社,1995 年,第 250 頁。

〔註 6〕《中國人民政治協商會議共同綱領》,《人民日報》,1949 年 9 月 30 日。

〔註 7〕三聯書店於 1948 年 10 月由生活書店、讀書書店、新知書店在香港合併為一家出版社後,與新華書店成為中共控制的主要出版社,它們很快直接轉變為國營出版社。儘管三聯書店很長一段時間扮演著公私合營的角色,但從它所有的股份可以看出,其實早已完成了國家資本主義的轉變。

〔註 8〕胡愈之在新華書店出版工作會議第三次大會上的報告中有詳細的數字說明,「上海公營印刷廠每月可排 650 萬字,私營可排 5700 萬字,相差約 9 倍,印刷方面,公營每月印 9200 令紙,私營則可印 109290 令紙,相差達十餘倍之多」。《全國出版事業概況──胡愈之在全國新華書店出版工作會議第三次大會上的報告》,1949 年 10 月 4 日,《中華人民共和國出版史料(一九四九年)》第 1 冊,北京:中國書籍出版社,1995 年,第 263～264 頁。

們公營出版業應該去領導他們，把他們團結到新民主主義文化事業裏來，給他們有適當的利潤，要和他們合作」〔註9〕。下面表格即是 1950 年出版單位的統計表〔註10〕：

表格一：1950 年出版單位統計表〔註11〕

	合計	國營（地方國營）	公私合營	私營
總計	347	17	9	321
中央（含華北）	52	6	4	42
內蒙	—	—	—	—
東北	1	—	1	—
西北	2	2	—	—
華東	269	7	4	258
中南	19	1	—	18
西南	4	1	—	3

　　即使到 1950 年，私營出版業仍在整個國家出版事業中佔據著重要分量。怎樣有效地調整公營出版業和私營出版業的複雜關係，使國家出版業向良性的方向發展，中國共產黨必然對此作出相應的調整。1949 年 10 月，全國新華書店出版工作會議在北京召開，其主要議題是「使新華書店有計劃地、有步驟地走向統一領導，集中經營」〔註12〕。朱德在新華書店出版工作會議開幕式中強調，私營出版業和公營出版業在共和國的密切關係，應該引起共和國出版業的高度重視，「我們一定要團結一切願意和可能為人民的出版事業服務的人，來共同工作，就一定要把私營出版事業和公私合營的出版事業都團結

〔註9〕《陸部長在出版委員會業務訓練班第一期結業晚會上的講話》（1949 年 7 月 10 日），《中華人民共和國出版史料（一九四九年）》第 1 冊，北京：中國書籍出版社，1995 年，第 174 頁。

〔註10〕《一九五零出版單位統計》，《中華人民共和國出版史料（一九五零年）》第 2 冊，北京：中國書籍出版社，1996 年，第 894 頁。

〔註11〕「從出版物的數字計，在華北、華東、東北三區總計：新華書店占全部公私出版業總數的 32.6%，以冊數計，新華書店占 77.93%（因為新華書店書的印量大）。」《關於領導私營出版業的方針問題》，《中華人民共和國出版史料》（一九五零年）第 2 冊，北京：中國書籍出版社，1996 年，第 121 頁。

〔註12〕《胡愈之在全國新華書店出版工作會議上的開幕辭》，《中華人民共和國出版史料（一九四九年）》第 1 冊，北京：中國書籍出版社，1995 年，第 248～249 頁。

在公營出版事業的周圍而共同從事新中國的文化建設」〔註13〕。

　　1949 年、1950 年,仍舊是人民共和國經濟的恢復時期,這樣調整公私營出版業的關係,顯然有其可取之處。在 1950 年 6 月召開的京津發行工作會議上,胡愈之特別指出,「在調整公私關係上,把公私營出版事業統一在國家領導之下,不僅是有利於私營出版事業,主要的還是有利於國營出版事業,今天我們的國營出版事業的力量還很不夠」〔註14〕。私營出版業和公私合營的出版業,必須在公營出版業的領導與合作下,努力推進人民共和國出版事業的發展。這其實是在出版業中堅持「統一戰線」政策的結果,即中國共產黨對個體私營出版業的「統一戰線」思路和策略的體現。1950 年代初期的現實生活中,「書籍的出版、發行、印刷是與國家建設事業、人民文化生活極關重要的政治工作」〔註15〕,「書籍不再是少數有閒階級的專有品,而是廣大的勞動人民和革命幹部所迫切需要的精神食糧了」〔註16〕,成為一種最基本的出版觀念。書籍被包裝的過程,其實關係到的是每個人的閱讀生活。文學書籍的出版,往往被提高到政治高度。「出版事業是思想戰線上的一個最重要的部門」〔註17〕,這是蘇聯出版界經常強調的一句話。隨著中國政治格局的定位、外交政治的「一邊倒」〔註18〕,人民共和國初期出版界直接從蘇聯出版界汲取「經驗」,以蘇聯的出版經驗作為新中國出版業的重要話語資源和理論參照標準。這樣,在人民共和國文藝界的微觀考察中,文學書籍的出版成為重要的考察環節,也是觀察文藝界的重要視點。

〔註13〕《朱德在全國新華書店出版工作會議開幕式上的講話》(1949 年 10 月 3 日),《中華人民共和國出版史料(一九四九年)》第 1 冊,第 251 頁。

〔註14〕《出版工作的一般方針和目前發行工作的幾個問題(1950 年 6 月 20 日)》,《中華人民共和國出版史料(一九五零年)》第 2 冊,北京:中國書籍出版社,1996年,第 331 頁。

〔註15〕周恩來:《政務院關於改進和發展全國出版事業的指示》,《人民日報》,1950年 11 月 1 日。

〔註16〕中央人民政府出版總署署長胡愈之:《出版工作為廣大人民群眾服務——中華人民共和國三年來的偉大成就》,《人民日報》,1952 年 9 月 25 日。

〔註17〕真理報社論:《為出版工作的高度思想性而鬥爭》,《新華月報》1951 年 11 月號。

〔註18〕「一邊倒」指「倒向蘇聯」。人民共和國成立前夕的 1949 年 7 月 1 日,毛澤東在向全黨作出政治動員時專門談到這一點。他認為:「積四十年和二十八年的經驗,中國人民不是倒向帝國主義一邊,就是倒向社會主義一邊,絕無例外。我們反對倒向帝國主義一邊的蔣介石反動派,我們也反對第三條道路的幻想。」毛澤東:《論人民民主專政》,《毛澤東選集》第 4 卷,北京:人民出版社,1960 年,第 1410 頁。

　　1949 年 10 月 3 日〔註 19〕，出版總署召開全國新華書店出版工作會議。1950 年 10 月，全國出版工作會議在北京舉行。這強烈表明：從作品的出版到最終的發行工作，它們都是一種「國家行為」〔註 20〕。但人民共和國初期文學書籍的出版，卻相當複雜。雖然中國共產黨在革命進程中逐漸掌握了革命的命運，但在經濟上和文化上它並沒有顯示出多少的優勢。人民共和國初期，出版業分為公營出版業和私營出版業，公營出版業的出版行為完全是「國家行為」，私營出版業卻帶有民族資產階級的性質，即商業的「營利性」。人民共和國初期的公營出版業，集中於新華書店、三聯書店、世界知識出版社等與中國共產黨有密切聯繫的出版社。但這與私營出版社相比，實力「非常微小，雖然，它在群眾中的影響並不算小。」〔註 21〕此時，國家需要向新的理想邁進，在毛澤東看來，人民共和國建立後，「隨著經濟建設的高潮的到來，不可避免地將要出現一個文化建設的高潮」〔註 22〕。這需要文學書籍出版的積極推進，更需要新的文藝作品來展現其實績。那麼，人民共和國初期的文藝出版，到底怎樣積極應對、切合國家領導人的這種意圖呢？

　　下面，我們將集中討論：在「中國人民文藝叢書」出版之影響下，「新文學選集」和「文藝建設叢書」這兩套文藝叢書的出版情況，對這兩套叢書在人民共和國報刊雜誌《人民文學》《文藝報》的書刊廣告宣傳情況進行考察，試圖清理出「新文學選集」、「文藝建設叢書」由於不同的編輯態度、不同的編輯範圍，導致人民共和國初期文學建構的「話語裂縫」，並深入地探討兩套書出版差異的背後經濟因素對叢書命運的最終決定意義。我們的話題，首先先從「中國人民文藝叢書」說起。

〔註 19〕北平當時正在舉行政協會議，9 月 26 日籌備會議舉行，後來把籌備會當作開會時間，真正開會時間是 10 月 3 日。

〔註 20〕特別是新華書店建立強大的發行網，更證明了國家在出版發行工作上的國家一體化。

〔註 21〕「上海大大小小的書店和出版社，有二百十餘家，雜誌三百餘種，教科書同業力量占 80%。」《國統區革命出版工作報告——徐伯昕在全國新華書店出版工作會議第五次大會上的報告》（1949 年 10 月 6 日），《中華人民共和國出版史料（一九四九年）》第 1 冊，北京：中國書籍出版社，1995 年，第 313 頁。

〔註 22〕這是毛澤東在中國人民政治協商會議第一屆全體會議珊的開幕詞。毛澤東：《中國人民站起來了》，《毛澤東選集》第 5 卷，北京：人民出版社，1977 年，第 6 頁。

第一節 「中國人民文藝叢書」的編輯、出版與影響

一、「中國人民文藝叢書」的編輯與出版

40 年代前中期，當時還處於抗日戰爭及國共內戰時期，「根據地的紙張、印刷條件都很差」，「出版事業跟不上形勢的需要」〔註 23〕，不可能系統地出版文學藝術書籍，更不可能建構系統的文藝叢書，形成有規模的文藝書籍出版。但 1947 年後，隨著國共軍事力量對比發生了變化，戰爭格局、戰爭的基本態勢也相應發生了根本性改變，中國革命出現戲劇性的變化。毛澤東認為：「中國人民的革命戰爭，現在已經達到了一個轉折點」，「中國人民解放軍已經在中國這一塊土地上扭轉了美國帝國主義及其走狗蔣介石匪幫的反革命車輪，使之走向覆滅的道路，推進了自己的革命車輪，使之走向勝利的道路」。〔註 24〕

隨著中國共產黨在政治、軍事戰線上絕對優勢的形成，1948 年 5 月 9 日，中國共產黨中央決定：「將晉察冀和晉冀魯豫兩大戰略區合併為華北解放區」。在此基礎上，5 月 20 日正式成立中國共產黨中央華北局〔註 25〕。顯然，中國共產黨中央華北局的成立，是為了進一步推進革命事業的發展，積極做好即將進入北平的準備工作。伴隨著政治格局的變動，文化建設的任務也隨之被提上了「議事日程」。8 月 8 日，晉冀魯豫與晉察冀兩大解放區文聯常務理事會積極響應政治形勢的變化，聯名召開華北文藝工作會議，商討合併兩區文聯機構，成立統一的華北文藝界組織事宜〔註 26〕。這就是後來成立的「華北文協」。華北文藝工作者代表大會結束後，「中國人民文藝叢書」開始編選，由新華書店陸續出版。1949 年年初，國內環境與政治格局已經發生明顯變化，華北解放區和東北解放區穩定的社會環境，為推進這套文學書籍的出版提供了良好的「契機」。正是在這樣的背景下，叢書加快了編選的進度。作為建構新的「國家文學」和新的「人民文藝」的系統工程，華北文學藝術界聯合會

〔註 23〕馬烽：《京華七載》，《山西文學》1999 年第 2 期。

〔註 24〕毛澤東：《目前形勢和我們的任務》，《毛澤東選集》第 4 卷，北京：人民出版社，1991 年，第 1243～1244 頁。

〔註 25〕薄一波：《若干重大決策與事件的回顧》上卷，北京：中共中央黨校出版社，1991 年，第 3 頁。

〔註 26〕《文聯召開華北文藝工作者會議商討成立統一組織問題》，《人民日報》，1948年 8 月 16 日。

指定周揚、陳荒煤、趙樹理、陳企霞、柯仲平、陳湧、康濯、歐陽山等人，先後負責這套叢書的「編選工作」。「中國人民文藝叢書」有詳細的編選宗旨和原則〔註27〕，茲摘錄如下：

> 一、本叢書定名為「中國人民文藝叢書」，暫先選編解放區歷年來，特別是 1942 年延安文藝座談會以來各種優秀的與較好的文藝作品，給廣大讀者與一切關心新中國文藝前途的人們以閱讀的方便。

> 二、編輯標準，以每篇作品政治性與藝術性結合，內容與形式統一的程度來決定，特別重視被廣大群眾歡迎並對他們起了重大教育作用的作品。

> 三、作者包括文藝工作者及一部分工農兵群眾與一般幹部，作品的體裁包括戲劇、通訊、小說、詩歌、說書詞及其他一切文藝創作。

> 四、作品按體裁分編。同一體裁的短篇，大致按作品的主題和它所表現的革命時期的先後，分別排列，有時也照顧到地方的特點。同一作者同一體裁的作品達到一定數量時，則編成專集，長篇作品均單獨印行。

> 五、本叢書以後擬陸續編選出版。

這份《編輯凡例》，顯然是 1948 年 8 月「中國人民文藝叢書」編委會決定編選文藝作品之後，最終確定的。這表明，「中國人民文藝叢書」是系統建構的文藝叢書，從「叢書以後擬陸續編選出版」可以看出，它需要在逐步推進的過程中得以完善。歷史經驗也證明：它確實是系統性建構的文藝叢書。

1950 年 1 月 30 日，文化部召開編審委員會，其中談到擬出版的叢書包括人民文藝、蘇聯文藝、五四文藝、古典文學、民間文藝、文藝理論、戲曲和人民電影八種叢書〔註28〕。「人民文藝叢書」赫然在列。

8 月 8 日，文化部藝術局發出書刊預告，談到「中國人民文藝叢書」，「一方面吸引新的好作品，一方面整理和修訂去年出版的各冊。本年擬編輯和出

〔註27〕《「中國人民文藝叢書」編輯例言》，見 1949 年出版的「中國人民文藝叢書」各書中。

〔註28〕蔡楚生 1950 年 1 月 31 日日記。蔡楚生：《蔡楚生文集》（第三卷‧日記卷），北京：中國廣播電視出版社，2006 年，第 338 頁。

版的新作有：火光在前、我們的力量是無敵的、趙巧兒、戰鬥力成長、走向勝利的第一連、永遠前進、漳河小曲、六十八天、在零下四十度等」。〔註29〕一方面是舊作的「修訂」，一方面是「吸引」新的好作品，「中國人民文藝叢書」是在時間的演進中逐漸完善的。即使後來成立人民文學出版社，有的「中國人民文藝叢書」，還用人民出版社名義出版書籍〔註30〕。

二、「中國人民文藝叢書」的出版影響

　　1949 年 1 月北平解放後，華北文協進駐北平，成為中國共產黨歡迎進步的、革命的文藝工作者到平的日常接待機構之一。北平逐漸成為新的政治中心。2 月，華北政府文化藝術工作委員會和華北文協商討決定，由原全國文協在平的理監事同華北文協舉行聯席會議，籌備成立新的全國文藝界組織，召開全國文學藝術工作者代表大會。〔註31〕3 月 3 日，華北人民政府文化藝術工作委員會和華北文協在平舉行茶話會，歡迎到平的全國文協理事、監事，華北文協提出建議，商議成立新的全國文協組織〔註32〕。此時，作為中國共產黨中央華北局宣傳部實際負責人，周揚在編選「中國人民文藝叢書」的同時，他還積極與到平的中華全國文協理監事〔註33〕商談成立全國性文藝組織的問題。從文代會籌委會的大事記來看，3 月 20 日至 25 日，華北文協召集中華全國文協在平理監事舉行數次會議，商討成立全國性文藝組織的問題。3 月 25 日，中國共產黨中央進駐北平，標誌著人民共和的建國問題被提上了議事日程〔註34〕。華北文協積極組織、籌備建立新的全國文藝組織後，有關「中國人民文藝叢書」的編選工作，亦被高效率地開展起來。

〔註29〕 新華社：《今年內將編刊七種文藝叢書》，《人民日報》，1950 年 8 月 8 日。

〔註30〕 比如《零下四十度》曾在書刊廣告中出現，但目前我還沒有發現此版本，在此只能是一種「猜測」。

〔註31〕 王政明：《蕭三傳》，北京：北京圖書館出版社，1996 年，第 355 頁。

〔註32〕 新華社：《華北文藝界在平舉行茶話會，歡迎文藝界人士並交換意見，解放區文藝作品新的主題是真實表現工農兵》，《人民日報》，1949 年 3 月 11 日；《北平又一盛會——文藝界舉行座談，郭沫若矛盾講話號召學習毛澤東思想與工農兵結合》，香港《華商報》，1949 年 3 月 9 日。

〔註33〕 葉聖陶的日記中有詳細的記載：「復開文協監理事會，準備與華北文協開聯席會，籌備全國文藝界協會。又是二小時，余疲甚。」葉聖陶：《葉聖陶集》第 22 卷，南京：江蘇教育出版社，2004 年，第 45 頁。

〔註34〕 薄一波：《若干重大決策與事件的回顧》上卷，北京：中共中央黨校出版社，1991 年，第 37 頁。

　　按照「中國人民文藝叢書‧《編輯凡例》」，其編選宗旨、出版策略，代表
著即將成為執政黨的中國共產黨在意識形態領域進行建構的政黨性行為。「中
國人民文藝叢書」出版的受重視程度，可以與「幹部必讀」〔註35〕、「毛澤東
選集」、「教科書」相媲美，中國共產黨中央「一開頭就有具體的布置，並且
直接掌握，還規定了平、滬、武漢翻印書目，使我們這一時期的出版工作，
有軌道、有重點、有系統」〔註36〕。叢書的出版、發行工作，均由新華書店
負責，而新華書店，是「黨直接領導下的出版發行部門」〔註37〕。10月，中
國共產黨取得執政黨地位後，它繼續推進著這套叢書的出版，各中央局、各
地區仍舊根據新華書店（或者是出版委員會統一版本）「重行排印，打出紙版，
分發各區、各地區，或寄出樣本，由各區翻印」〔註38〕，並且持續到第二次
文代會前夕，顯示出建構「國家文學」（即「人民文學」或「人民文藝」）的
不懈努力〔註39〕。編輯凡例中，編輯委員會特別強調，「本叢書定名為『中國
人民文藝叢書』，暫先選編解放區歷年來，特別是 1942 年延安文藝座談會以
來各種優秀的與較好的文藝作品」〔註40〕。顯然，作為獨特的時間記憶，1942
年被叢書編輯委員會深深領會，它直接指向的是毛澤東《「文藝講話」》的正

〔註35〕「幹部必讀」是一套書系，解放社 1949 年統一版本後陸續出版，1950 年上半
　　　　年全部出齊。這是毛澤東在七屆二中全會總結報告中要求黨的各級幹部認真
　　　　學習的 12 本書，包括：《社會發展簡史》《政治經濟學》《共產黨宣言》《社會
　　　　主義從空想到科學的發展》《帝國主義是資本主義的最高階段》《國家與革命》
　　　　《共產主義運動中的左派幼稚病》《論列寧主義基礎》《蘇聯共產黨（布）歷
　　　　史簡明教程》《論社會主義經濟建設》《列寧斯大林論中國》《馬恩列斯思想方
　　　　法論》。新華書店華東總分店編：《圖書目錄‧第十二號》，1950 年 12 月，第
　　　　26～27 頁。
〔註36〕《出版委員會工作報告（1949 年 10 月 5 日）》，《中華人民共和國出版史料（一
　　　　九四九年）》第 1 冊，北京：中國書籍出版社，1995 年，第 281～282 頁。
〔註37〕《中共中央宣傳部關於全國新華書店出版工作會議的通報（1949 年 10 月 26
　　　　日）》，《中華人民共和國出版史料（一九四九年）》第 1 冊，北京：中國書籍
　　　　出版社，1995 年，第 475 頁。
〔註38〕《關於出版委員會的報告》（1949 年 11 月），《中華人民共和國出版史料（一
　　　　九四九年）》第 1 冊，北京：中國書籍出版社，1995 年，第 479 頁。
〔註39〕「中國人民文藝叢書」的書刊廣告中可以看出，這一系統工程的建設，一直
　　　　持續到 1953 年。在 1950 年到 1953 年期間，有多種書籍編入這套叢書中，著
　　　　名的包括劉白羽、西虹的小說。同時，多數作家對 1948～1949 年編選入「中
　　　　國人民文藝叢書」的作品進行了修改。
〔註40〕中國人民文藝叢書編輯委員會：《「中國人民文藝叢書」編輯例言》，見 1949
　　　　年出版的各種「中國人民文藝叢書」。

統性和合法性。叢書編輯委員會在具體編選作家與作品時，考慮時間界限以 1942 年為天然的「分界線」。

但是，隨著原國統區進步文藝工作者紛紛進入北平，文代會籌委會需要廣泛地「團結」各方面的文藝工作者。這是文藝戰線上的「統一戰線」的內在需要。「中國人民文藝叢書」這樣的編選方式，顯然給到達北平的國統區革命的、進步的文藝工作者一種精神的「壓力」：國統區文藝創作到底重要不重要？原國統區文藝工作者算不算是進步的、革命的文藝工作者？既然文代會籌委會是為建立新的全國性文藝組織，那麼新的全國性文藝組織的力量構成，主要由哪些成分構成呢？國統區文藝被排除在外，原國統區文藝工作者的地位怎樣確認呢？

「中國人民文藝叢書」立足的，是 1942 年毛澤東《「文藝講話」》以來的延安文藝作品。這樣的文藝話語建構，與文代會籌委會的基本構想相吻合。但隨著原國統區文藝工作者逐漸雲集北平，這種作品編選方式，明顯地讓這些進步的文藝工作者感到了政治壓力。為了緩解這種潛在政治壓力，1949 年 4 月，全國文協籌備委員會成立「專門的評選委員會」，分為「小說組、詩歌組、戲劇電影組、音樂組和美術組」〔註41〕五個小組，負責「推薦近五六年來優秀的文藝作品」〔註42〕。時間的倒推，有關國統區文藝作品的推薦，定格在 1944 年。國統區文藝的選編以 1944 年為時間分界線，這年之後的優秀文藝作品，進入了文代會籌委會的作品評選範圍。很顯然，「五六年來優秀的文藝作品」的評選，並不屬於「中國人民文藝叢書」的系統建構，只屬於「評獎」或「作品的展覽」，屬政治待遇而已。

具體對「近五年來」的文學作品進行評選時，文代會籌委會「專門的評選委員會」特別規定：「凡應徵作品，國統區須係近五年問世者，解放區從整風運動以後算起」〔註43〕。1944 年，陪都重慶文藝界在中國共產黨南方局及周恩來的領導下，積極展開學習毛澤東的《「文藝講話」》。在文代會籌委會看來，毛澤東的《「文藝講話」》指導下創作出來的國統區文藝作品，它才應該

〔註41〕《文代會籌委會消息》，《文藝報》（週刊）創刊號（1949 年 5 月 4 日）。
〔註42〕這個所謂的「評選委員會」，成立了五個小組，負責對詩歌、小說、戲劇、通訊和說書詞、美術、音樂等體裁的作品進行編選。茅盾：《一些零碎的感想》，《文藝報》（週刊）創刊號（1949 年 5 月 4 日）。
〔註43〕《中華全國文學藝術工作者代表大會籌備委員會徵集文學藝術作品啟事》，《文藝報》（週刊）創刊號（1949 年 5 月 4 日）。

算作進步的文藝作品。選擇這樣的時間點，其政治的含義也是很明顯的。這種「編選」，實質上是印證毛澤東《「文藝講話」》在國統區文藝理論中的經典意義，其目的是「給廣大讀者與一切關心新中國文藝前途的人們以閱讀和研究的方便」〔註44〕。但它更重要的卻是形塑一種新的文學史觀念，即「人民文藝」的觀念。它通過文藝作品的實績，被展現並得以確立起來。

文代會籌委會「專門的評選委員會」的作品評選方式，帶有文藝的「統一戰線」政策的內在含義〔註45〕。這符合全國文代會試圖達到的最大政治目的：「團結」進步的文學藝術工作者。由於長期的政治影響，中國文藝界形成了所謂的原國統區文藝和解放區文藝。人民共和國即將成立之前夕，在新的政治形勢下，文藝界需要以「團結」〔註46〕的局面，來迎接「新時代」的誕生。革命的「人民文藝」，是在「統一戰線」政策的合力影響下最終形成的。所以，對原國統區文藝應該進行評選，這首先是對原國統區文藝創作的評價，其次是對原國統區文藝工作者政治身份的認定。當時，為了這種評選工作，各種不同的聲音通過《文藝報》週刊得以展現。「專家標準」和「群眾標準」的問題，展開了深入討論。

胡風表達了他對原國統區文藝評選的不同看法。他認為，「在這之前，因為負責同志計劃要把整個抗戰期間的作品評獎，我曾向周揚同志進言過，當時頂好不要評獎，萬一要評獎就專獎解放區的。我當時覺得，萬一評獎得不妥，不但在文藝實踐上要產生負的影響，甚至在政治上也要受到損失的。」〔註47〕胡風的這種理解，並不是沒有道理。儘管胡風作為「統一戰線」政策的對象，但《大眾文藝叢刊》的批判陰影，還沒有在他頭腦中消散。對國統區文藝的評獎，最終涉及到的是文藝的「統一戰線」問題。「評誰」和「不評誰」，大的方面，關係到文藝工作者的團結；小的方面，關係到個人在人民共和國成立後的政治身份。胡風本是詩歌組的實際召集人、小說組成員，他最終以這樣的意見，抵制了對國統區文藝的評獎。

「中國人民文藝叢書」的編選，如果僅僅針對解放區的文藝作品，顯然帶有政治偏見。文代會籌委會這種周全的作品評選考慮，帶有「有意為之」

〔註44〕《「中國人民文藝叢書」廣告》，《文藝報》1卷1期（1949年9月25日）。
〔註45〕這就更加清晰地說明，第一次文代會的召開背後，「統一戰線」作為基本的策略在具體的實踐中突出的政治文化含義。
〔註46〕這就是為什麼第一次文代會特別強調文藝界團結的重要性的內在原因。
〔註47〕胡風：《胡風三十萬言書》，武漢：湖北人民出版社，2003年，第50～51頁。

的潛在考慮，努力推進並落實中國共產黨在文藝戰線上實行的「統一戰線」政策。胡風的這種抵制活動，結果並沒有中斷「中國人民文藝叢書」的繼續編輯與出版，關於原國統區文藝評獎的活動，卻在文代會籌委會的評選委員會初評之後，沒有得到展開〔註 48〕。

　　1949 年全國文代會召開前夕，「中國人民文藝叢書」這項偉大的工程，總算初步完成〔註 49〕，共計 54 種〔註 50〕，每本初版印數為 5000 冊〔註 51〕，均由新華書店出版與發行。文代會期間，這套叢書以 54 冊包裝成書箱，作為中國共產黨華北局〔註 52〕贈送給文代會的「禮物」，奉送給各位文代會代表〔註 53〕。「新的文學」觀念，正是依靠「中國人民文藝叢書」這種處理方式，逐漸成為一種文學的「展望」：創建「人民文藝」。「中國人民文藝叢書」的廣告詞設計中，它特別強調了這種「人民文藝」的實質：「這是解放區近年來文藝作品的選集　這是實踐了毛澤東文藝方向的結果」〔註 54〕。周揚曾對入選的 177 篇作品（包括歌劇、話劇、小說、報告、敘事詩等）的主題，進行過粗略的統計〔註 55〕，其統計數據如下：

　　　　寫抗日戰爭、人民解放戰爭（包括群眾的各種形式的對敵鬥爭）
　　　　與人民軍隊（軍隊作風、軍民關係等）的，101 篇。

〔註 48〕「這個評獎委員會現在尚未組織起來，人數多少？仍舊分組工作呢，抑不分組？（此即每人應閱所有初選的文學藝術作品）現在都還沒有作出結論。」茅盾：《一些零碎的感想》，《文藝報》（週刊）創刊號（1949 年 5 月 4 日）。

〔註 49〕人民共和國成立後關於「人民文藝叢書」書系的出版，除了對已經出版的作品進行修訂出版外，還增加了新的作品。所以，這裡用「初步」完成，是恰當的。它出版延續到 1953 年才真正結束。

〔註 50〕有回憶錄認為「人民文藝叢書」出版了五十七種，陳改玲採用了這種觀點。但我查閱宋雲彬日記和常任俠日記後，可以確定在 1949 年文代會前夕，「中國人民文藝叢書」出版的總數為五十四種。宋雲彬：《紅塵冷眼──一個文化名人筆下的中國三十年》，太原山西人民出版社，2002 年，第 151 頁；常任俠著，沈寧編：《春城紀事》，鄭州：大象出版社，2006 年，第 60 頁。《文藝報》創刊號上的《「中國人民文藝叢書」廣告》也說明僅僅出版了五十四種，這裡我採用五十四種的說法，比較切合文代會前夕的基本狀況。

〔註 51〕對 1949 年「中國人民文藝叢書」的發行量的統計數字，第 1 版第 1 次印數，均為 5000 冊。

〔註 52〕《文代大會收到贈品統計》，《文藝報》（週刊）第 12 期（1949 年 7 月 21 日）。

〔註 53〕葉聖陶、宋雲彬、常任俠、阿英的日記中對此都有記載。

〔註 54〕《「中國人民文藝叢書」廣告》，《文藝報》1 卷 1 期（1949 年 9 月 25 日）。

〔註 55〕這從側面說明，在周揚起草文代會報告時，「中國人民文藝叢書」第一期編選工作，其實已經告一段落。

寫農村土地鬥爭及其他各種反封建鬥爭（包括減租、復仇清算、土地改革，以及反封建迷信、文盲、不衛生、婚姻不自由等）的，41 篇。

寫工業農業生產的，16 篇。其他（如寫幹部作風等），12 篇。從這些統計數字中，我們「可以看出解放區文藝面貌的輪廓，也可以看出中國人民解放鬥爭的大略輪廓與各個側面」〔註56〕。同時，「中國人民文藝叢書」的作者，絕大部分曾經參與過延安邊區和解放區文藝的具體工作，這些文藝工作者都有親身的革命經歷，其作品帶有革命史敘述的基本框架，它們中有 30 年代成名的左翼文藝工作者，也有 40 年代在延安戰火中逐漸成長起來的年輕文藝工作者，還有一小部分來自農村底層的民間說書藝人。值得我們注意的是，「中國人民文藝叢書」還有集體創作的作品，表達出一種新的文學創作方式的興起。這種新的文學創作方式，實現了自五四「新文學」開創以來，知識型文藝工作者向政工型文藝工作者的「轉變」，文藝的工農兵主體身份逐漸被確立起來；文藝創作並不是個人的事業，而是集體的事業；文藝創作不再是個人技能的創作，而是集體分工協作的產物。

1949 年 9 月 25 日，《文藝報》創刊，一個月之後，《人民文學》也創刊了。《文藝報》是中華全國文聯的「機關刊物」，它遵照全國文聯的章程「建設新中國文藝理論和文藝政策」，達到「反映文藝工作的情況，交流經驗，研究問題，展開文藝批評，推進文藝運動」的目的〔註57〕。《人民文學》是中華全國文協的「機關刊物」，它遵照全國文協的章程來建設共和國的文學，「通過各種文學形式反映新中國的成長，表現和讚揚人民大眾在革命鬥爭和生產建設中的偉大業績，創造為人民所喜愛的文學」〔註58〕。它們的創刊（被研究者稱之為「國刊」），代表的是國家行為在文藝界的具體實施〔註59〕。顯然，《人民文學》的「命名」，絕不僅僅是一個文學刊物簡單的「創刊」，它

〔註56〕 周揚：《新的人民的文藝——在中華全國文學藝術工作者代表大會上關於解放區文藝運動的報告》，《人民文學》1949 年第 1 期。

〔註57〕 《文藝報》編委會：《給願意做文藝通訊員的同志們的信》，《文藝報》1 卷 1 期（1949 年 9 月 25 日）。

〔註58〕 《〈人民文學〉廣告》，《文藝報》1 卷 3 期（1949 年 10 月 25 日）。

〔註59〕 吳俊教授在考察《人民文學》時提出的國家文學刊物概念，於我有啟發意義。《自序：「國家文學」解說》，吳俊、郭占濤：《國家文學的想像和實踐：以人民文學為中心的考察》，上海：上海古籍出版社，2007 年。

還包含了深刻的政治意義〔註60〕。按照《共同綱領》的規定，「人民」的組織成分包含有「工人階級、農民階級、革命軍人、知識分子、小資產階級、民族資產階級、少數民族、國外華僑及其他愛國民主分子的代表」，但作為新民主主義即人民民主主義的國家，它將「實行工人階級領導的，以工農聯盟為基礎的、團結各民主階級和國內各民族的人民民主專政」〔註61〕。這就說明，「人民」這一概念的主體，是「工人」和「農民」。在「人民文藝」與「國家文學」這樣的文學觀念的建構中，文藝家複雜的心態被表現了出來，文學觀念的新與舊，也無意識地被表露了出來。「新文學」〔註62〕和「新的文學」是《發刊詞》特別強調的字眼，在價值的取向上，它已經明顯地趨向於「新的文學」〔註63〕。

「新文學」這一 30 年代出現的「關鍵詞」，本身具有歷時性和共時性的含義〔註64〕，但到 40 年代因毛澤東對中國政治、經濟和文化的闡釋，「新文學」的概念已經發生了政治性的變化，成為政治革命敘事中政治化的專有名詞。這樣的論述，必然使「新文學」在新時代面前走向沒落甚至慢慢消失。

1949 年 10 月人民共和國成立後，國家需要「新的文學」觀念，「新文學」

〔註60〕 這裡，我深受德克・博迪的影響，他在日記觀察到，「共產黨的軍隊被永遠定名為人民解放軍，新政府的銀行稱為人民銀行，新的官方報紙為《人民日報》」，「共產黨顯然是想樹立這樣一個信念，即共產黨是為中國大眾謀福利的」。【美】德克・博迪（Derk Bodde）著，洪青耘、陸天華譯：《北京日記——革命的一年》，上海：東方出版中心，2001 年，第 101 頁。

〔註61〕 新華社：《中國人民政治協商會議共同綱領》，《人民日報》，1949 年 9 月 30 日。

〔註62〕 「肅清為帝國主義、封建階級、官僚資產階級服務的反動的文學及其在新文學中的影響，改革在人民中間流行的舊文學，使之為新民主主義國家服務」。這裡所指出的「新文學」，顯然包含著負面的影響。《〈人民文學〉發刊詞》，《人民文學》創刊號（1949 年 10 月 25 日）。

〔註63〕 「新的文學」是一種新型形態的文學，它包括「反映新中國的成長，表現和讚揚人民大眾在革命鬥爭和生產建設中的偉大業績，創造富有思想內容和藝術價值，為人民大眾所喜聞樂見的人民文學」。《〈人民文學〉發刊詞》，《人民文學》創刊號（1949 年 10 月 25 日）。

〔註64〕 洪子誠先生曾嚴格地區分了它們內在的含義，認為「新文學」這一概念的提出和最初的使用，具有這樣的含義：從「歷時」的角度而言，是在表明它與中國「古典」的、「傳統」的文學的時期區分；從「共時」的角度，則顯示這種文學的「現代」性質：題材、主題、語言、文學觀念上發生的重要變革與更替。洪子誠：《中國當代文學史・前言》，北京：北京大學出版社，1999 年，第 II 頁。

在「新的文學」面前，逐漸成為時代的「落伍者」。這種「新的文學」，就是「人民文學」，也是「工農兵文學」。它們將承擔起「積極幫助並指導全國各地區群眾文學活動，使新的文學在工廠、農村、部隊中更普遍更深入的開展」，但這種責任的承擔，更需要「培養群眾中新的文學力量」〔註 65〕。五四成長起來的新文學文藝家，在《人民文學》和《文藝報》上露臉的機會「越來越少」，即使露臉，也不是在文藝創作上呈現，而是集中於文藝批評，或者向傳統或古典的藝術研究〔註 66〕。

　　《文藝報》和《人民文學》，是人民共和國文藝理論與文藝創作的重要陣地。《文藝報》以理論、政策的「規訓」為主，《人民文學》則具體展現文藝的創作實績，特別是「工農兵作家」在人民共和國文藝界的地位及實力的展現。「中國人民文藝叢書」作為中國共產黨在文藝形態建構上的主要體現之一，很快在《文藝報》和《人民文學》持續做書刊廣告，努力推進這套書走向「經典化」。

　　接下來的共和國文學實績怎樣得到具體展現呢？雖然「中國人民文藝叢書」是一項未竟的文學編選事業，但「新的文學力量」在描繪共和國文學的具體建構中，他們將以什麼樣的面貌出現？「中國人民文藝叢書」能一直這樣包容下去嗎？加上人民共和國初期複雜的人事關係，解放區文藝的「形塑者」，無疑是周揚，而丁玲和周揚之間的矛盾，她有沒有可能形塑另外一種文學形態，以抵制周揚形塑的延安解放區文藝存在的缺陷呢？

　　其實，人民共和國初期文學書籍的出版，並不僅僅是文學事件，它背後還有政治因素在起制約作用，「選擇哪些作家及哪些作品出版，都與黨的文藝政策、與『統一戰線思想』、與中國的社會主義革命和建設的進程密不可分。」〔註 67〕「新的國家」需要革命史的合法性論證，文學書寫這時充當的正是這樣的「角色」。周揚曾說：「全中國人民迫切地希望看到描寫這個戰爭的第一部、第二部

〔註 65〕《文藝報》很快在各地招收文藝通訊員，就是證明。在《做一個文藝通訊員》（1 卷 1 期）中，《文藝報》特別強調建立一個健全的文藝通訊網的意義，即是「為實踐文藝的工農兵方向」。後來全國文協倡導建立文藝學校，進一步培養工農兵作家，這就是中央文學研究所的創辦緣起。

〔註 66〕這方面，茅盾和鄭振鐸很明顯，鄭振鐸雖然在《文藝報》上發表作品，但這些文章其實大部分是以傳統藝術的研究為內容的，茅盾在《文藝報》和《人民文學》上發表過作品，但這些作品更主要地是集中於人民共和國文藝批評。

〔註 67〕商金林：《序》。陳改玲：《重建新文學史秩序：1950～1957 年現代作家選集的出版研究》，北京：人民文學出版社，2006 年，第 2 頁。

以至許多部的偉大作品！它們將要不但寫出指戰員的勇敢，而且要寫出它們的智慧、他們的戰術思想，要寫出毛主席的軍事思想如何在人民軍隊中貫徹，這將為中國人民解放鬥爭歷史的最優價值的藝術的記錄。」〔註68〕

　　新的時代裏，選擇什麼樣的書出版，有著重要的政治含義。特別是文學書籍的出版背後，有著政黨或政府對作家的政治價值判斷。「中國人民文藝叢書」的出版背後，明顯地確立起「工農兵文藝」的基礎，以及工農兵出身的文藝工作者的政治地位。總體而言，「中國人民文藝叢書」為毛澤東的《「文藝講話」》提供了合法性論證，中國共產黨依靠著這樣的文學書寫，傳達出它的「道德威信」，進而有效地「整合」著複雜的文藝界和思想界〔註69〕。但50年代初期價值判斷的「不穩定性」，使文學作品的出版明顯隨著政治的變遷而「起伏」與「波動」。即使是工農兵的文藝工作者，在政治浪潮中亦有所變動。

第二節　「文藝建設叢書」的出版

一、年輕作家與文藝領導人的「催生」

　　「中國人民文藝叢書」的出版，「給廣大讀者與一切關心新中國文藝前途的人民以閱讀和研究的方便」〔註70〕。從這裡可以看出，它明顯地強調「中國人民文藝叢書」出版的「政治意義」，它們的出版並沒有以商業價值作為首要考慮的前提。前面我們談到，文代會籌委會把「中國人民文藝叢書」包裝成書箱送給文代會代表，這一送就是接近千套的成本〔註71〕。這可以看出，「中國人民文藝叢書」出版的目的，更大的意義在於政治價值的實現。新華書店

〔註68〕周揚：《新的人民的文藝——在中華全國文學藝術工作者代表大會上關於解放區文藝的報告》，《人民文學》1949年第1期；周揚：《堅決貫徹毛澤東文藝路線》，北京：人民文學出版社，1952年，第26頁。

〔註69〕「道德威信」一詞，來源於劍橋中國史給予的提示意義。原文是這樣的：「政府的權威通常由它的道德威信維繫，這種威信必須通過正當的禮儀活動、對正統信仰的宣傳和警惕地對異端思想進行的鎮壓才能保持下去」。【美】R‧麥克法誇爾（Roderick MacFarquhar）、費正清（John King Fairban）編，謝亮生等譯：《劍橋中華人民共和國史：革命的中國的興起(1949～1965年)》，北京：中國社會科學出版社，1998年，第18頁。

〔註70〕《「中國人民文藝叢書」〈編輯例言〉》，見所有「中國人民文藝叢書」。

〔註71〕據文代會日記中常任俠、王林等人的記載，他們作為代表都獲得了一套贈書，包括五十多冊，都是選入「中國人民文藝叢書」的書籍。常任俠著，沈寧整理：《春城紀事》，鄭州：大象出版社，2006年，第60頁。

作為中國共產黨控制的最大國營出版社，本身也是中國共產黨實現政治目標的出版機關，它把自己的出版事業當作革命事業。

周揚起草文代會關於解放區文藝的報告總結中，我們可以推斷，周揚在寫作此總結前，「中國人民文藝叢書」第一期的編選工作，其實最遲已經在 1949 年 5、6 月份告一段落了。《文藝報》週刊透露，文代會期間它已經作為贈品由中國共產黨華北局贈送給文代大會代表〔註 72〕，每人一套，由文代會籌委會進行分配。按照文學書籍的出版時間及周揚起草關於解放區文藝的報告可以推斷，這套書的出版時間甚至還可以提前。因此，「中國人民文藝叢書」的編選，很多來自解放區年輕的工農兵文藝工作者，不可避免地「漏掉」了，特別是一些有文學實績的年輕文藝作者，比如時年三十六歲的孫犁。1949 年 4 月 24 日，他在給康濯和廠民的信中談到：

> 收到廠民來信，知你們要出叢書，我想湊一冊短篇集子，不知可否？這一本擬集下列幾篇：1.《蘆花蕩》，2.《蒿兒梁》，3.《碑》，4.《藏洞》（原稿存康兄處），5.《丈夫》（存康兄處），6.《女人們》（不知康兄處有存否？如無，則此一篇作罷），7.《囑咐》。如能列入，我則將 1、2、3、7 各篇寄上，並康兄處所存，一同交書店。〔註 73〕

顯然，孫犁在信中透露出，他很想把他編輯的短篇小說集子通過時為「中國人民文藝叢書」編輯的康濯，以該叢書的名義得到出版。從孫犁的想法來看，他很想單獨出版一本屬於文藝叢書的書。但之後，「中國人民文藝叢書」的單行本中，並沒有孫犁的作品，他被排除在這份名單之外。即使後來到 1953 年第二次文代會召開之前出版的「中國人民文藝叢書」，孫犁的小說都沒有單行本出現在這套叢書裏。

「中國人民文藝叢書」以強大的政治權勢作為宣傳推動力、試圖影響新中國文學讀者的閱讀趣味的同時，那些喜愛舊小說、或有知識分子傾向的人，因舊的連載及章回小說因有著明顯的市民情調，知識分子題材的小說，有情節有愛情，符合他們的文學閱讀趣味，而對舊小說一往情深。他們並不喜歡看所謂的工農兵文藝作品。他們甚至認為，「描寫工農兵的書」，「單調、粗糙、缺乏藝術性」。這當中甚至包括有工人讀者，也不喜歡看工農兵文藝。他們認

〔註 72〕《文代大會收到贈品統計》，《文藝報》（週刊）第 12 期（1949 年 7 月 21 日）。
〔註 73〕孫犁：《孫犁全集》第 11 卷，北京：人民文學出版社，2004 年，第 59 頁。

為工農兵的書「太緊張了」，「他們樂意看點輕鬆的書，如神話戲，或山水畫」，「他們工作生活都緊張，娛樂還要緊張，怕要『蹦了箍』」〔註74〕。但是，舊的連載及章回小說，知識分子趣味的文學書籍，與「中國人民文藝叢書」所宣揚的主題有著明顯的差別，帶有更大的消閒性。因此，人民共和國既然確定了「文藝為工農兵服務」的方向，這就必然要去扭轉小市民層的這種閱讀趣味，必然要對創作章回小說及舊的連載小說的那些作家進行說服與教育。這實際上涉及到了對舊文藝的「改造」。

1949 年 9 月 5 日，《文藝報》社邀請平津地區過去常寫長篇連載小說的部分作者，開了一個座談會，會議由《文藝報》社編輯陳企霞主持。丁玲、陳企霞等作為文藝界的實際負責人，參加了此次座談會。解放區的其他文藝家如趙樹理、馬烽、柯仲平等，也參加了這次會議。針對人民共和國初期的文學閱讀，丁玲表達了她對通俗連載小說的意見，「我們要用正確的人生觀改變這種小說讀者的思想和趣味」，「我們而且要求原來的人在原有形式的基礎上以一種新的觀點去寫作」。即將面臨人民共和國的誕生，文藝界也討論到這樣的文學閱讀的趣味，「這不是個人的事情，是整個的事情」〔註75〕。討論中，觀點集中到對「舊趣味」的批評，「玩弄趣味的原因，嚴肅的檢討起來，是創作態度的輕佻，為了發抒個人感情，而不問這是什麼感情。為迎合某一類型的觀眾的心理，不顧值不值得隨和」〔註76〕。文代會召開後不久引起的論爭可以看出，小資產階級的閱讀趣味、舊文藝的閱讀趣味〔註77〕，有著不小的影響。「可不可以寫小資產階級」〔註78〕的論爭，不僅是寫作對象的論爭，而且還包含閱讀中的多重目的。不可否認，在論爭之中存在著「舊觀念舊趣味

〔註74〕丁玲：《跨到新的時代來——談知識分子的舊趣味與工農兵文藝》，《文藝報》2 卷 11 期（1950 年 8 月 25 日）。

〔註75〕楊犁整理：《爭取小市民層的讀者——記舊的連載、章回小說作者座談會》，《文藝報》1 卷 1 期（1949 年 9 月 25 日）。

〔註76〕王朝聞：《拋棄舊趣味——致友人書之七》，《文藝報》（週刊）第 2 期（1949 年 5 月 12 日）。

〔註77〕1949 年 9 月 5 日，文藝報社邀請平津地區過去常寫長篇連載小說的部分作家開座談會，試圖以他們創作舊小說的形式，舊瓶裝新酒式的改換，加入新的時代內容。用舊文學的形式和技巧，來滿足某些人的閱讀趣味。楊犁整理：《爭取小市民層的讀者——記舊的連載、章回小說作者座談會》，《文藝報》1 卷 1 期（1949 年 9 月 25 日）。

〔註78〕文代會返滬代表發表演說後引發的爭議，後在《文匯報》文藝副刊《磁力》上，從 8 月底爭論到 11 月底結束。

的文藝工作者和閱讀者」、「在原則上並不反對工農兵的文藝方向，但對於這些戰鬥的、政治氣氛濃的，與自己生活趣味有距離的，而在市場上一天一天有了勢力的書，卻深深抱著反感！」〔註 79〕

人民共和國初期文學觀念的形塑，不僅需要對舊趣味的文學觀念進行「清理」，而且需要對「五四」以來的中國新文學進行批評。1949 年 10 月，丁玲為青年讀者的文學閱讀問題寫文章，談到文學閱讀中應該注意的問題，其中涉及到冰心和巴金這兩位新文學家。

冰心參與中國新文學的建設，始於 1919 年五四新文化運動。第一個文學十年中，冰心的文學史地位是不容置疑的，至少在丁玲未登上文壇之前，冰心是最著名的中國現代女作家。人民共和國初期，面臨「新的文學」建設，在丁玲看來：「冰心的作品給我們的是愉快、安慰，在思想和情感上使我們與家庭建立許多瑣細的、『剪不斷、理還亂』的感情，當我們要去革命時就想到家庭，想到媽媽怎麼樣，姐姐怎麼樣，把感情束縛在很渺小、很瑣碎、與世界上人類關係很少的事情上，把人的感情縮小了，只能成為一個小姑娘，沒有勇氣飛出去，它使我們關在小圈子裏，那裡面的溪水、帆船、草地、小貓、小狗，解決不了貧窮，解脫不了中國受帝國主義的侵略。今天這個時代需要我們去建設，需要堅強、有勇氣，我們不是屋裏的小盆花，遇到風雨就會凋謝，我們不需要從一滴眼淚中去求安慰和在溫柔裏陶醉，在前進的道路上，我們要去掉這些東西。」〔註 80〕「冰心本是受了五四運動的影響而開始了她的文學生涯的。但她只感染了一點點氣氛，正如她自己所說是早春的淡弱的花朵，不能真正有五四的精神，冰心的文章的確是流麗的，而她的生活趣味也很符合小資產階級所謂優雅的幻想。她實在擁有過一些紳士式的讀者，和不少小資產階級出身的少男少女」。〔註 81〕人民共和國成立時，冰心還遠在日本東京帝國大學講授「中國文學」，沒有參加到文學建設的隊伍中來，對於身處處於海外的中國現代文藝家的評價，在「新的文學」的文學史觀念中，必然被有意貶低〔註 82〕。

〔註 79〕丁玲：《跨到新的時代來：談知識分子的舊興趣與工農兵文藝》，《文藝報》2 卷 11 期（1950 年 8 月 25 日）。

〔註 80〕丁玲：《在前進的道路上──關於讀文學書的問題》，《中國青年》1949 年第 23 期。

〔註 81〕丁玲：《五四雜談》，《文藝報》2 卷 4 期（1950 年 5 月 10 日）。

〔註 82〕就像胡適在中國新詩史上的地位，在人民共和國初期的文學史書寫中被忽視一樣，冰心遇到這樣的文學史「遭遇」並不奇怪。

享有盛名的作家巴金,雖然成為新生政權在文藝戰線上爭取與團結的對象,即「統戰」的對象,但在丁玲的眼裏,巴金的文學作品是有著嚴重的問題的。巴金在第一次文代會上公開地亮了相,並作了《我是來學習的》的即興式專題發言。發言中,巴金特別強調說,「參加這個大會,我不是來發言的,我是來學習的」,「我每次走進會場總有一種回到老家的感覺」〔註 83〕。丁玲作為這個新的家庭的「主人」之一,表達出對巴金作品的看法,她說:「巴金的作品,叫我們革命,起過好的影響,但他的革命既不要領導,又不要群眾,是空想的,跟他過去的作品去走是永遠不會使人更向前走。今天的巴金,他自己也正在要糾正他的不實際的思想作風。」〔註 84〕從丁玲對巴金及作品的看法中,我們可以看出,「回到家」的巴金,並不被「家」裏的人「完全接受」,至少「家」裏的人對他有警惕性的保留意見。新的文學形態的建設,需要的是像徐光耀、馬烽這樣的文藝家創作的文學作品〔註 85〕。巴金如果要在「新的文學」建設中獲得地位,「他自己也正在要糾正他的不實際的思想作風」,因為對於前進的讀者、前進的社會而言,此時巴金的小說,「不能給人指出更前進的道路了」。丁玲甚至要求廣大知識分子擺脫「舊趣味」,「跨到新的時代來」:「讓我們為愛護新文藝的成長而努力,我們應該在愛護之下來批評,卻不是排斥,不是裝著同情的外貌而存心的排斥」,「我們對這些熱心的讀者也是非常放心的,因為他們是要求進步的,他們又已經置身於新社會裏,新社會的各種生活,會從各方面幫助他放棄一些舊觀點的,他們會一天天更接近人民群眾,會一天天更理解人民文藝,甚至他們不久就參加到這裡面來,與大家完成這一新的時代的創作」〔註 86〕。丁玲對巴金的這種貶低態度,發表在公開刊物上,對巴金造成的壓力注定是很大的。在這樣的心情下,巴金在編選他的開明版《巴金選集》的過程中,自然會帶著「恭敬」的態度〔註 87〕。

〔註 83〕巴金:《全國文代大會代表隊大會的感想:我是來學習的——參加文代會的一點感想》,《人民日報》,1949 年 7 月 22 日;巴金:《慰問信及其他》,上海:平明出版社,1951 年,第 1 頁。

〔註 84〕丁玲:《在前進的道路上——關於讀文學書的問題》,《中國青年》1949 年第 23 期。

〔註 85〕徐光耀、馬烽的作品結集出版後,往往在《文藝報》《文匯報》《中國青年》上成為重要的書籍推薦作品,確立為青年人閱讀的重要對象。

〔註 86〕丁玲:《跨到新的時代來——談知識分子的舊趣味與工農兵文藝》,《文藝報》2 卷 11 期(1950 年 8 月 25 日)。

〔註 87〕巴金在《自序》特別強調,「我還是把『新文學選集』中我的一本集子編選出

　　為了清除「舊觀念」、「舊趣味」的文藝作品在人民共和國初期文學閱讀中的負面影響，出版新的文學書籍，佔領現有的文學市場，顯然是明智的決策。「中國人民文藝叢書」的出版，無疑為推進延安文藝的「經典化」，起到了重要作用。前面提及，「中國人民文藝叢書」只針對延安毛澤東《「文藝講話」》以來的解放區文藝，至於人民共和國成立以來的文藝，卻並沒有提上編選的議事日程。毛澤東在中國人民政治協商會議第一屆全體會議上強調，「隨著經濟建設的高潮的到來，不可避免地將要出現一個文化建設的高潮」，「中國人被人認為不文明的時代已經過去了，我們將以一個具有高度文化的民族出現於世界」〔註88〕。但「文化建設的高潮」，需要以文學創作的成績來具體展現。這為「新的文學」的創作努力，提供了方向，它應該被提到文學創作的進程中。

　　作為共和國文藝的總管，周揚積極地參與到文藝的理想建構中。他認為，「現在全國革命已取得基本勝利，中國正邁入一個廣泛地從事經濟建設、政治建設、國防建設和文化建設的新歷史時期」，「我們的文藝工作者必須深入群眾、深入實際，積極參加人民解放鬥爭和新民主主義各方面的建設，並通過各種藝術形式更多地更好地來反映這個鬥爭和建設」〔註89〕。同時，周揚也強調，「反映人民解放戰爭，甚至反映抗日戰爭」的作品更應該需要，戰爭環境中，有資格記錄偉大戰爭場面的作者們顧不上寫，處於和平建設時代給這些作者提供了時間。「國家建設」成為新時代最搶眼的字眼之一，吸引著廣大翻身的民眾、文藝工作者更應該把「創造無愧於這個偉大的人民革命時代有思想的美的作品」〔註90〕作為自己的歷史使命。在周揚的眼裏，五四「新文學」存在著這樣或那樣的問題，這些問題最終是在 1942 年毛澤東《「文藝講話」》後得到了真正解決。所以，人民共和國文藝與延安解放區文藝之間天

　　　　來了」，「使我還有點勇氣做這編選工作的惟一原因，是我對於工作並未失去信心」，「不管我的作品有著種種或大或小的缺點，但我始終沒有說一句謊話」。巴金：《〈巴金選集〉‧自序》，上海：開明書店，1951 年，第 10 頁。
〔註88〕毛澤東：《中國人民站起來了》，《毛澤東選集》第 5 卷，北京：人民出版社，1977 年，第 6 頁。
〔註89〕周揚：《新的人民的文藝──在中華全國文學藝術工作者代表大會上關於解放區文藝工作的報告》，《人民文學》1949 年第 1 期；周揚：《堅決貫徹毛澤東文藝路線》，北京：人民文學出版社，1952 年，第 25 頁。
〔註90〕周揚：《新的人民的文藝──在中華全國文學藝術工作者代表大會上關於解放區文藝工作的報告》，《人民文學》1949 年第 1 期；周揚：《堅決貫徹毛澤東文藝路線》，北京：人民文學出版社，1952 年，第 30 頁。

然的聯繫，被周揚無形地建構了起來。

　　我們再看看丁玲。1944 年 6 月 30 日，丁玲發表《田保霖》。第二天，毛澤東親自寫信給她：「快要天亮了，你們的文章〔註 91〕引得我在洗澡後睡覺前一口氣讀完，我替中國人民慶祝，替你們兩位的新寫作作風慶祝！」〔註 92〕這標誌著經歷兩年沉默期的丁玲，實現了文學風格的徹底轉向。某種意義上說，這是創作生涯中的另一個丁玲〔註 93〕。編選「中國人民文藝叢書」時，丁玲的長篇小說《太陽照在桑乾河上》成為叢書之一部，當時名字叫《桑乾河上》，這顯示出丁玲在解放區文藝中重要的地位。人民共和國成立前，丁玲是解放區文藝的重要實踐者。人民共和國初期她身份的獨特性，以及革命經歷的曲折性與延安革命經驗，決定了她在推進「新的文學」，即「工農兵文藝」建構中的重要角色扮演。文代會後，丁玲成為中華全國文學藝術界聯合會常務委員、中華全國文學工作者協會副主席、中宣部文藝處處長、《文藝報》主編，屬於文藝界領導層的核心人物之一。她的這種文學地位和政治身份，決定了她在「新的文學」目標追求上，成為重要的設計者和參與者。中央文學研究所這一文藝學校的建立，部分就歸功於丁玲的設計與參與努力〔註 94〕。中央文學研究所是一所工農兵作家的培訓學校，它為共和國文藝界輸入了部分政治過硬的文藝工作者，成為文藝運動中重要的文學力量。至於在文藝作品的表現上，則集中於「文藝建設叢書」這一大型文藝叢書的建構。

二、《文藝報》社及丁玲的「有意為之」

　　丁玲的長篇小說《桑乾河上》雖然被列入 1949 年版「中國人民文藝叢書」，但出版這部小說的經歷卻是獨特的。《桑乾河上》曾經差點與「中國人民文藝叢書」失之交臂。我們對這部小說的出版作簡要回顧，以便反映人民共和國成立前解放區文藝建構的複雜性。

〔註91〕還包括歐陽山寫的《活在新社會裏》，與丁玲的《田保霖》同時刊載於 1944 年 6 月 30 日的延安《解放日報》。

〔註92〕《致丁玲、歐陽山》（一九四四年七月一日），毛澤東：《毛澤東書信選集》，北京：人民出版社，1983 年，第 233 頁。

〔註93〕文學史上經常提到的兩個丁玲現象，即是以此為時間劃分點。

〔註94〕後來的任命中，丁玲成為所長。具體參閱第二章：《培養新文藝工作者的「實驗」：中央文學研究所 1951 年開學的前前後後》。

　　1948 年 6 月 1 日，周揚給丁玲寫信，其中談到，「你的長篇稿，託巍峙同志帶回給你。」這裡的「長篇稿」，指的是剛剛完成的長篇小說《桑乾河上》。周揚看過這部小說後，並未置一詞。6 月 16 日，丁玲把稿子交給胡喬木，希望他看看「如在政策上沒有問題，文中有可取之處，願出版」。6 月 23 日，陳伯達看望生病中的丁玲，他告訴丁玲「稿子可以出版，因為艾思奇同他談過了」。艾思奇利用 21、22 日兩天時間閱讀完《桑乾河上》，對周揚提出的「原則問題」、所謂的「老一套」，都不同意。23 日下午，胡喬木送來條子，只說俟看後出版。1949 年 2 月，丁玲見到林伯渠，林告訴她，江青一見到林就告知：周揚阻止了《桑乾河上》的出版〔註 95〕。後來在丁陳反黨集團案中，批判者認為丁玲在小說中描寫的下鄉幹部文采是「隱射周揚」。撇開複雜的人事關係，我們從《桑乾河上》的出版過程中可以發現：解放區文藝的「建構」過程，並不是「鐵板一塊」。

　　1949 年 3 月 6 日，胡風在日記中記下了他和李澤藍的談話。他們交談了四個小時，這是胡風和他人交談時間比較長的一次。正是在這次談話中，胡風知道了周揚和丁玲的「矛盾」：「周揚主張《桑乾河上》不能出版，因為程仁和黑妮戀愛是反階級的。但毛說這作品好，周的看法（或意見）是錯的，且由江青、艾思奇、蕭三向宣傳部保證」〔註 96〕。周揚阻撓長篇小說《桑乾河上》出版的這件事情，顯然在丁玲和周揚之間埋下了不和諧的影子。儘管後來《桑乾河上》成為「中國人民文藝叢書」之一種，但丁玲對周揚卻存在著戒備心理。即使 6 月份到北平參加文代會，丁玲仍舊希望文代會結束後，返回東北繼續從事文學創作。7 月文代會後，丁玲留在了北平，成為共和國文藝的領導人物之一。她留下來的最大緣故，原來是周揚的「力挽」，丁玲成為《文藝報》的主編。

　　具有「指導全國文學藝術創作的一塊意識形態陣地」，「代表更高的領導階層發言，反映國家某一特定時期的文藝政策、願望和意圖」〔註 97〕性質的《文藝報》，作為共和國文藝方向的窗口之一，人民共和國初期它積極地展開著新中國文藝方向的理論建構。儘管它們曾經登載過殷白的《老鐵匠回家》，

〔註 95〕丁玲：《致陳明》，《丁玲全集》第 11 卷，石家莊：河北人民出版社，2001 年，第 79 頁。

〔註 96〕胡風：《胡風全集》第 10 卷，武漢：湖北人民出版社，1999 年，第 37～38 頁。

〔註 97〕程光煒：《〈文藝報〉「編者按」簡論》，《當代作家評論》2004 年第 5 期。

馬烽的《一家彈花機》、蘆玲的《三杆紅旗掛一起》等短篇小說，連載過田間的長篇小說《拍碗圖》，並於 2 卷 2 期闢專欄「寫作園地」刊登新作家的作品，零星地發表一些詩歌外，但《文藝報》本身的文字容量，決定了它不可能以發表文藝作品為主。特別是遇到重大的文學運動及作品批判的時候，《文藝報》肩負文藝批評的使命更加重要。因此，在文藝創作的發表上有所限制：「《文藝報》因為性質與篇幅的限制，不能經常多登載各種文藝作品」，「但在編輯過程中，由於經常和各方面作者有所聯繫，接觸了一些文藝作品方面的稿件」，為了緩解這種內在的「矛盾」，《文藝報》社決定「擴大業務，開始編印『文藝建設叢書』」〔註98〕。

　　這裡，我們看出「文藝建設叢書」的編輯出版，顯然是《文藝報》社的「有意為之」。我們從 1950 年文化部藝術局的出版安排來看，「文藝建設叢書」並沒有進入文化部所列「八部叢書」〔註99〕之列，但它依憑《文藝報》社的便利條件，最終還是積極地編選作品，並在 1950 年 5 月開始出版這套書〔註100〕。《文藝報》社推出「文藝建設叢書」出版，明顯地借鑒了「中國人民文藝叢書」的出版思路。它最初由公私合營的生活·讀書·新知三聯書店〔註101〕出版，1951 年 3 月，人民文學出版社成立後，「文藝建設叢書」很快轉入人民文學出版社出版，與「中國人民文藝叢書」最終匯合，因為此時的人民文學出版社，以「出版中國現代和古代的文學、世界古典的和進步的文學」〔註102〕為己任。「文藝建設叢書」屬於中國現代文學作品，當然成為人民文學出版社理應承擔的出版任務。

　　「文藝建設叢書」有自己的《編輯例言》〔註103〕，著重於「反映新中國

〔註98〕《介紹「文藝建設叢書」》，《文藝報》1 卷 12 期（1950 年 3 月 10 日）。

〔註99〕當時所列八部叢書包括：人民文藝叢書、蘇聯文藝叢書、五四文藝叢書、古典文學叢書、民間文藝叢書、文藝理論叢書、戲曲叢書、人民電影叢書。蔡楚生 1950 年 1 月 30 日日記。蔡楚生：《蔡楚生文集》（第三卷·日記卷），北京：中國廣播電視出版社，2006 年，第 338 頁。

〔註100〕以柯仲平的詩集《從延安到北京》的出版時間為準，目前我在梳理版本時發現，柯仲平的《從延安到北京》是文藝建設叢書出版最早的一部。

〔註101〕其實，三聯書店此時已經成為國營書店，但為了保持它在出版界的影響，並沒有直接透露出這種國營性質而已。

〔註102〕《中央人民政府文化部一九五零年全國文化藝術工作報告與一九五一年計劃要點》，《人民日報》，1951 年 5 月 8 日。

〔註103〕「文藝建設叢書」的編輯例言夾雜在文藝建設叢書的介紹文字中。《介紹「文藝建設叢書」》，《文藝報》1 卷 12 期（1950 年 3 月 10 日）。

貫徹工農兵文藝方向的新成果」〔註104〕，以區別於「中國人民文藝叢書」。其
《編輯例言》如下：

　　一、「文藝建設叢書」的編輯與出版，是想為文藝作者在編輯
與出版方面盡一些力量；為讀者供應一部分文藝讀物。

　　二、自從毛主席在延安文藝座談會上提出文藝為工農兵的方向
及整風運動以後，很多革命青年知識分子，自覺地走上了直接為工
農兵服務的崗位。八九年來，他們在這一個正確的方向上受到了鍛
鍊，在長期的實際生活中得到了哺育。在文藝運動的發展中，也湧
現了不少的工農兵作者。他們中間，有的過去愛好或從事文藝寫作，
有的現在才開始用文藝形式來表達自己所經歷的各方面的生活和鬥
爭。我們覺得這樣的作品，在中國新文藝的建設上是值得重視的。
由於他們缺乏和文藝及出版方面的經常聯繫，在寫作過程或寫出來
以後，常常需要在整理、編輯、介紹出版各方面得到幫助。「文藝建
設叢書」的編行，就要在這一方面盡一部分力量。

　　三、近幾年來，文藝為工農兵方向已經獲得了廣大文藝作者的
擁護，各地文藝作者在這方向下的實踐，已有了不少成績。這成績
一定會一天比一天顯著。這是中國新文藝發展的可喜的事情，文藝
作者也將以自己的努力，參加新中國的文化建設。「文藝建設叢書」
也準備在這一方面為作者們服務。

　　四、文藝的普及工作中，已產生了大量的、為群眾所喜歡的、
各種形式的作品。這中間，有很多比較成功的東西——在思想上、
藝術上比較完美的作品。這些作品的選輯與推廣，就是在普及基礎
上提高的最具體的範例，也是文藝建設中很重要的一部分作品。我
們也希望能為這樣的作品的出版工作服務。

　　五、「文藝建設叢書」以作品為主：長篇、中篇、短篇小說的
集子，詩歌、散文、報告、戲劇及各種文藝作品集子。

　　六、除作品外，也酌量編輯一些能夠推動文藝運動的翻譯作品
和理論文字。

〔註104〕朱寨主編：《中國當代文學思潮史》，北京：人民文學出版社，1987年，第29
　　　　頁。

顯而易見，「文藝建設叢書」的編選是一項系統的工程，它與「中國人民文藝叢書」有著內在的一致性。從文藝理論到文藝創作，再到翻譯作品，它都具體地涉及到了，比「中國人民文藝叢書」強大的建構野心還大。經過兩年多時間的編選，「文藝建設叢書」參與到人民共和國初期的文藝創作實績的展現之中，體現出共和國文藝創作的「基本風貌」。它的出版，對人民共和國初期的文藝創作與文藝實踐，具有明顯的「示範的作用」〔註105〕。1951 年 5 月 12 日，周揚到中央文學研究所給學員們作了一次公開講演，特別提到了「文藝建設叢書」在共和國成立兩年來的重要意義，如立高《永遠向著前方》、陳登科《活人塘》、徐光耀《平原烈火》等小說，「表現人民解放軍的戰鬥和他們的英雄主義」，「描寫抗日戰爭與解放戰爭時期人民對敵人鬥爭的英勇故事」〔註106〕。

實際上，按其體裁，「文藝建設叢書」可分為詩歌、小說、文學理論、民間說書、文學翻譯五種。其中，詩歌有 2 部：《從延安到北京》（柯仲平），《戰鬥的旗》（嚴辰）；小說有 19 部：《黑石坡煤窯演義》（康濯），《壺嘴兒說媒》（秦兆陽，再版時更名為《幸福》），《風雲初記》《採蒲臺》（孫犁），《平原烈火》（徐光耀），《活人塘》（陳登科），《葦塘紀事》（楊沫），《老桑樹底下的故事》（方紀），《開不敗的花朵》（馬加），《村仇》（馬烽），《領導》（李爾重），《拍碗圖》（田間），《僅僅是開始》（郭光），《銅牆鐵壁》（柳青），《為了幸福的明天》（白朗），《我們的節日》（雷加），《早晨六點鐘》（劉白羽），《永遠向著前面》《永生的戰士》（立高）；文藝理論著作有 5 部：《跨到新的時代來》（丁玲），《堅決貫徹毛澤東文藝路線》（周揚），《論生活、藝術和真實》（蕭殷），《為創造新的英雄而努力》（陳荒煤），《光榮的任務》（陳企霞）；散記有 2 部：《人物與紀念》（蕭三），《歐行散記》（丁玲）；民間說書 1 部：《平妖記》（陳明，安波）；翻譯作品 1 部：《美國文學的作家與作品》（丁明）。從這 30 部書中，我們發現：在題材上，「文藝建設叢書」包含有農村題材、革命歷史、工業建設、兩個世界對比下的歐美文學論述、共和國文藝理論闡釋等內容；從著作者年齡上來看，除丁玲、柯仲平、蕭三、周揚外，「文藝建設叢書」的作者全是 40 年代延安成長起來的文藝青年，即：他們是第三個十年成長起來的

〔註105〕朱寨主編：《中國當代文學思潮史》，北京：人民文學出版社，1987 年，第 29 頁。

〔註106〕周揚：《堅決貫徹毛澤東文藝路線》，《文藝報》，4 卷 5 期（1951 年 6 月 25 日）；周揚：《堅決貫徹毛澤東文藝路線》，北京：人民文學出版社，1952 年，第 74 頁。

文藝工作者,「延安經驗」成為重要的衡量標準〔註107〕;從作品的創作時間來看,絕大部分均集中於 1948 年以來,這顯然是區別於 1949 年前「中國人民文藝叢書」的編選,它集中展現的是共和國文藝創作的「實績」;從文藝家的年齡來看,除蕭三、柯仲平、丁玲、周揚外,其餘作者年齡都集中在 25 歲到 40 歲〔註108〕,他們都屬於年輕的文藝作家。從他們從事的工作崗位來看,這些人全部是文藝戰線裏重要文藝工作崗位的實際負責人,或年輕的文藝管理幹部。

明顯地,「文藝建設叢書」的編輯工作,借鑒了「中國人民文藝叢書」的「經驗」。如果說,「中國人民文藝叢書」側重於解放區的文學創作實績的展現,從 1942 年毛澤東的「文藝講話」,到動議召開文代大會之前〔註109〕。那麼,「文藝建設叢書」針對的,則是 1948 年以來,人民共和國「新的文學」建構的努力。在選取的作者對象上,它更傾向於「革命青年」和「工農兵作家」。1950 年 3 月 12 日,《文藝報》刊登了「文藝建設叢書」的介紹。這是「文藝建設叢書」首次在《文藝報》上作書刊廣告介紹〔註110〕。在介紹中,「文藝建設叢書」特別強調工農兵文藝家寫作的「重要意義」,並努力推進這種政治意義的實現,而出版他們創作的文藝作品,正是實現這種目標的主要途徑。

三、曾經有文藝的「統一戰線」政策考慮

「中國人民文藝叢書」的作者編選,從開始編選作品起,它的作者群體是固定的,那就是來自解放區的文藝工作者。但處於人民共和國初期文化環境下的「文藝建設叢書」的編選,還必然有「現實因素」的考慮,那就是作者群體的「變化」。既然共和國的文藝隊伍是「統一戰線」政策下的文藝力量組合,那麼參加文藝建設的,就不應當僅僅是來自解放區的文藝工作者。此

〔註107〕這或許是路翎最終缺席「文藝建設叢書」的根本原因之一。
〔註108〕依據這些作者的出生時間,我們可以看出此時他們的年齡:丁玲47歲,蕭三55歲,柯仲平49歲,周揚43歲,馬朗41歲,白朗39歲,孫犁、陳荒煤、陳企霞、李爾重38歲,嚴辰、楊沫37歲,蕭殷、雷加36歲,田間、劉白羽、柳青、秦兆陽35歲,郭光、陳明34歲,方紀、陳登科32歲,康濯31歲,馬烽29歲,古立高28歲,徐光耀26歲。
〔註109〕但「中國人民文藝叢書」後來的編輯與出版情況來看,它是一個不斷完善的出版體系。雖然 1949 年文代會前出版了五十四種,統一由新華書店出版,之後卻由人民文學出版社繼續出版。當然,後來的史料還證實,在「中國人民文藝叢書」影響下,「東北人民文藝叢書」、「中南人民文藝叢書」相繼得到出版。
〔註110〕記者:《介紹「文藝建設叢書」》,《文藝報》1 卷 12 期(1950 年 3 月 10 日)。

時作為「文藝建設叢書」的實際負責人，丁玲應該有這方面的「考慮」。

其實，在「文藝建設叢書」的編選過程中，丁玲開始的「考慮」，確證了參與共和國文學藝術建構的力量是非常複雜的。因為文藝界實行的是「統一戰線」政策，丁玲和編委會有特別的「考慮」，編委會試圖按照「統一戰線」政策的思維策略，來指導「文藝建設叢書」的具體編選。作為「七月派」的重要小說家路翎，因其共和國初期表現出「充沛」的文學創作力，年齡也僅僅三十七歲，丁玲及「文藝建設叢書」編委會曾把眼光轉向路翎，並試圖把路翎的小說也編輯到「文藝建設叢書」之中。小說集《朱桂花的故事》，就是曾被列入「文藝建設叢書」編選工作計劃的一部作品，丁玲委託康濯編輯此小說集。但在實際的「文藝建設叢書」出版過程中，《朱桂花的故事》最終卻被剔除出去，胡風對此「很不滿意」〔註111〕。

難道是丁玲不願意出版胡風派的作品？這樣的「質疑」明顯是一種「錯誤」。丁玲與胡風的交往時間很長，其歷史可以追溯到 1930 年代的左翼文藝運動時期。而丁玲 40 年代在延安被整肅的時期，遠在國統區胡風仍舊關注著她的命運，為她的作品積極發表大力奔走。從胡風日記看出，丁玲寄予胡風很大的「期望」，他們之間的談話涉及到很多文藝上的話題〔註112〕。雖然我們不知道路翎的作品什麼時候進入了丁玲的閱讀視野，但 1950 年當丁玲閱讀了路翎的文藝作品後，她告訴胡風，「路翎的人物是畸形的」，她「希望路翎五年之內什麼也不要寫，還告訴我說《朱桂花的故事》那些短篇小說很不好」〔註113〕。其實，丁玲最終不把《朱桂花的故事》納入「文藝建設叢書」的出版視野，以及建議路翎五年之內不要寫什麼東西，結合丁玲和胡風 1949 年的相關談話〔註114〕，我們可以看出，這是出於對路翎的「保護」，丁玲遠比胡風深知政治的「複雜性」。

1949 年 11 月，小說《朱桂花的故事》在《天津日報》發表後，因路翎和

〔註111〕「而且不要列入那叢書才好。」這裡的那叢書，正是 1950 年開始編輯的「文藝建設叢書」。胡風：《1950 年 4 月 15 日》，《致路翎書信全編》，鄭州：大象出版社，2004 年，第 86 頁。

〔註112〕胡風：《胡風全集》第 10 卷，武漢：湖北人民出版社，1999 年。

〔註113〕胡風：《胡風三十萬言書》，武漢：湖北人民出版社，2003 年，第 312 頁。

〔註114〕1949 年 3 月 1 日胡風與丁玲的談話中，丁玲已經特別提醒胡風：「要我理解文藝座談會以後的解放區的文藝實績。粗糙，但卻是為了工農兵的（《講話》從發言到成文，約一年）」。胡風：《胡風全集》第 10 卷，武漢：湖北人民出版社，1999 年，第 34 頁。

胡風文藝理論密切的關係，他的創作特別注意人物心理的分析與挖掘，進入到人民共和國初期文化語境中，這不可避免地帶著被論爭的潛在危險。胡風在給路翎的書信中曾這樣說到：「天津寄來了《朱桂花》。看了。多麼好！這裡面有著那麼多的東西，讀著使人喜悅使人感動的東西。我覺得這是一個勝仗。好，這個仗我們要打下去，從黑暗中把這個時代的美好的東西顯示出來，創造新的生活。」〔註 115〕這說明：小說《朱桂花的故事》的創作與發表，被胡風當作「七月派」奠定文壇地位的奠基之作，並試圖通過它，為「七月派」獲得新的文學話語生存空間。但《朱桂花的故事》具體涉及到的工人形象塑造，與人民共和國初期工人階級形象之間內在關係的梳理上，胡風卻「隻字未提」。

　　小說集《朱桂花的故事》最終被剔除出「文藝建設叢書」，其實並不是丁玲和編輯委員會「有意為之」。該小說集裡面，有兩篇描寫工人的作品，按當時「文藝為工農兵服務」的標準來「衡量」，它們本身是有問題的，這就是《朱桂花的故事》和《女工趙梅英》。短篇小說《女工趙梅英》，1950 年 3 月在《小說》月刊發表後，5 月份就受到來自《文藝報》的「批評」。張明東以《評〈女工趙梅英〉》，對小說提出「批評」。他認為，「作者對人物的社會出身，個性特點缺乏本質的瞭解和掌握」，「作品中的趙梅英給人的感覺是一個神經質的人物，一個不可捉摸的、難以理解的穿著工人衣服的小資產階級的人物」〔註 116〕。擅長人物心理描寫的路翎，過度地刻畫工人階級人物形象的心理描寫，反襯出工人階級複雜的個人性格和陰暗心理，這與時代對工人階級的寄託形成強烈的「反差」。後來，小說集《朱桂花的故事》由天津知識書店〔註 117〕出版過。看來，路翎被剔除的背後，主要還是路翎自己的文學話語表達方式與「文藝建設叢書」的《編輯例言》有著內在的緊張，更與毛澤東的《「文藝講話」》有某種緊張關係。

　　1950 年 10 月，《朱桂花的故事》以「十月文藝叢書」的名義，由天津知識書店結集出版。出版後不久，《朱桂花的故事》遭到《文藝報》的「嚴厲批

〔註 115〕胡風：《1949 年 12 月 1 日》，《致路翎書信全編》，鄭州：大象出版社，2004年，第 75 頁。

〔註 116〕張明東：《評〈女工趙梅英〉》，《文藝報》2 卷 5 期（1950 年 5 月 25 日）。

〔註 117〕天津知識書店係共產黨地下黨領導的進步書店，1945 年 12 月創建，1948 年後陷入癱瘓狀態。人民共和國成立後，遷到天津從事編輯工作，1950 年 5 月 1 日，經天津市委宣傳部決定，讀者書店與知識書店合併，定名為知識書店。葉復生：《中國近現代出版通史》第 4 卷，北京：華文出版社，2002 年，第 18 頁。

評」。批判者以強烈的口吻認為，「作者不但沒有探索到工人階級的靈魂深處，他連工人階級的靈魂的門也沒有摸到」，「路翎卻輕率而又自命不凡地以他自己的靈魂代替了工人階級的靈魂，並從而盲目任性地塗寫了在他看來是『真實』的而實際上是捏造的『工人生活』，來代替真正的工人生活」〔註118〕。1952年7月，「十月文藝叢書」被《文藝報》點名批評，為首的第一部小說集，正是路翎的《朱桂花的故事》。「十月文藝叢書」作為叢書被建構起來，其中暗含著一種文學觀念的「生成」。它於1949年人民共和國成立後開始新的文學叢書「編選」，集中於「各種形式的人民文藝底創作與翻譯」，「除歡迎文藝工作者底著譯外」，「也歡迎工農兵大眾的創作」〔註119〕。但它更強調出版業獨立的、高貴的品質，其《凡例》顯得很不順暢，這裡僅摘錄兩則《凡例》的內容：

> 「三、『十月文藝叢書』原則上規定每月出一本，但也許一月數本，或數月一本，有值得出的東西，又有出版能力，多出幾本，沒有值得出的東西，或出版能力有限，就少出幾本」。……「六、『十月文藝叢書』編委會對來稿有修改權，如不願別人修改，務請在稿端注明。退稿須附足夠郵票」。

這樣的編輯凡例，容易給人造成強烈的「壞印象」：「十月文藝叢書」的編輯過程中，「文藝為工農兵服務」的指導性方針並沒有得到真正的體現。編輯部明顯採用了「不合時宜」的語氣。與人民共和國初期出版業高度的政治態度相比，「十月文藝叢書」很容易遭到詬病。它與「文藝建設叢書」的出版意圖相比，顯然「相形見絀」。「文藝建設叢書」由生活・讀書・新知三聯書店，後來改為人民文學出版社出版。生活・讀書・新知三聯書店和人民文學出版社的性質，本身決定了「文藝建設叢書」出版的高度政治意義。三聯書店和人民文學出版社不僅在影響力上超越了地方性出版社天津知識書店，更重要的在於，生活・讀書・新知三聯書店和人民文學出版社背後，有強大的政治與經濟作為支撐，天津知識出版社僅僅是一個天津地委這地方宣傳部支持的小型出版社。

　　「文藝建設叢書」編委會最初對路翎的小說表示「好感」，顯然與方紀的推薦有很大關係。方紀時為天津文協主任，他的中篇小說《老桑樹底下的故

〔註118〕陸希治：《歪曲現實的「現實主義」──評路翎的短篇小說集〈朱桂花的故事〉》，《文藝報》1952年第9期。

〔註119〕《「十月文藝叢書」凡例》，路翎：《朱桂花的故事》，天津：知識書店，1950年。

事》（現在的標準也可以算作長篇小說），正是「文藝建設叢書」推出的第一
輯叢書之一部〔註120〕。但路翎小說在描寫工人階級的轉變問題上，與當時政
治對文學的要求之間，確實存在著距離，甚至是緊張的關係，所以最終被排
除在「文藝建設叢書」的編選之外。1950年1月，路翎在給友人的通信中，
表達出方紀這種對待他小說的態度的「不滿」：

> 我看天津那邊不久也會封起來的。上次《朱桂花》，方紀後來
> 就來過信，說贊同一些人的意見，軍事代表神經質什麼的。我簡直
> 到處搞些神經質，他媽的！如果不是害了病，那就是這個世界在打
> 擺子了。但這又算得什麼呢？這條路就是再艱難，用了一切神聖的
> 名來布置障礙，我們也要用了一切神聖的名走過去的。⋯⋯這麼些
> 年來，我們都是往荊棘裏面衝的。我們也沒有想過有什麼平坦的路
> 擺在面前，這一點又算得了什麼？〔註121〕

方紀發表路翎的《朱桂花的故事》於《天津日報》後，卻受到來自上級部門
的批評。為此，他表現出這樣的態度，是可以理解的。畢竟方紀是從延安走
出來的文藝工作者，他有嚴肅的組織自查能力。

雖然路翎對「文藝建設叢書」的編選和出版，表達了他的強烈不滿，但
一些作品列入叢書出版後，卻給年輕的文藝工作者很大的精神鼓舞。如短篇
小說集《葦塘紀事》出版後，楊沫在1950年7月21日日記〔註122〕中這樣寫
到：「這天是我一生中值得紀念的日子。我的第一本小說集《葦塘紀事》出版
了。這件事情並不曾使我過分欣喜，我只是感到，在我的一生中，也許，從
此奠定了走上文學道理的基礎。這本書的出版使我有信心，今後用文藝的武
器來為人民服務。」「我今生能有一點力量來為人民做些事情，我深深地感念
黨的培育。沒有黨，今天我至多不過是一個平庸的主婦，或者一個庸碌的小
職員，生活的膽子將會壓得我踹不過氣來，哪裏還談得到什麼創作，什麼遠
大的前途！⋯⋯想到這兒，我只想更多地努力，奮勇攀登那迷人的文學高峰。
可是身體、神經⋯⋯我只有耐心地和病魔鬥爭吧！我像生長在貧瘠石頭縫裏

〔註120〕我查閱華東師範大學圖書館所藏的《老桑樹底下的故事》最初版本，上面赫
　　　　然印有「文藝建設叢書（一）」的字樣，從時間來推斷，它最初版本出版於
　　　　1950年9月。
〔註121〕路翎：《1950年1月13日～15日》，《致胡風書信全編》，鄭州：大象出版社，
　　　　2004年，第204頁。
〔註122〕楊沫：《自白——我的日記》，廣州：花城出版社，1985年，第107～108、110
　　　　～111頁。

的一株小草，只有和一切疾風、暴雨作頑強的鬥爭，我才能不死，才能生長，
才能生根、發芽，開花結果。」「當想到，因我思想上的毛病，而給黨造成人
力、財力的損失，造成自己長期不能工作，使大好光陰白白過去，我真恨自
己！」「……我要健康，首先就要打通自己的思想。我沒有權利糟蹋自己的身
體——這身體是屬於人民的。想想，我如果健康，那我的進步、貢獻會比現
在大多了。」短篇小說集《葦塘紀事》的出版，給處於疾病痛苦中掙扎的楊
沫的精神鼓勵，是不可估量的。它被作者楊沫看成是「黨的培育」，黨給予她
的任務。其實，不僅僅是楊沫，很多「文藝建設叢書」的作者，都有這樣的
內心表述。

　　「文藝建設叢書」因路翎作品表現出的問題，最終並沒有在非黨文藝工
作者的作品中考慮，沒有實現文藝戰線的「統一戰線」政策。對路翎及七月
派文藝觀念的「整合」，最終沒有進入「文藝建設叢書」的編輯之中。很快，
胡風及路翎成為共和國文藝方向的「持異議者」，最終被推向共和國文藝觀念
的「對立面」。與「中國人民文藝叢書」的編選考慮一樣，「文藝建設叢書」
最終把目光緊緊地盯在有延安經驗和部隊經驗的文藝工作者的身上。這一政
治、革命經歷的身份，至少在叢書編輯委員會看來，它保證了文藝作品的「純
潔性」，也保證了文藝工作者在政治的信仰上的堅定性，值得組織信賴。

　　需要進一步交代的是，「文藝建設叢書」有正式的「編輯委員會」，其中
編委名單最初是由丁玲、田間、陳企霞、康濯、蕭殷五人組成，它是清一色
的「《文藝報》社編輯部」人員組成。但後來最終形成的編委會人員構成，卻
是丁玲、老舍、艾青、趙樹理、李伯釗、田間、陳企霞、廠民、康濯和蕭殷
十人組成。為什麼老舍會出現在這一名單中呢？而時為中宣部副部長的周揚，
為什麼缺席在這份名單上？

　　1949 年年底，老舍回國後，成為共和國文藝戰線、民主人士關係中重要
的「統戰對象」。雖然周揚沒有出現在編委會的名單上，他的著作《堅決貫徹
毛澤東文藝路線》卻由編委會推薦，以「文藝建設叢書」的名義出版。這表
現出周揚在共和國文藝理論建設上的突出作用。令人奇怪的是，作為編委的
趙樹理，本身是共和國文學閱讀的重要「亮點」，他的作品在共和國成立的初
期成為人民重要的精神食糧，1949 年之後趙樹理的創作並不「貧乏」，「中國
人民文藝叢書」給予趙樹理很高的「待遇」，出版了他兩本書：《李有才板話》
和《李家莊的變遷》。為什麼他的作品沒有一本在「文藝建設叢書」之中呢？

從作者名單中我們可以看出，除了老舍、趙樹理、李伯釗、艾青沒有作品在「文藝建設叢書」之外，其他編委都在「文藝建設叢書」中出版各自的作品。這些，都是值得我們思考的。

第三節　「新文學選集」叢書的出版

一、「先天不足」：人民共和國初期對五四「新文學」的否定性批判態度

處於新時代的轉變過程中，1949 年 5 月，「中國人民文藝叢書」開始出版，1950 年 5 月又推出「文藝建設叢書」出版。這兩套文藝叢書的出版，明顯地表達出新生政權系統建構文學史的「意圖」，努力推進「新的文學」觀念的生成，凸顯出文學創作的「實績」。雖然它們各自的側重點不同，但隨著時間的推移，「中國人民文藝叢書」也漸漸容納 1948 年以後創作的作品，呈現出與「文藝建設叢書」交匯的地方，短篇小說集《永遠前進》就是這樣的典型例子[註123]。這裡，我們可以看出：「文藝建設叢書」和「中國人民文藝叢書」的陸續出版，建構起了「解放區文藝」與「人民共和國文藝」的內在聯繫。在這兩套文藝叢書的影響下，五四「新文學」漸漸成為「舊的文學」。

1949 年 5 月 4 日，作為過來人的楊振聲就專門談到五四「新文學」變成「舊的文學」的「可能性」，他說：

「五四時代新文學的內容，不容分說的是以資產階級為對象，以個人的興趣為出發點的。以資產階級為對象，雖不缺乏優美的材料，但大體上這對象是沉淪的。這就不能不使文藝偏向於揭發與諷刺。以個人的興趣為出發點，又沒有廣大的生活經驗，就流於感傷性的易喜易怒，以及身邊瑣事的描繪。故自五四以來，三十年中的文學，在暴露帝國主義與封建社會方面最顯出他的力量與成績。換句話說，他還屬於在破壞時代的產品，不是建設時代的產品。民十四五以來的革命文學，稍後的大眾文藝，以及抗戰時期的『文學下

〔註123〕「人民文藝叢書」《永遠前進》（1949 短篇選集）中，曾收錄劉白羽的《早晨六點鐘》、秦兆陽的《幸福》，它們都出現在「文藝建設叢書」劉白羽的短篇小說集《早晨六點鐘》、秦兆陽的短篇小說集《壺嘴兒說媒》（後來小說集更名為《幸福》）中。

鄉，文學入伍』的口號，在理論與方向上說，都是正當的；而實踐
卻只能在以後的解放區中。這也說明了必在實際生活中嘗過甘苦，
才能在文學中反映實際。不是站在旁觀的地位與憫人的態度上，而
是放棄了小我，在人民中找到了大我，找到了人民的問題就是自己
的問題；找到了人民的志願就是自己的志願。只有文藝上的技術才
是自己的，也如木匠、泥水匠的技術是自己的一樣。」〔註124〕

作為五四「新文學」的見證人，楊振聲曾被五四精神激發，並參與到五四「新
文學」的建設之中。但1949年5月，在新時代話語下，僅僅時隔三十年的時間，
他改變了自己的「五四觀」。在他看來，五四「新文學」屬於「沉淪的」文學，
屬於「破壞時代的產品」，與新的文化建設的文學相比，它明顯地落伍了：「當
時文學中所表現的人生觀多是調和派的，以個人為出發的，不是徹底的文學革
命，而今天已經演變到以工農兵生活為主要內容的為人民服務的文學。」〔註125〕

對待五四「新文學」運動初期的文藝理論家胡適，因他與原國民政府的
過從甚密的關係，新生政權則更表現出獨特的姿態，「胡適的《文學改良芻議》
之類的文章和所謂『八不』之類的『主義』，充其量不過是『很和平的討論』，
是『歷史進化的態度』，即『一點一滴的改良』，即庸俗的『實驗主義』。正因
為這樣，胡適在文學上的淺薄的主張，決不足以說明五四以後的中國新文學
的進步內容」，「像胡適之流，不但『不配做革命的事業』，而且已經從他的『歧
路』走到死路了。只有始終一貫地忠於人民民主革命事業的中國共產主義者，
才是真正的革命領導者；為這個偉大的革命事業而光榮死難的先烈是永垂不
朽的」〔註126〕。胡適完全被排斥在新文化運動的建設進程中，「落伍陳胡今已
矣，論功蔡李並難量」〔註127〕。

用新的衡量標準來看，五四「新文學」在新的歷史語境和文化語境下，
它表現出嚴重的「先天不足」。那麼，「舊的文學」在人民共和國文藝的建構
過程中，將起到什麼樣的作用呢？它對人民共和國文藝有什麼內在的價值與

〔註124〕楊振聲：《五四與新文學》，《人民日報》，1949年5月4日。
〔註125〕柏生：《幾個「五四」時代的人物訪問記》，《人民日報》，1949年5月4日。
〔註126〕鄧拓：《誰領導了五四運動？》，《人民日報》，1950年4月29日。
〔註127〕「陳胡」指的是陳獨秀、胡適，「蔡李」指的是蔡元培、李大釗。詩注為：「仲
甫晚節不終，深感惋惜；胡適則無恥之尤，仲尼所謂小子鳴鼓而攻之可也」。
柳亞子：《五四紀念一首為輔仁大學附中奔流社預賦》，《柳亞子選集》（下），
北京：人民出版社，1989年，第992頁。

意義？五四以來的「新文學」，在這樣的語境下，它到底應該處於什麼樣的位置？新政權如何擺放它的位置？這必然成為新的文藝界領導人思考的主要問題。雖然第一次文代會期間樹立起了魯迅與毛澤東〔註128〕的聯繫，但「新文學」和解放區文藝之間的關係，有什麼內在的聯繫，我們無法得出明確的「推斷」〔註129〕，這只能是大膽的「推測」。如果真是為了建立起「新文學」與人民共和國文藝的關係，至少在文代會的會議報告中會「體現」出來。但從文代會郭沫若、周揚、茅盾、傅鍾的四個報告裏，我們看到跟魯迅及五四「新文學」相關的論述文字，「少之又少」。下面，我們把眼光轉向郭沫若、周揚、茅盾、丁玲等人1949年後對五四「新文學」的態度。

作為「新文學」的代表人物之一，郭沫若引領著共和國新文藝工作者〔註130〕，響應中國共產黨的號召，積極投身於新文化建設。全國文代會期間，郭沫若扮演著「革命文化的班頭」的角色，「一方面，與中共革命事業的無間交融，使郭沫若總能與中共保持高度的『默契』，準確地把握鬥爭形勢，感應時代的需要，在文化戰線上適時地提出各種鬥爭或建設的目標、號召和任務；另一方面，隨著郭沫若文化權威形象的深入人心，他的言行與舉動又具有了極大的號召力，人們自覺或不自覺地把郭沫若視為了自己的行動指針和前進的方向」〔註131〕。人民共和國成立之後，郭沫若身居國家領導人的行列中，擔任政務院副總理和文教委員會主任，「忙於政務」，他無法顧及到「新的文學」的合法地位構建。其實，郭沫若也不用擔心他的文學地位會出現什麼問題〔註132〕。

〔註128〕文代會的會徽就是魯迅和毛澤東的側面像，安放在文代會會場入口和大會會場的主席臺。

〔註129〕陳改玲在考察中大膽地「推斷」，「第一次文代會的會場主席臺上高掛著毛主席和魯迅的側面像」，這標識出「新文學」與「新中國文學」的聯繫。在我看來，這樣的「推斷」是有問題的，至少目前還沒有明確的依據證明此種推斷。施曉燕提供的文代會圖片可以看出，文代會會徽以魯迅和毛澤東的頭像為標記，只是凸顯出文學和政治之間內在的緊密關係。

〔註130〕郭沫若此時更像一個角色的「扮演者」，成為共產黨在「統一戰線」及文藝戰線上運用的一面旗幟。

〔註131〕斯炎偉：《全國第一次文代會與十七年文學體制的生成》，浙江大學博士學位論文，未刊稿，第18頁。

〔註132〕1941年11月16日，共產黨為郭沫若舉行盛大的祝壽會，慶祝他五十壽辰。周恩來代表中共中央對郭沫若進行高度評價：郭沫若「既沒有在滿清時代做過事，也沒有在北洋政府下任過職，一出手他已經在『五四』前後。」在此之前通過黨組織確立起郭沫若是繼魯迅之後文藝界的旗幟。

丁玲就曾談到，「有很多年輕的朋友都知道高爾基、托爾斯泰、愛倫堡、西蒙諾夫、奧斯特洛夫斯基，卻不十分知道、甚至完全知道中國除了魯迅、郭沫若以外，還曾有過什麼作家」〔註133〕。魯迅、郭沫若這些「五四『新文藝家』」，仍舊是人民共和國文學愛好者們關注與閱讀的對象。新的文學史格局中，政治作為首選的衡量標準，這必然決定了魯迅、郭沫若的文學成就具有的「至高地位」，是不容置疑的。人民共和國初期的文學史家們，清楚地理會了這樣的文學史觀念，「文學價值的優劣，是與作家本身政治的正統性成正比的」，「一位作家的聲望，終須視他在文壇與政治上的地位，以及他能否保持對共產黨忠貞不二的清白記錄而定」〔註134〕。郭沫若文學成就的最終評價，始終站在政治高度上，他是繼魯迅之後中國「新文學」的一面旗幟。即使是「新文學選集」的編選，郭沫若享受的規格也僅次於魯迅，《郭沫若選集》僅次於《魯迅選集》〔註135〕，編委會分上下兩冊出版，第 1 版發行量高達 10000 冊。人民共和國初期，郭沫若以《新華頌》〔註136〕對人民共和國的成立「引吭高歌」，雖然同時代人看不起郭沫若的創作，認為「郭亦一味浮滑，不成東西」〔註137〕，他仍舊成為新時代的詩壇「領航人」，引領著新的詩壇的走向。

　　人民共和國成立後，周揚成為中國共產黨在文藝理論上的主要創建者。「五四」新文學運動及有關「新文學」的思考進入他的視野，最初集中在抗戰期間。這裡，我們關注三個時間點：1940、1946、1949。1940 年，周揚特別強調，「『五四』新文化運動本身有它脆弱的一面。當時的領導人物在新文化歷史舞臺上大都還沒有演完他們的角色就很快地宣告退場。當年白話的健將，後來『不但不再為白話戰鬥，並且將它踏在腳下，拿出古字來嘲笑後進

〔註133〕丁玲：《怎樣對待「五四」時代作品——為〈中國青年報〉寫》，《中國青年報》，
　　　　1951 年 5 月 4 日；丁玲：《到群眾中去落戶》，北京：作家出版社，1954 年，
　　　　第 104 頁。

〔註134〕夏志清著，劉紹銘編譯：《中國現代小說史》，臺北：傳記文學出版社，1991
　　　　年，第 496 頁。

〔註135〕《魯迅選集》係其夫人許廣平編選、馮雪峰寫序言，這也算是一個特例，兩
　　　　個人編選最終完成了對魯迅著作的「經典化」。它分為上、中、下 3 冊出版。

〔註136〕這裡指的是單篇詩歌《新華頌》的發表，雖然宋雲彬在日記中說「郭一味浮
　　　　滑，不成東西」，但這不會影響郭沫若的文學史地位的。後於 1953 年結集出
　　　　版《新華頌》詩集，《新華頌》仍舊置於詩集第一篇。郭沫若：《新華頌》，《人
　　　　民日報》，1949 年 10 月 1 日。

〔註137〕宋雲彬：《紅塵冷眼——一個文化名人筆下的中國三十年》，太原：山西人民
　　　　出版社，2002 年，第 171 頁。

的青年了』。青年期的『暴躁凌厲之氣』讓位給了老年式的恬淡幽閒」〔註138〕。
之後,周揚立足於五四「新文學」的相關思考均由此出發,特別是1942年毛
澤東《「文藝講話」》之後,周揚扮演了毛澤東《「文藝講話」》的闡釋者身份。
1946年,周揚認為,「由於歷史條件與知識水平的限制,新文學初期對於現實
主義的理解還是粗淺的,不徹底的,甚至前後矛盾的」〔註139〕,這樣的話,
成為毛澤東的《新民主主義論》的直接闡發,周揚繼續扮演著毛澤東話語的
演繹者。1949年,周揚起草全國文代會有關解放區文藝的總結報告時,卻把
五四以來的「新文學」置於解放區文藝的「對立面」:「『五四』以來,描寫覺
醒的知識分子,描寫他們對光明的追求、渴望,以至當先驅者的理想與廣大
群眾的行動還沒有結合時孤獨的寂寞的心境的作品,無疑地是曾經起過一定
的啟蒙作用的。但現在,當中國人民已經在中共領導之下,奮鬥了二十多年,
他們在政治上已有了高度的覺悟性、組織性,正在從事於決定中國命運的偉
大行動的時候,我們不盡一切努力去接近他們,描寫他們,而仍停留在知識
分子所習慣的比較狹小的圈子,那麼,我們就將不但嚴重地脫離群眾,而且
也將嚴重地違背歷史的真實,違背現實主義的原則。」〔註140〕五四「新文學」
在他的眼裏,始終成為延安解放區文藝的「對立面」。這種形塑延安文藝「正
統性」的努力,已經明顯地表達出人民共和國文藝在建構過程中,五四「新
文學」作為特定歷史產物,必將被放置於被批判的意義上。

　　無疑,丁玲的文學創作,體現了延安文藝的「實績」,《桑乾河上》成為
「中國人民文藝叢書」之一種,表現出丁玲文學創作方向徹底的「轉變」。1949
年7月全國文代會上,丁玲作專題發言,特別強調毛澤東的《「文藝講話」》
給予人民共和國文學的方向意義,文藝工作者「須要將已經丟棄過的或準備
丟棄、必須丟棄的小資產階級的,一切屬於個人主義的骯髒東西,丟得更乾
淨更徹底;而將已經獲得初步的改造的成果,以群眾為主體、以群眾利益去
衡量是非、冷靜的從執行政策中去處理問題的觀點,以及一切為群眾服務的
品質,鞏固起來擴大開去,務必使自己稱得起毛主席的信徒,千真不假地做

〔註138〕周揚:《周揚文集》第1卷,北京:人民文學出版社,1984年,第318頁。
〔註139〕周揚:《「五四」文學革命雜記》,《周揚文集》第1卷,北京:人民文學出
　　　　版社,1984年,第479頁。
〔註140〕周揚:《新的人民的文藝——在全國文學藝術工作者代表大會上關於解放區文
　　　　藝運動的報告》,《中華全國文學藝術工作者代表大會紀念文集》,北京:新華
　　　　書店,1950年,第71頁;周揚:《周揚文集》,第1卷,北京:人民文學出
　　　　版社,1984年,第514頁。

一個人民的文藝工作者」〔註 141〕。人民共和國成立後,丁玲很快投入文藝的
建設事業之中,先後主編《文藝報》,並積極籌備中央文學研究所的成立,還
主持「文藝建設叢書」編輯委員會的具體工作,歷史給予她的任務,是繁重
的〔註 142〕。要丁玲來建構五四「新文學」的合法性,其艱難的程度可想而知。

作為健在的「新文學」作家,並且在政治上獲得新政權「青睞」的文化
部長茅盾,這時他擔任著中華全國文學藝術界聯合會副主席、中華全國文學
工作者協會主席,主編著中華全國文協「機關刊物」──《人民文學》。表面
上,茅盾在共和國初期文壇顯得也很「風光」。但在內心裏,茅盾卻為他自己
的政治處境、文藝角色的扮演,表現出特定的「憂慮」〔註 143〕。同時代人對
茅盾的文學創作,提出不滿的「質疑」:「近來茅盾寫作每況愈下,幾不堪入
目。」〔註 144〕這是宋雲彬 1950 年 1 月 5 日的「個人記錄」,距離共和國的成
立僅僅三個月的時間。短短 15 字,宋雲彬描畫出共和國初期,茅盾在文藝創
作上出現的「問題」。的確,茅盾再也沒有從事小說創作,其根本原由目前還
沒有人作深入研究,但從這裡我們可以看出,茅盾文學創作的「激情」正在
走向「匱乏」,他內心存在著很大的「隱憂」〔註 145〕。作為文學家,茅盾很清
楚,文學成就不是靠官員的身價來支撐的,它必須在文學實績上有所體現。
但在創作上顯得並不一帆風順的語境下,為了扭轉自己內心的「隱憂」,茅盾
希望重新建構起五四「新文學」在新政權下的「合法」地位。「中國人民文藝
叢書」的強大政治運作程序,使他明顯地感覺到「力不從心」。在東歐各民主
國家中,中國文學的接受,成為比較顯眼的「字眼」,《文藝報》上也經常登

〔註 141〕丁玲:《從群眾中來,到群眾中去》,《中華全國文學藝術工作者代表大會紀念
　　　　文集》,北京:新華書店,1950 年,第 175 頁。
〔註 142〕此時丁玲作為女作家的獨特地位,使她處於高度的忙碌之中,這從她的日程
　　　　安排中可以看出。王增如、李向東編著:《丁玲年譜長編》上卷,天津:天津
　　　　人民出版社,2006 年,第 253~286 頁。
〔註 143〕這種「憂慮」後來在茅盾的文字中表達得很徹底,主要體現在兩個方面:一
　　　　是文學批評中話語方式的變化,另一則是親自給周總理寫信,表達想辭去文
　　　　化部長的意思。
〔註 144〕宋雲彬:《紅塵冷眼──一個文化名人筆下的中國三十年》,太原:山西人民
　　　　出版社,2002 年,第 171 頁。
〔註 145〕研究者指出,「身為文化部長的茅盾,在不得不極力貫徹『為工農兵服務』、『為
　　　　政治服務』、『歌頌光明』之類國家意志與要求的同時,也必須帶頭調整創作
　　　　方向,設法熟悉新的生活,而這對於茅盾來說,顯然已誠非易事了」。楊守森:
　　　　《小說大師與文化部長:茅盾建國後的心態分析》,《山東師範大學學報》(人
　　　　文社會科學版)2002 年第 6 期。

載著這樣的消息，比如：華君武在布拉格看到的東方語學校中，中國「新文學」的接受，主要集中在魯迅、茅盾，「中國人民文藝叢書」中的《王貴與李香香》《地覆天翻》《桑乾河上》《劉胡蘭》《原動力》《暴風驟雨》《白毛女》。〔註146〕文學傳播與文學接受的具體所指，在新的文化語境下發生了顯著的變化，五四「新文學」的合法性，逐漸在強大的「人民文藝」與「國家文學」的建構下，發生了嚴重的「偏向」，這必然導致「新文學」被新的時代產生的「新的文學」，即「人民文藝」，所「取代」。文化部長茅盾也是五四「新文學」的主要參加者與建設者，處在這樣的複雜政治局面裏，有關「新文學」話語體系的建構重任，歷史地落在他的身上。

二、國統區文藝作品評獎的最終「缺席」

在建構「新文學選集」之前，伴隨著「中國人民文藝叢書」的出版，1949年 4 月，文藝界對非解放區作家的作品「要不要評獎」的問題，提上了議事日程。這個時間，從胡風回憶錄中我們可以推測出，大概是在 1949 年 4、5 月間。此時，正是全國文代會的緊張籌備期間。

顯然，文代會籌備委員會考慮到 40 年代中國文學格局的現實狀況，編選「中國人民文藝叢書」的同時，對整個抗戰期間的作品也要「評獎」。這符合基本的文學史事實，雖然解放區文藝自 1942 年 5 月毛澤東的《「文藝講話」》發表以來，取得了「很大的成績」，並從 1948 年 6 月開始，解放區文藝的成績以「中國人民文藝叢書」的形式，開始集結編撰。但國統區文藝的發展，也是不容置疑的，它被當成「第二條戰線」的重要收穫。

文代會籌委會成立「專門的評選委員會」，顯然是基於這樣的現實考慮，決定選編 1944 年以來國統區的文藝作品。這就涉及到對原國統區文藝家及文藝作品的「評價」，它關係到人民共和國文藝精神遺產的繼承問題。1949 年 4 月 6 日，文代會籌備委員會舉行第二次全體會議，成立了「文學藝術評獎委員會」，對解放區和國統區文藝組織「評獎」，負責完成文藝作品的初選工作，到代表大會召開時，將另組評獎委員會，進行「復選」，並須經代表大會通過，方為中選。評選的標準為「專家標準」與「群眾標準」相結合，給獎的方式原則上分為個人獎及團體獎，分別發給獎金、獎狀及獎旗。「文學藝術作品評選委員會」下分小說組（包括散文，報導）、詩歌組、戲劇電影組、美術組、

〔註146〕華君武：《布拉格通信》，《文藝報》2 卷 11 期（1950 年 8 月 25 日）。

音樂組等五組〔註 147〕。

　　但在胡風看來，對於國統區的文藝作品，「當時頂好不要評獎，萬一要評獎就專獎解放區的」。國統區文藝建構本身的「複雜性」，在這樣的時刻來「評獎」，胡風認為，這會帶來很多政治上的「負面影響」：「不但在文藝實踐上要產生負的影響，甚至在政治上也要受到損失的」。〔註 148〕文代會籌備委員會推舉胡風為「小說組」和「詩歌組」的評獎負責人，但由於胡風對這樣的文藝評獎方式的「不支持」，評獎活動最終「夭折」〔註 149〕。研究者指出，這直接導致國統區文藝總結報告在文代會上，呈現出很「尷尬」的局面〔註 150〕。茅盾在文代會上的報告中，對國統區文藝自抗戰以來的總體創作情況進行總結時，提及的國統區文藝創作是很「單薄」的〔註 151〕，有研究者特指出，「後來的研究者常驚詫於國統區報告的『蕭條』，豔慕於解放區報告的『繁茂』，胡風對國統區文藝評獎工作的抵制是造成這強烈反差的重要原因之一。」〔註 152〕胡風的這種「抵制」，往往成為表面現象的「看點」，但從「中國人民文藝叢書」的編選進程來看，其實文代會期間根本就沒有辦法按照「新的文學」評價標準，真正出版國統區文藝作品。文代會結束以後，周揚重提舊事，希望

〔註 147〕本報訊：《評獎全國文藝作品　文藝工作者大會籌備會決定》，《人民日報》，1949 年 4 月 7 日；《文代會籌委會消息・專門委員會》，《文藝報》（週刊）創刊號（1949 年 5 月 4 日）。

〔註 148〕胡風：《胡風三十萬言書》，武漢：湖北人民出版社，2003 年，第 50～51 頁。

〔註 149〕在具體翻閱並整理資料的過程中，我發現胡風的「抵制活動」，是 1944 年以來國統區文藝作品沒有集結出版的「表層」原因。這從「中國人民文藝叢書」的繼續出版可以看出。文代會召開前夕籌備會議過程中，顯然把延安解放區文藝作為重點推出的對象，而國統區文藝只能在批判的聲浪中進入人民共和國文藝。從大會有關國統區文藝的報告及主題發言中，我們也可以體會到大會的這樣安排。

〔註 150〕在吳永平看來，「胡風的『進言』嚴重地影響了國統區報告的起草，這個報告實際上完全迴避了對『整個抗戰期間的作品』的評價，無論是張天翼、姚雪垠、路翎的小說，還是臧克家、綠原的詩歌，或是郭沫若、老舍的劇本，報告中均一字未提」吳永平：《隔膜與猜忌：胡風與姚雪垠的世紀紛爭》，開封：河南大學出版社，2006 年，第 12～13 頁。

〔註 151〕茅盾在報告中提到的作品有郭沫若的《屈原》、陳白塵的《陞官圖》、黃谷柳的《蝦球傳》、馬凡陀的《馬凡陀山歌》，這與國統區文藝自抗戰以來取得的成就相比，顯得實在不相稱。

〔註 152〕茅盾在報告中提到的作品僅僅有這樣幾部：郭沫若的劇本《屈原》、馬凡陀的詩歌、陳白塵的戲劇《陞官圖》、黃谷柳的小說《蝦球傳》。茅盾：《在反動派壓迫下鬥爭和發展的革命文藝：十年來國統區革命文藝運動報告提綱》，《中華全國文學藝術工作者代表大會紀念文集》，北京：新華書店，1950 年，第 45～67 頁。

能積極推進抗戰以來作品的「評獎」，但丁玲等人不贊成「評獎對象的選擇和安排」〔註153〕，最終還是被擱置下來。

同時，前面我們提及，國統區抗戰以來的文藝作品評獎問題，的確是一個非常複雜的話題，評獎牽涉到具體的政治評價，還牽涉到複雜的人事關係〔註154〕，對哪個作家評獎，對哪個作家不評獎，面臨人民共和國誕生，本著「團結」第一位的目標追求，「淡化」國統區文藝作品的「評獎」，無疑是明智的「選擇」。

全國文代會的報告中，周揚特別強調，自毛澤東的《「文藝講話」》以來，解放區文藝取得了重大的成績。他說，「文藝座談會以後，在解放區，文藝的面貌，文藝工作者的面貌，有了根本的改變。這是真正新的人民的文藝」。周揚認為，延安解放區文藝中，「知識分子一般地是作為整個人民解放事業中各方面的工作幹部、作為與體力勞動者相結合的腦力勞動者被描寫著」，雖然五四時期「描寫覺醒的知識分子，描寫他們對光明的追求、渴望，以至當先驅者的理想與廣大群眾的行動還沒有結合時孤獨的寂寞的心境的作品，無疑地是曾經起過一定的啟蒙作用」，「但現在，當中國人民已經在中國共產黨領導之下，奮鬥了二十多年，他們在政治上已有了高度的覺悟性、組織性，正在從事於決定中國命運的偉大行動的時候」，如果文藝工作者「不盡一切努力去接近他們，描寫他們，而仍停留在知識分子所習慣的比較狹小的圈子」，那麼，「我們就不但嚴重地脫離群眾，而且也將嚴重地違背歷史的真實，違背現實主義的原則」〔註155〕。周揚間接地對五四「新文學」進行了「批評」，認為「新文學」只具有歷史的意義，而沒有現實的價值，指出它正確的發展方向就是延安解放區文藝，並進一步凸顯出毛澤東的《「文藝講話」》的現實價值，「毛澤東就從這個根本關鍵上解決了文藝與廣大人民結合的任務，這是『五四』以來所一直企圖解決而沒有能夠解決的任務」〔註156〕。顯然，在周揚的期待中，作為「新的

〔註153〕胡風：《胡風三十萬言書》，武漢：湖北人民出版社，2003年，第51頁。
〔註154〕胡風1949年日記中就透露出這樣的信息。胡風進入解放區後，有文藝工作者向胡風訴苦，說到解放區文藝中的一些問題。胡風對這些問題記載很詳細。同時，胡風受到來自朋友如艾青、田間、丁玲等人的傾心交談，希望他注意複雜的文藝界情況。
〔註155〕周揚：《新的人民的文藝——在中華全國文學藝術工作者代表大會上關於解放區文藝運動的報告》，《人民文學》1949年第1期。
〔註156〕周揚：《堅決貫徹毛澤東文藝路線》，《文藝報》4卷5期（1951年6月25日）；周揚：《堅決貫徹毛澤東文藝路線》，北京：人民文學出版社，1952年，第73頁。

文藝」，人民共和國的文藝應該是在延安解放區文藝的基礎上的新的發展。

全國文代會後不久，上海文藝界 8 月份即展開「關於可不可以寫小資產階級」的論爭，持續爭論達兩個月之久。論爭其實涉及到的，是五四「新文學」書寫方式，在新的時代裏應該怎樣面對。但 10 月，授意於中國共產黨中央宣傳部的何其芳，面對上海文藝界關於「可不可以寫小資產階級」的這場論爭，提出一種對待五四「新文學」的態度，他認為：

> 五四運動以來的新文藝作品，寫小資產階級知識分子的在數量上很多（或甚至是最多），但其中優秀的一部分也主要還是小資產階級民主派的思想內容。它們在過去曾經或多或少地起了推動知識分子和青年學生走向革命的作用，但要用來教育今天的知識分子和青年學生卻已經十分不能勝任了。今天必須以嚴格的馬列主義、毛澤東思想的觀點，才可能很好地教育讀者。根據這樣的觀點來寫小資產階級知識分子，其中最重要的一個問題就是他們與工農兵結合的問題。〔註157〕

何其芳是延安時期毛澤東《「文藝講話」》的重要宣傳者，這樣的觀念表露顯然不僅僅是來自他本人，而是有中國共產黨人的意識的「傳達」。其實，何其芳從側面表達了中國共產黨對待五四「新文學」的基本態度，至少在人民共和國初期的文學語境中，五四「新文學」必然被置於批判的「位置」。

在這樣的語境建構中，最終，40 年代國統區的文藝不僅沒有「評獎」，而且在書籍的出版上也越來越「慎重」，涉及舊作的出版，已經被提升到文藝的「思想改造」的高度，「必須出有分量、有意義的文集」，「隨便找一些對今天沒有現實意義的舊東西來浪費紙張，這是一種惡劣的作風，應當受到批評和反對。目前讀者的購買力那麼困難，買一本書在讀者是多麼鄭重的一件事，而我們的有些作家和出版家卻在濫編濫印，這是值得檢討的」〔註158〕。

三、五四「新文學」出版的「必然性」

五四「新文學」作為歷史的產物，人民共和國成立時，它已經有 30 多年的時間。在與解放區文藝和人民共和國文藝的比較中，它的「不足之處」越

〔註157〕 何其芳：《一個文藝創作問題的爭論》，《文藝報》1 卷 4 期（1949 年 11 月 10 日）；何其芳：《西苑集》，北京：人民文學出版社，1952 年，第 52 頁。

〔註158〕 雖然王子野這裡針對的是周而復 1949 年 10 月出版的雜文集《北望樓雜文》，但能在《人民日報》上發表出來，對於出版舊作的人，顯然是有警示意義的。王子野：《反對濫印文集》，《人民日報》，1950 年 4 月 5 日。

來越明顯。40 年代的國統區文藝，雖然它有毛澤東《「文藝講話」》的影響，但茅盾在有關國統區文藝運動的總結中，對國統區文藝創作的作品，僅僅提到馬凡陀的山歌，陳白塵的《陞官圖》，黃谷柳的《蝦球傳》，提到這幾部作品的最大原因，「不是說，這些作品已經盡善盡美，沒有缺點」，「只是想藉以指出一點，即它們在風格上一致地表現著一種新的傾向：那就是打破了『五四』傳統形式的限制而力求向民族形式與大眾化的方向發展」〔註 159〕。五四「新文學」在茅盾的眼裏，仍舊是「被批判」的對象。但五四「新文學」，有革命的歷史貢獻，這一點是不能否認的。從某種程度上說，五四「新文學」是中國共產黨建構文藝戰線上的「統一戰線」的「原點」〔註 160〕。

　　所以，重新確立五四「新文學」的文學史觀念，對新生政權在文藝戰線上進行必要的歷史線索的梳理，切合了新政權對文藝的「期待」。1950 年 1 月 31 日，政務院文化部開編審委員會議，討論了文化部將出版的書籍，共 8 種叢書，「五四」文藝作為叢書之一種〔註 161〕，被納入文化部的叢書出版計劃中。茅盾所在的文化部處理這樣的事情，順理成章，它代表的是新生政權對文藝歷史觀念的「形塑」，至少表明五四「新文學」還有重要的歷史價值。其實，在《文藝報》的發刊詞上，茅盾也有這樣的表示，「對於中國文學史，尤其是『五四』到現在的新文藝運動史，也應該組織專家們從新的觀點來研究」。〔註 162〕這「新的觀點」的強調，是有特別的意義的，那就是要圍繞著毛澤東《新民主主義論》的「框架」，對五四「新文學」做出新的文學史闡釋。

　　茅盾與中國共產黨的關係是密切的。雖然有嚴重的「脫黨行為」，但他得到中國共產黨的「諒解」，20 年代末為了茅盾的「生命安全」，黨組織曾經護送他到日本避難，迴避國內複雜的政治鬥爭局面。30 年代回國後，茅盾積極參加左翼文藝運動，並在左翼文藝創作中顯示出實績。40 年代初，茅盾有獨特的延安之行，與毛澤東等中國共產黨高層領導人有密切交談，為他贏得了

〔註 159〕茅盾：《在反動派壓迫下鬥爭和發展的革命文藝——十年來國統區革命文藝運動報告提綱》，《中華全國文學藝術工作者代表大會紀念文集》，北京：新華書店，1950 年，第 51 頁；茅盾：《茅盾全集》第 24 卷，北京：人民文學出版社，1996 年，第 52 頁。

〔註 160〕毛澤東對五四運動的論述的基本建構，即是有關「統一戰線」理論的最初形式。

〔註 161〕蔡楚生 1950 年 1 月 31 日日記。蔡楚生：《蔡楚生文集》（第三卷·日記卷），北京：中國廣播電視出版社，2006 年，第 338 頁。

〔註 162〕茅盾：《一致的要求和期望》，《文藝報》創刊號（1949 年 9 月 25 日）。

很大的聲譽〔註163〕。1946 年 12 月，茅盾成為繼郭沫若之後，中國共產黨安排的第二位著名文化人到蘇聯訪談。茅盾的這次訪談是有目的的，他的《蘇聯見聞錄》成為人民共和國文藝建設的重要理論資源。1947 年 10 月國共戰爭激烈展開之時，中國共產黨開始安排民主人士、進步人士及知識分子轉移，茅盾名列其中，成為第一批轉移對象，很快被轉移到香港，並於 1948 年 12 月轉移到東北解放區，1949 年 1 月 7 日到達東北解放區〔註164〕。3 月，茅盾、郭沫若、周揚第一次「合作」，組織召開全國性文藝界工作會議即文代會；7 月，代表國統區文藝做總結報告，顯示出中國共產黨對茅盾在政治上的「信任」。9 月，中國人民政治協商會議第一次全體會議後，人民共和國政權即將成立，文化部的人選，中國共產黨看重了此時作為重要「統戰對象」的茅盾。10 月宣告人民共和國成立後，文化部的運轉工作開始，茅盾成為新政壇的首位文化部長。儘管茅盾受到中國共產黨的禮遇，但這並不等於說，中國共產黨徹底原諒了茅盾的「脫黨」行為，因為「後來雖曾多次設法恢復，由於種種原因，卻一直未能如願」〔註165〕。此時，中國共產黨需要的茅盾，是一個在「統一戰線」政策下的茅盾，他們需要他扮演的是「統戰對象」。

　　從茅盾的人生經歷來看，自 20 年代末期從事文學寫作開始，他的寫作基本上成為他的日常生活，即使在困難的時期，他都積極地從事文學寫作，逐漸與政治鬥爭遠離。此時擔任文化部長，雖然有很多的政治、文化管理工作需要承擔，但骨子裏，茅盾依然想以文藝創作者的身份，立足於新中國文壇。面對「中國人民文藝叢書」和「文藝建設叢書」的出版，茅盾不可能「無動於衷」〔註166〕。但茅盾此時的身份決定了他，只能是「統戰」的角色扮演者〔註167〕。他是依照

〔註163〕其實，茅盾此時的「文體」也在實現悄悄地轉向，向毛澤東的文藝思想靠攏，甚至在話語表達的方式上有驚人的相似。
〔註164〕茅盾：《我所走過的道路》，北京：人民文學出版社，1981 年。
〔註165〕楊守森主編：《二十世紀中國作家心態史》，北京：中央編譯出版社，1998 年，第 358 頁。
〔註166〕一個著名的文藝家，居然沒有一本書列入這兩套書中，確實讓人感到驚訝。
〔註167〕茅盾在回憶錄中有多處表達出自己是「統戰」的對象，並在香港時期寫作文章討論「統一戰線」的問題。1949 年 5 月 4 日紀念五四運動三十週年時，茅盾仍舊談的是文藝的「統一戰線」：「我們這支文化隊伍是有三十年的鬥爭經驗的，我們已不像三十年前的『五四』那時既然缺少經驗，而且陣營不整；現在我們不但知道怎樣戰勝敵人，也知道怎樣團結友軍。」茅盾：《還須準備長期而堅決的鬥爭──為「五四」三十週年紀念作》，《人民日報》，1949 年 5 月 4 日；茅盾：《茅盾全集》第 24 卷，北京：人民文學出版社，1996 年，第 20 頁。

政府（政務院）的文化工作安排，在自己工作的位置上從事實際的工作。

此時的丁玲，積極投身於共和國文藝的「設計」，在她的努力下，「文藝建設叢書」開始了出版，佔據文學市場。丁玲在文代會期間，還試圖按照高爾基文學院的實踐經驗，建立「全國文學研究院」，後來雖然沒有成立全國文學研究院這樣的高等教育單位，但中央文學研究所的成立，已經達到了丁玲建構新的「文藝學校」的目的。與其他文藝家相比，丁玲與五四「新文學」有著天然的聯繫。她直接接受五四「新文學」的影響，後來在新文學作家葉聖陶的賞識下，逐漸登上文壇。曾經一段時間裏，丁玲秉承了五四「新文學」的「啟蒙」的文學觀，在延安大力提倡「還是雜文時代」，寫出像《在醫院中》《我在霞村的時候》《三八節有感》《夜》等文藝作品。丁玲不可能像周揚、何其芳那樣，直接表達出對五四「新文學」的反感。雖然她曾經對冰心、巴金等五四「新文學」作家提出嚴厲的「批評」，但那些只是表面文章，作為身處新的文藝領導人的位置的身份扮演，丁玲不得不說出一些讓人震驚的話。但骨子深處，丁玲深愛著五四「新文學」。在她負責的中央文學研究所，她還積極地推進年輕的工農兵文藝工作者學習五四「新文學」作品。但年輕的共和國文藝幹部們、文藝青年們的實際學習情況，卻剛好相反。這些年輕的文藝學員們，好像普遍接受了何其芳的「告誡」，對五四「新文學」普遍地產生了厭倦的情緒，「很多年輕的朋友都知道高爾基、托爾斯泰、愛倫堡、西蒙諾夫、奧斯特洛夫斯基，卻不十分知道、甚至完全不知道中國除了魯迅、郭沫若以外，還曾有過什麼作家」，「也有少數人有這種偏見，以為凡是由『五四』新文學影響下生長出來的作家，是要不得的，甚至拿這種話當作一種諷刺」〔註168〕。儘管中央文學研究所積極地展開對「新文學」的文學史歷程的學習，並邀請曹靖華、郭沫若、茅盾、葉聖陶、老舍、李廣田、艾青、田漢等人講解有關現代文學史的相關問題〔註169〕，但年輕的學員們還是出現這樣的牴觸情緒及心理。

可見，五四「新文學」在人民共和國初期的文學閱讀中，其遭遇多麼尷尬。為了扭轉讀者對「五四」新文學的態度，建立起五四新文學的整體觀和正確觀點，出版必然納入視野。

〔註168〕丁玲：《怎樣對待「五四」時代作品——為〈中國青年報〉寫》，《中國青年報》，1951 年 5 月 4 日；丁玲：《到群眾中去落戶》，北京：作家出版社，1954 年，第 104 頁。
〔註169〕曹靖華講「魯迅雜文」、郭沫若講「創造社及其作品」、茅盾講「文學研究會」、葉聖陶講「茅盾的短篇小說」、老舍講「抗戰時期的重慶文協」、李廣田講「關於聞一多」、艾青講「新詩的源流和發展」、田漢講「南國社及當時的戲劇運動」。

四、「統一戰線」政策作為編選的出發點：「新文學選集」叢書人選名單的考察

前面我們提及，1950 年 1 月 31 日，文化部召開編審委員會會議，打算出版「『五四』文藝」等八種叢書〔註170〕。這是目前我們看到有關「新文學選集」動議編選的最早時間。為此，中央人民政府文化部藝術局發出徵求文藝資料的「啟事」：「本局工作上要求對『五四』運動以來之新文學運動，作有系統之研究，特向全國各地出版機關、文藝團體、藏書家、文藝工作者及各界人士徵求有關新文學運動之文獻資料等。……徵集範圍：1 文藝書刊——『五四』以來，全國各地各時期中出版之文學、美術、戲劇等類重要書籍，雜誌，報紙，現在書肆不易買到者；以及抗日時期各根據地印行之油印鉛印文藝書刊等；2 文藝史料——全國各地各時期中文藝運動及社團之文獻史料；死難革命作家、文藝工作者之傳略、調查報告，及圖片等；3 書目索引——各出版機關、圖書館、文化團體過去幾現在印行之文藝圖書目錄、論文索引、日報雜誌索引等。」〔註171〕8 月 8 日，《人民日報》通報了文化部藝術局編譯處擬出版的七種文藝叢書，「新文學選集」赫然在列，選集的名單大體確定下來，包括：「魯迅選集、郭沫若選集、茅盾選集、葉聖陶選集、蔣光慈選集、丁玲選集、田漢選集、聞一多選集、胡也頻等選集、柔石等選集、許地山選集、巴金選集、老舍選集、洪深選集、朱自清選集、郁達夫選集、王魯彥選集、艾青選集、張天翼選集、曹禺選集等。」〔註172〕顯然，按照最初的編選方式，《胡也頻選集》和《柔石選集》是和其他革命烈士（洪靈菲、殷夫）合集出版〔註173〕，最終還是以單冊的形式出版。

「五四」新文藝家們和 30 年代的進步文藝工作者們，此時成為人民共和國文藝隊伍的重要力量構成。至少我們看到，這些人曾經在「五四」新文學運動和 30 年代文藝運動期間，已經登上了文學藝術舞臺，表現出他們重要的

〔註170〕包括「人民文藝叢書」、「蘇聯文藝叢書」、「五四文藝叢書」、「古典文學叢書」、「民間文藝叢書」、「文藝理論叢書」、「戲曲叢書」、「人民電影叢書」八種。蔡楚生：《蔡楚生文集》（第三卷·日記卷），北京：中國廣播電視出版社，2006 年，第 338 頁。

〔註171〕《中央人民政府文化部藝術局徵求文藝資料》，《小說月刊》4 卷 2 期（1950 年 6 月 1 日）。

〔註172〕《今年內將編刊七種文藝叢書》，《人民日報》，1950 年 8 月 8 日。

〔註173〕「採取自選及推選相配合的方法，編成專集或合集」，這是編委會最初的構想，所以在《人民日報》透露信息時我們看到「胡也頻等選集、柔石等選集」。這確實表明它們將是合集的形式。

文學藝術成就，他們是：柳亞子、郭沫若、鄭振鐸、歐陽予倩、葉聖陶、王統照、熊佛西、倪貽德、俞平伯、馮至、曹禺、巴金、李廣田、蔡楚生、齊白石、程硯秋、馬思聰、周信芳〔註174〕等。此時，儘管他們不是共產黨員，但他們作為進步的文學藝術工作者，卻成為中國共產黨重要的「統戰對象」。對他們的「統一戰線」政策的策略性安排，大部分依據的是他們的革命經歷，以及對待中國共產黨的「政治態度」。這些人不僅作為進步的文學藝術工作者或民主人士，而且他們對中國共產黨在政治上是完全擁護的。重新形塑這些人的文學史成就，也是新政權必然思考的話題。我們仔細考察健在的「新文學選集」入選者的基本情況，可以清楚地看出出版這套書的「真實意圖」。

表格二：健在的「新文學選集」入選者簡況表〔註175〕

入選者姓名	擔任職務情況	是否中共黨員	是否統戰對象
郭沫若	中央人民政府政務院副總理、文教委員會主任；中國科學院院長；中華全國文聯主席；中華全國文聯全國委員會常務委員；中華全國文協全國委員。	否	統戰對象
茅盾	中央人民政府政務院文化部部長、文教委員會副主任；中華全國文聯全國委員會常務委員；中華全國文協全國委員會常務委員、顧問委員會主任；中華全國文聯副主席；中華全國文學工作者協會主席；《人民文學》主編。	否	統戰對象
葉聖陶	中央人民政府出版總署副署長、教育部副部長。	否	統戰對象
丁玲	中華全國文聯全國委員會常務委員；中華全國文協全國委員會常務委員、顧問委員會主任；中華全國文協副主席；中宣部文藝處處長；《文藝報》主編；中央文學研究所所長。	是	非統戰對象
趙樹理	中華全國文聯全國委員會常務委員；中華全國文協全國委員會常務委員；北京市文聯副主席；大眾文學研究會副主席；中華全國曲藝改進會籌委會常委；《說說唱唱》主編。	是	非統戰對象

〔註174〕這份名單來自於中華全國文學藝術節聯合會全國委員會委員名單，這些人員在二三十年代並不是中國共產黨員。中華全國文學藝術工作者代表大會宣傳處編：《中華全國文學藝術工作者代表大會紀念文集》，北京：新華書店，1950年，第579頁。

〔註175〕依據文代會後的全國文藝組織名單整理。中華全國文學藝術工作者代表大會宣傳處編：《中華全國文學藝術工作者代表大會紀念文集》，北京：新華書店，1950年，第579～591頁。同時參閱的資料還有作家個人自傳文字。

洪深	中華全國文聯全國委員會常務委員；中華全國劇協副主席；中華全國劇協研究部負責人；對外文化聯絡局局長。	否	統戰對象
曹禺	中華全國劇協常務委員、編輯出版部負責人；中華全國劇協副主席；中央戲劇學院副院長。	否	統戰對象
巴金	中華全國文協會常務委員；上海市文聯副主席；平明出版社社長。	否	統戰對象
老舍	政務院文教委員會委員；中華全國文學藝術界聯合會全國委員會委員；北京市文聯主席。	否	統戰對象
張天翼	《人民文學》編委；中央文學研究所副所長。	否	統戰對象
艾青	中華全國文協常務委員；《人民文學》副主編。	是	非統戰對象
田漢	中華全國文學藝術界聯合會常務委員；中華全國文學工作者協會全國委員；中華全國戲劇工作者協會主席、戲劇創作委員會主委；中華全國電影藝術工作者協會全國委員；文化部戲曲改進局局長；中國戲曲學校校長。	是	非統戰對象

十二位健在者，居然有七位是中國共產黨在文藝戰線上急切需要「統戰」的對象。如果考察這十二位入選者的「前背景」，我們知道艾青在延安時期也是中國共產黨的「統戰對象」，經歷文藝整風運動之後，艾青成為中國共產黨員。所以，「統戰」成為「新文學選集」出版的最重要目的和意圖。入選「新文學選集」名單、去世的文藝家包括十二位，他們是：柔石、胡也頻、洪靈菲、殷夫（加上馮鏗被稱為「左聯五烈士」，1931 年 2 月被國民政府殺害）、蔣光慈（1931 年 8 月病逝）、瞿秋白（1935 年 6 月，國民政府殺害）、魯迅（1936 年 10 月病逝）、許地山（1941 年 8 月病逝）、魯彥（1944 年 8 月病逝）、郁達夫（1945 年 8 月，日本憲兵所殺）、聞一多（1946 年 7 月，國民政府所殺）、朱自清（1948 年 8 月病逝）。這十二人中，魯迅、許地山、郁達夫、聞一多、朱自清曾經是著名的民主人士、文藝家，他們生前本是中國共產黨極力爭取的對象，是重要的「統戰人士」。瞿秋白因他在 20 世紀 20、30 年代左翼文藝運動及中國共產黨黨內的重要地位，決定了他的作品能夠入選。加之此時正在編輯出版《瞿秋白文集》，先期出版他的選集，包含了廣告宣傳的意義。柔石、胡也頻、洪靈菲、殷夫作為左聯五烈士的經典性敘事，在 50 年代這樣的文學史語境下來完成，顯然帶有「意識形態」的色彩〔註 176〕。這十二位犧牲

〔註 176〕陳改玲：《重建新文學史秩序：1951～1957 年現代作家選集的出版研究》，北京：人民文學出版社，2006 年，第 33 頁。

者，都被新政權定為「烈士」，這時出版他們的作品選集，其政治意味就更加濃厚，「他們的犧牲正說明了中國人民的、革命的文學和文化所走過來的路，是壯烈的」〔註177〕。

　　所以，入選名單的細節閱讀中，我們發現：「新文學選集」的出版，主要的原因還是來自於文藝戰線上的「統一戰線」政策的需要，這也是為了穩定人民共和國初期文藝界的團結局面。文藝工作者中，郭沫若、茅盾、老舍、巴金、曹禺、葉聖陶，都是文教戰線建設重要的統戰對象、著名的民主人士。國統區文學評獎的最終缺席，為「新文學選集」的出版提供了「契機」。但從郭沫若、茅盾、巴金、老舍、曹禺、葉聖陶等編選者寫作的《自序》來看，他們已經把自己和被編選者置於被批判者的立場〔註178〕。這樣的《自序》寫作，切合了人民共和國初期文藝界對五四「新文學」的基本看法。

五、形塑文學青年的「五四」文藝觀：「新文學選集」叢書聯姻開明書店

　　人民共和國初期的文藝閱讀雖然很廣泛，但引導其向中國共產黨的意識形態靠攏的，仍舊是文藝組織和黨團組織在文學閱讀中考慮的事情，《中國青年》《中國青年報》和《文匯報》，曾經是這樣的角色扮演者〔註179〕。這幾份報刊參與形塑中國青年的知識結構，它們本身就是一種「政治行為」。《中國青年》《中國青年報》屬於中國共產主義青年團的機關刊物和機關報，有關新中國青年的理論和教育，大部分由這一報一刊承擔。共青團中央在《中國青年》上經常刊登有關青年教育的個案及相關文件、政策，形塑青年的精神氣質，成為青年教育的重要窗口。特別值得注意的是，它們幾乎每期都有《書報評價》欄目，涉及對青年讀物的介紹，直接對青年的文學閱讀產生影響〔註180〕。《文匯報》建國後針對的閱讀對象，主要是知識分子群體，它曾經一度

〔註177〕冷火：《新文學的光輝道路──介紹開明書店出版的〈新文學選集〉》，《文匯報》，1951年9月20日。

〔註178〕不管是自序中，還是代序中，我們都能夠清晰地感覺到這樣的規訓話語建構。

〔註179〕我曾經微觀考察過尼古拉耶娃的中篇小說《拖拉機站站長和總農藝師》的人民共和國閱讀接受情況，驚異地發現組織運作及青年團中央在形塑人民共和國青年，是選中此小說的根本原因。

〔註180〕這方面的閱讀，我發現《中國青年》倒是一份很值得研究的刊物，但目前這方面的研究文章確實很少，多數人並沒有注意這一現象。至少在我看來，一九四九年人民共和國成立後，《中國青年》成為中國青年思想及意識形態教育的重要陣地，它是「幫助青年學習馬列主義和毛澤東思想的唯一權威刊物」。

想變成共青團的機關報,故在形塑青年上表現出一段時間,即 1949 至 1951 年,那時它很積極。隨著「中國人民文藝叢書」強大的政治運作,以及人民共和國外交政策的「一邊倒」,文藝青年把文學接受的眼光,集中於蘇俄文藝(高爾基、托爾斯泰、愛倫堡、西蒙諾夫、奧斯特洛夫斯基等)和「中國人民文藝叢書」。「青年團要配合黨的中心工作」〔註 181〕,《中國青年》《中國青年報》和《文匯報》,在引導青年進行文學閱讀方面,正起著這樣的「引導作用」。

雖然丁玲曾對巴金和冰心的文學成績進行過貶低評價,但那是她站在共和國文學的立場上對此的看法,並不能代表她真實的「五四」文藝觀〔註 182〕。1950 年 4 月,丁玲為迎接五四運動紀念,寫作《「五四」雜談》一文。此文中,丁玲特別強調到,「我們很強調作品的政治的社會價值,而今天我們作品裏的那種政治的勇敢、熱情,總覺得還沒有『五四』時代的磅礡,可是我們又處於軍事、政治、經濟大進攻大變革的時代,所以就覺得文藝工作,拿文藝反映現實就未免落後了。」〔註 183〕丁玲批評的,是人民共和國初期文藝與現實反映的關係,在她看來,文藝是處於落後的現實局面。

作為文學青年的中央文學研究所學員們,卻對五四以來新文學家及文藝作品的閱讀,直接進行「質疑」:「這些作品能有什麼思想性嗎?有什麼藝術性嗎?對我們現在的寫作有什麼幫助呢?」〔註 184〕對五四「新文學」陌生到如此的「程度」,作為所長,丁玲對此感到嚴重不滿。丁玲也感到對中國青年讀者有必要進行交代,重新確認五四「新文學」的合法性地位。

1951 年 5 月,應《中國青年報》邀請,丁玲寫作《怎樣對待「五四」時代作品》。她把中央文學研究所學員對待「五四」文藝作品的壞影響放大,希望對全國文學青年愛好者能夠起到「警示」的作用。丁玲說,「一般的青年,

---

〔註 181〕毛澤東:《青年團的工作要照顧青年的特點》,《毛澤東選集》第 5 卷,北京:人民出版社,1977 年,第 83 頁。

〔註 182〕我在閱讀丁玲有關「五四」及「五四『新文學』」的論述中發現,丁玲的身份的「矛盾性」,使她對「五四」新文學有一種既恨且愛的複雜心態。這是我們在具體考察人民共和國文藝界初期的文人心態時應該特別留意的。

〔註 183〕丁玲:《五四雜談》,《文藝報》2 卷 4 期(1950 年 5 月 10 日);丁玲:《跨到新的時代來》,北京:人民文學出版社,1951 年,第 73 頁。

〔註 184〕丁玲:《怎樣對待「五四」時代作品——為〈中國青年報〉寫》,《中國青年報》,1951 年 5 月 4 日;丁玲:《到群眾中去落戶》,北京:人民文學出版社,1954 年,第 104 頁。

不讀這些作品，我覺得是可以的，今天要讀的書太多，但是不讀它不等於否定它，即使不讀它也要對它的存在有一定的看法」，「一個初學寫作的人，一個作家，如果不願意去讀它，我覺得也不一定勉強，沒有讀過什麼書，而能寫出非常好的作品來的這種人也有」，「不過如果要真正地成為一個有學問的人，有學問的作家，不是只寫幾篇文章的作家的人，我覺得要有歷史的知識，要懂得在我們前邊的人怎樣為我們開拓了道路，我們是在什麼樣的基礎上邊來提高的」，這樣，閱讀「五四」時代的作品就是必要的。丁玲用形象的比喻說明了這一道理：

> 我們今天是一個運動員了，能跑幾千米，能跳幾尺高，可是我們不能誹笑我們幼小時的學步。今天打仗用坦克、大炮，可是不能笑我們在抗日戰爭中用步槍（當然炮也是有的，與現在卻不能比），更不能笑我們在更早一個階段還用梭鏢呢。今天有今天的英雄，可是用梭鏢時還有用梭鏢的英雄呢。而且古代的英雄，其精神仍將永遠為後人所尊敬與學習。

丁玲對人民共和國初期的文學也有自己的看法，她在 1950 年就認為，「我們很強調作品的政治的社會價值，而今天我們作品裏的那種政治的勇敢、熱情，總覺得還沒有五四時代的磅礴」〔註185〕。在她看來，「五四的新文學，也就是說新文學的誕生，它是和整個五四運動分不開的，它的反封建反帝的色彩是濃厚的」。魯迅、葉紹均（即葉聖陶）、冰心〔註186〕的文學成就，丁玲認為在五四「新文學」中是不可抹殺的。丁玲有關五四「新文學」的論述，其針對的對象，正是文學青年。看來，五四「新文學」的閱讀對象，也主要集中在文學青年的身上。其實，「新文學選集」叢書的出版有重要的目的，「在使青年讀者可以以最經濟的時間和精力，對新文學的發展獲得基本的認識」〔註187〕。形塑青年人的五四文藝觀及歷史觀，顯然是「新文學選集」想要達到的目的。五四「新文學」本身屬於「青春想像型」文學，它必然成為青年文學讀者的重要閱讀作品。其實，在「新文學選集」沒有出版之前，1951 年 5 月，老舍、蔡儀、李何林、王瑤等人商定的《〈中國新文學史〉教學大綱（初稿）》就把

〔註185〕丁玲：《五四雜談》，《文藝報》2 卷 4 期（1950 年 5 月 10 日）。

〔註186〕丁玲在《五四雜談》一文中僅僅提到魯迅、葉紹均、冰心三位作家，儘管丁玲曾經對冰心的文學創作提出批評，但從中我們可見三位作家在丁玲的心目中的地位。

〔註187〕中央人民政府文化部、新文學編輯委員會編輯：《新文學選集》，書刊廣告。

它列入「教員參考書目舉要」之「總集」中:「五四文藝叢書(中央文化部編,即將陸續出版;其中已編選完成的各冊的《序言》,多已發表,可參考)」〔註188〕。既然是大學教員們的參考書,必然會相應地成為大學青年學生的必然閱讀物。這與開明書店的出版經驗發生了聯繫。

　　我們知道,作為一家老牌的出版社,開明書店一度參與中國青年的文學讀物出版,為青年學生提供大量的閱讀讀物。它曾創辦《中學生》《開明少年》《語文學習》和《地理知識》四種刊物,在青年讀者群中有很大的影響。這四種刊物,「以中學生讀物為主」〔註189〕。開明書店也仿照商務印書館的編輯理念,積極推進教科書的編寫工作。它立足於中小學教材的編寫,直接為全國中小學校提供教學的教材,更進一步地「形塑」青年人的知識與文化。據統計,「開明教科書出版占半數」〔註190〕。人民共和國成立時,開明書店已經有二十三年的出版歷史。但人民共和國建國後,對過去出版教科書進行了嚴厲的批評,「教科書要真正編好最不容易,但抄襲別人卻是很容易的,教科書的發行要同各方面聯絡,要賄賂及應酬費」。為了杜絕這種不良現象,新生政權很快把大中學校教材出版權力收歸「國有」,葉聖陶進入北京的主要政治目的,即是成立教科書編審委員會,主持全國教材的編寫出版工作。這種教材的編輯、出版、發行的「國有化」,使開明書店、商務印書館等原先以出版教材為主要經濟收入的書店,必須改變原先的出版理念。它們不能再依靠教材的編印與出版發行,來維持書店的出版事業運轉。但開明書店仍舊被定位為「從五四以後到大革命時代起了很大的進步作用」〔註191〕,他們編輯的《進步青年》(《中學生》的更名)和《開明少年》仍舊繼續出版,范洗人為負責人,總編輯為張明養和葉至善〔註192〕。人民共和國既然在文藝戰線上實行「統

〔註188〕老舍、蔡儀、王瑤、李何林等:《〈中國新文學史〉教學大綱(初稿)》,《新建設》4卷4期。

〔註189〕《全國出版事業概況》(1949年6月5日),《中華人民共和國出版史料》第1冊,北京:中國書籍出版社,1995年,第130頁。

〔註190〕《全國出版事業概況——胡愈之在全國新華書店出版工作會議第三次大會上的報告》(1949年10月4日),《中華人民共和國出版史料》第1冊,北京:中國書籍出版社,1995年,第254頁。

〔註191〕《全國出版事業概況——胡愈之在全國新華書店出版工作會議第三次大會上的報告》(1949年10月4日),《中華人民共和國出版史料》第1冊,北京:中國書籍出版社,1995年,第254頁。

〔註192〕《上海出版雜誌情況》,《中華人民共和國出版史料》第2冊,北京:中國書籍出版社,1996年,第51頁。

一戰線」政策，對於開明書店這樣的進步書店，當然是「統戰」的應有之義。但教材收歸國有後，開明書店等私營出版業卻面臨新的經濟困頓，他們需要在經濟上結合起來，新政權也需要把它們「動員起來」，而不是「閒在那裡」〔註193〕。開明書店因為經濟上的原因，要求「公私合營」，出版總署黨小組研究後決定，「開明要求公私合營，但其最近表示並不急於公家投資，而希望解決其內部人事問題，並在出版工作上與公家分配」〔註194〕。最後，出版總署作出答覆，「據該店呈報現有資本約合上海折儲單位150萬個，存貨原料亦多，按其本年度編輯出版計劃，現有資產足可應付，故在此過渡時期應仍就其原有私人資本，繼續單獨經營，不必由國家投資」，「但在業務方面，我署可予以協助和指導，使其配合國營書店，進行並發展一定的出版業務，以逐步走向完全的公私合營」〔註195〕。

新的出版業分工中，開明書店承擔了「出版青年課外補充讀物為主」〔註196〕的重任。「新文學選集」的出版規劃，切合的是對青年人的五四文藝觀的「形塑」。它也切合了開明書店對青年讀物的需要和想像，很快被開明書店看重，並通過茅盾、胡愈之、葉聖陶等人的統籌安排，政務院文化部最終把這套叢書交給開明書店出版。一方面，開明書店出版「新文學選集」符合當時對文藝出版業的「統戰」安排。開明書店作為進步的出版企業，它是新生政權極力爭取和團結的對象，把「新文學選集」這一莊嚴的出版任務交給開明書店，有著緩解開明書店經濟困難的壓力，給國營出版業更重要的政治任務的意圖。另一方面，「新文學選集」這套叢書本身，切合了開明書店一以貫之的「青年想像」，這與它的出版傳統有密切的聯繫。但迎接「新文學選集」的，將是什麼命運呢？它能建構起它的合法性嗎？在「文藝建設叢書」強大的政治力量面前，它能夠獨立支撐起「新文學」的歷史傳統嗎？我們把眼光轉向這兩套叢書的最終命運上。

〔註193〕《出版委員會工作報告——黃洛峰在新華書店出版工作會議第四次大會上的報告》（1949年10月5日），《中華人民共和國出版史料》第1冊，北京：中國書籍出版社，1995年，第274～277頁。

〔註194〕《出版總署黨組小會議報告》（1950年1月20日），《中華人民共和國出版史料》第2冊，北京：中國書籍出版社，1996年，第57頁。

〔註195〕《出版總署最近調整若干私營出版業的通報》（1950年5月），《中華人民共和國出版史料》第2冊，北京：中國書籍出版社，1996年，第246頁。

〔註196〕《中央人民政府出版總署一九五零年工作總結和一九五一年工作計劃要點（胡愈之署長在1951年3月23日政務院第77次政務會議上的報告，並經同次會議批准。）》，《人民日報》，1951年5月12日。

第四節　思想的「整合」：兩套叢書不同的命運走向
——「文藝建設叢書」和「新文學選集」
叢書最終命運的考察

　　1950 年 2、3 月間，「文藝建設叢書」的《編輯例言》顯然已經確立了下來。3 月 12 日，「文藝建設叢書」正式在《人民日報》刊登「出版預告」，之後迅速拉開了這套叢書出版的「序幕」，由讀書・生活・新知三聯書店陸續出版。1951 年，「文藝建設叢書」陸續推出了新的作品，繼續「為作者們服務」，表現「中國新文藝發展的可喜的事情」，「參加新中國的文化建設」〔註 197〕。1951 年 3 月，人民文學出版社成立後，這套叢書改由人民文學出版社出版，其出版的先後順序為：《人物與紀念》（蕭三著，2 月）、《拍碗圖》（田間著，2 月）《平妖記》（陳明著，3 月）、《平原烈火》（徐光耀著，5 月）《歐行散記》（丁玲著，6 月）、《跨到新的時代來》（丁玲著，7 月）、《為了幸福的明天》（白朗著，7 月）、《活人塘》（陳登科著，7 月）、《僅僅是開始》（郭光著，8 月）、《銅牆鐵壁》（柳青著，9 月）、《光榮的任務》（陳企霞著，10 月）和《風雲初記》（孫犁著，10 月），共 12 部。1952 年它還陸續出版了：《堅決貫徹毛澤東文藝路線》（周揚著，2 月）、《論生活、藝術和真實》（蕭殷著，3 月）、《戰鬥的旗》（嚴辰著，4 月）、《我們的節日》（雷加著，4 月）、《永生的戰士》（立高著，4 月）、《早晨六點鐘》（劉白羽著，5 月）和《為創造新的英雄典型而努力》（陳荒煤著，5 月），共 7 部。「文藝建設叢書」仍舊在努力建構它的「系統性」工程。

　　1950 年 1 月，文化部決定出版「新文學選集」之後，「新文學選集」組建編輯委員會。1951 年 3 月，《新文學選集・〈編輯凡例〉》基本定稿。《編輯凡例》的定稿，最終確定了「新文學選集」的編選範圍及目的。7 月，經歷一年多的編選工作的「新文學選集」，最終終於陸續出版，出版社為開明書店，其出版的順序，依次為：1951 年 7 月出版 17 部，《郁達夫選集》《聞一多選集》《朱自清選集》《許地山選集》《魯彥選集》《胡也頻選集》《柔石選集》《殷夫選集》《洪靈菲選集》《蔣光慈選集》《郭沫若選集》《丁玲選集》《張天翼選集》《葉聖陶選集》《巴金選集》《洪深選集》和《艾青選集》；1951 年 8 月出版 2 部，《老舍選集》和《曹禺選集》；1951 年 9 月出版 1 部，《趙樹理選集》；1952

───────────────

〔註 197〕文藝建設叢書編輯委員會：《文藝建設叢書・〈編輯例言〉》。

年 4 月出版 2 部，《魯迅選集》和《茅盾選集》。「新文學選集」明顯地標示出「新文學選集」第一輯和第二輯。第一輯以逝去的作家為主；第二輯以健在的作家為主。從「新文學選集」的《編輯凡例》中我們可以看出，「新文學選集」的編選，也是系統性的文學觀念建構。但這兩套叢書，仍舊存在著很大的「差異」。

一、「自序」、「代序」與無「序」：「新文學選集」叢書與「文藝建設叢書」的不同出版「理念」

　　《新文學選集·〈編輯凡例〉》規定，「每集都有序文」。其實，從對「新文學選集」叢書的整體考察中，我們發現，「新文學選集」每集，健在作家大多由自己作序〔註198〕，被冠名為「自序」；死去的烈士作家均由編委會請人寫序，或由編委會委託編選的人寫序，這兩種方式被稱之為「代序」。也就是說，「新文學選集」的「序言」，其實有兩種表現形式：「作家自序」和「代序」。按照我們對「序」的理解，「序」同「敘」，它是一種文體名稱，亦稱「序文」、「序言」，它有如下幾種形式：（1）一般是作者陳述作品的主旨、著作的經過等，如《太史公自序》；（2）他人所作的對著作的介紹評述也稱「序」，如《〈三都賦〉序》。那麼，「新文學選集」的這兩種序文方式，我們作怎樣的「解讀」呢？

　　我們先看看「新文學選集」序言或代序寫作的時間。1950 年 5 月，巴金寫畢《巴金選集·自序》；老舍《老舍選集·自序》於 6 月寫畢；7 月 29 日，艾青的《詩選自序》亦寫作完畢；7 月，張天翼寫畢《自序》；8 月 10 日，丁易寫畢《郁達夫選集·序》；8 月 15 日，洪深寫畢《洪深選集·自序》；8 月 24 日，黃藥眠寫畢《蔣光慈選集·序》；10 月 15 日，李廣田寫畢《朱自清選集·序》，10 月 22 日，他又寫畢《聞一多選集·序》；10 月 27 日，郭沫若的《郭沫若選集·自序》寫作完畢；11 月 15 日，丁玲寫作《一個真實人的一生——記胡也頻》，作為《胡也頻選集》的「序言」。1951 年 1 月 22 日，丁玲作《讀殷夫同志詩有感》，作為《殷夫選集》代序；2 月 1 日，葉聖陶寫畢《葉聖陶選集·序言》；2 月 7 日，馮雪峰寫畢《殷夫選集·代序》；6 月 1 日，丁玲寫畢《丁玲選集·序言》；9 月 1 日，馮雪峰寫作畢《魯迅選集·代序》。1952

〔註198〕趙樹理是一個唯一的例外，居然選擇 1949 年 6 月 10 日寫作的文代大會專題發言為「代序」。

年 3 月 12 日,茅盾寫畢《茅盾選集‧自序》。有研究者指出,《趙樹理選集》的序言寫作時間「最早」〔註199〕。如果按照文章的寫作時間來看,《也算經驗》的寫作時間的確很早,它係 1949 年 6 月 10 日寫作、6 月 26 日發表在《人民日報》上。其實,這是趙樹理在文代會上的「專題發言」稿。真正編入《趙樹理選集》做「序言」時,它被稱之為「代序」〔註200〕。

1950 年 6 月,針對出版舊作的一些問題,《人民日報》發表圖書評論文章指出,「一部分作者也該擔負一些責任」,「作者自己寫的書,內容如何應該知道」,「發覺從前寫的書有問題,就應該主動地通知出版家停止重印」,「或者經過了修正再印」〔註201〕。《新文學選集》也屬於舊作的出版,在這樣的現實語境下,它是否需要「修改」呢?

曹禺在《曹禺選集‧自序》中,有這樣的文字交代:「但我終於是憑一些激動的情緒去寫,我沒有寫作的時候追根問底,把造成這些罪惡的基本根源說清楚。譬如《日出》這本戲,應該是對半殖民地半封建的中國舊社會的控訴,可是當時卻將帝國主義這個罪大惡極的元兇放過;看起來倒好像是當時憂時之士所贊許的洋洋灑灑一篇都市罪惡論。又如,我很著力地寫了一些反動統治者所豢養的爪牙,他們如何荒淫殘暴,卻未曾寫出當時嚴肅的革命工作者,他們向敵人做生死鬥爭的正面力量。以我今日所能達到的理解,來衡量過去的勞作,對這些地方就覺得不夠妥當。」「所以這次重印,我就借機會在劇本上做了一些更動,但要改很費事,所用的精神僅次於另寫一個劇本。要依據原來的模樣加以增刪,使之合情合理,這卻有些棘手。小時學寫字,寫的不好,就喜歡在原來歪歪倒倒的筆劃上,誠心誠意地再描幾筆;老師說:『描不得,越描越糟。』他的用意大約在勸人存真,應該一筆寫好,才見工夫。我想寫字的道理或者和寫戲的道理不同;寫字難看總還可以使人認識,劇本沒有寫對而給人扮演在臺上,變為害不淺。所以我總覺得,既然當初不能一筆寫好,為何不趁重印之便再描一遍呢。我就根據原有的人物、結構,再描了一遍(有些地方簡直不是描,

---

〔註199〕陳改玲:《重建新文學史秩序:1950~1957 年現代作家選集的出版研究》,北京:人民文學出版社,2006 年,第 35 頁。

〔註200〕這倒是一個很奇怪的現象。按照「新文學選集」的編輯思路來說,健在作家都是自己親自作序。為什麼《趙樹理選集》卻以「代序」的方式出現?目前還沒有研究者對此進行梳理。據我的理解,其實趙樹理根本就沒有參加到「新文學選集」的編選工作。

〔註201〕編者:《談當前的出版工作》,《人民日報》,1950 年 6 月 28 日。

是另寫）。『描』的結果，可能又露出一些補綴的痕跡，但比原來接近於真實。倘使經過修訂之後，對今天的讀者和觀眾還能產生一些有益的效用，那我也就非常欣慰了。」〔註202〕曹禺自感自己因為「激動的情緒」，沒有把「造成罪惡的根源」交代清楚，所以，在編選開明版《曹禺選集》時，他不惜修改費事，「僅次於另寫一個劇本」，對原作加以增刪，「使之合情合理」，以期達到對今天的讀者和觀眾「還能產生一些有益的效用」。

　　巴金，應該算最早為「新文學選集」作序的五四「新文學」家，我們看看他在「序言」中的交代：「所以我的作品中思想性和藝術性都薄弱，所以我的作品中含有憂鬱性，所以我的作品中缺少冷靜的思考和周密的構思。我的作品的缺點是很多的。很早我就說我沒有寫過一篇像樣的作品。現在抽空把過去二十三年中寫的東西翻看一遍，我也只有感到愧悚。」「時代是大步地前進了，而我個人卻還在緩慢地走著。在這新的時代面前，我的過去作品顯得多麼地軟弱，失色！有時候我真想把他們藏起來。」「然而我還是把《新文學選集》中我的一本集子編選出來了。使我還有點勇氣做這編選工作的唯一原因，是我對於工作並未失去信心。」「現在一個自由、平等、獨立的新中國的建設開始了。看見我的敵人的崩潰滅亡，我感到極大的喜悅，雖然我的作品沒有為這偉大的工作盡過一點力量，我也沒有權利分享這工作的歡樂。收在這集子的卷末的《一封未寄的信》便是我的喜悅和我的感動的表白。我的一枝無力的筆寫不出偉大的作品。為了歡迎這偉大的新時代的來臨，我獻出我這一顆渺小的心。」〔註203〕雖然，巴金沒有像曹禺那樣對舊作進行「修改」，但他卻把個人在新社會前進的浪潮中的「渺小性」，凸顯得非常的明顯。他對過去的作品沒有一點興奮的心情，更大的來自於精神上的壓力，承認自己作品的「軟弱」與「失色」、「真想把他們藏起來」，內心裏感到的，是「愧悚」。這種「自貶」的心理，凸顯出巴金向「新時代」學習的重大轉變。

　　1952年4月，茅盾為開明版《茅盾選集》作序，帶上了「時代」的痕跡，因為當時正在展開轟轟烈烈的文藝界思想改造運動和毛澤東《在延安文藝座談會上的講話》十週年紀念活動。茅盾認為，「表現在《幻滅》和《動搖》裏面的對於當時革命形勢的觀察和分析是有錯誤的，對於革命前途的估計是悲觀的；表現在《追求》裏面的大革命失敗後的小資產階級知識分子的思想動態，也是

〔註202〕曹禺：《〈曹禺選集〉·自序》，上海：開明書店，1951年，第3～4頁。
〔註203〕巴金：《〈巴金選集〉·自序》，上海：開明書店，1951年，第5～6頁。

既不全面而且又錯誤地過分強調了悲觀、懷疑、頹廢的傾向，且不給以有力的批判。」「當我寫這三部小說的時候，我的思想情緒是悲觀失望的。」「我坦白地說，選在這本集子裏八、九篇小說都是『瑕瑜互見』，乃至『瑜不掩瑕』的東西。而且這八、九篇的題材又都是小市民的灰色生活，即使有點暴露或批判的意義，但在今天這樣的新時代，這些實在只能算是歷史的灰塵，離開今天青年的要求，不啻十萬八千里罷？至多，也不過告訴今天的讀者，從前曾經有過這樣灰色的人生，因而今天的燦爛蓬勃的新生活是彌足珍重而已！」「一個人有機會來檢查自己的失敗的經驗，心情是又沉重而又痛快的。為什麼痛快呢？為的是搔著了自己的創傷，為的是能夠正視這些創傷總比不願正視或視而不見好些。為什麼沉重呢？為的是雖然一步一步地逐漸認識了自己的毛病及其如何醫治的方法，然而年復一年，由於自己的決心與毅力兩俱不足，始終因循拖延，沒有把自己改造好。數十年來，漂浮在生活的表層，沒有深入群眾，這是耿耿於心，時時疚痏的事。年來常見文藝界同人競訂每年寫作計劃，我訂什麼呢？我想：我首先應當下決心訂一個生活計劃：漂浮在上層的生活必須趕快爭取結束，從頭向群眾學習，徹底改造自己，回到我的老本行。自然，也不敢說這樣做了以後一定能寫出差強人意的東西來，但既然這是正確的道路：就應當這樣走！」〔註 204〕茅盾對自己的創作，並沒有表現出強烈的「自豪感」，相反，他表現出來的，是對自己及其作品的嚴厲批判，把自己的作品當作「歷史的灰塵」，希望「徹底改造自己」，回到他的老本行。郭沫若甚至把自己的作品「作為史料」，「以供研究歷史和社會發展者的參考」〔註 205〕。

丁玲在選集的《自序》中這樣寫到：「如果我長年只生活在這些故紙堆裏，我想我會變得悲觀的，我會失去信心的。但幸好我生活在一天天有新的事物在萌芽、生長，而又如此廣闊的世界中，生活在新的文學一天天健壯起來的時代中，因此我不會為我個人的緩慢的進展而發愁，反以看到別人的飛躍進步而興奮。我將鼓起勇氣，並且會以躋於新生的群中一同前進為光榮。我知道自己在創作中的缺點和不足，但我也知道我正依恃著什麼，追求著什麼來充實自己，來完成工作。我沒有別的，我不要別的，我只向著一點，堅持一點，那就是毛澤東的思想，毛澤東的偉大的感情。」〔註 206〕面對自己在創作

〔註 204〕茅盾：《〈茅盾選集〉·自序》，北京：開明書店，1952 年，第 7～12 頁。
〔註 205〕郭沫若：《〈郭沫若選集〉·自序》，上海：開明書店，1951 年，第 7 頁。
〔註 206〕丁玲：《〈丁玲選集〉·自序》，上海：開明書店，1951 年，第 7 頁。

中的缺點和不足，丁玲試圖用新的工作來加以充實和完成。這一切在她看來，就是「毛澤東的思想」、「毛澤東的偉大的感情」。

「新文學選集」編輯委員會邀請丁易、黃藥眠、楊剛、周立波、孟超等人，對逝去的友人的舊作進行編輯，推出「新文學選集」第一輯。作為文學史家，丁易對《郁達夫選集》寫作代序時這樣交代到：「但是可惜得很，達夫先生看出了中國現實社會的黑暗，卻不知道如何消滅這黑暗；希望富強，卻不知道怎樣才可以使中國富強起來，這就使他墮入了更苦悶的境地。」「這些作品在積極方面雖然揭穿了舊禮教的虛偽和尊嚴，但這種精神情緒實在是不健康的，特別是在五四狂飆以後，中國共產黨就已經成立，革命有了正確的領導，社會已向前跨進了一大步，這種消極的自戕式的反抗，對於現實的反動政治無損於秋毫，而在客觀上對青年們的前進向上的熱忱卻起了一種很不好的消極作用。老實說，達夫先生這些作品在這個時期，不但已經喪失了它的社會意義，相反地，在一定程度上，倒成了社會前進的障礙了。」「自然，如果要說作者在這篇小說（指《出奔》——筆者注）裏已經看到了人民的力量，那還是沒有的，達夫先生一直到他犧牲時止，對這點始終沒有明確的認識，這就決定了他始終不能堅決的背叛自己階級走向革命道路。」「達夫先生死了，他不能親眼看到新民主主義的中華人民共和國的成立，而投身於人民的行列中，把自己思想更發展更提高，但他在中國新文藝上的貢獻和功績是不可磨滅的，他是五四以後又影響的作家之一。我們要瞭解新中國文藝史，他總是一個必須研究的作家。」〔註207〕

周立波在對《魯彥選集》作序時，有如下的文字表述：「魯彥的生活經歷並不很豐富，正如他自己說的，總覺得『生活還不夠』。又因為沒有投身到人民解放鬥爭的主流裏，對於人民用自己的力量來解放自己的可能還沒有充分的看清。因此，他一寫到戰禍與災難，自己總有救世救人的心願，而又感到自己的無力，『詛咒著社會，又翻不過這世界』。」「今天，魯彥追求的人民的美滿的未來，在毛主席和共產黨的領導下，經過了多年的鬥爭之後，已經變成了現實。要是他能活到今天的話，他一定會懷著無限的歡快凝視著幸福的人民。他不幸早逝，這不能不使知道他的朋友們抱著深深的悼惜之情，追懷之意。」〔註208〕

〔註207〕丁易：《〈郁達夫選集〉·序》，上海：開明書店，1951年，第10頁、第18～19頁。

〔註208〕周立波：《〈魯彥選集〉·序》，上海：開明書店，1951年，第7～10頁。

　　楊剛對許地山作品進行說明中，有這樣的文字：「一個基本上是從空想出發的作者，其現實性的寫作時常也是現實與空想交織的產品，而地山先生在其發展的過程中又不幸死在中途，使他不能夠充分地經歷和認識中國人民偉大的革命鬥爭及其創造現實的勝利過程。」「他承認社會及人生有弱點，卻不肯追究弱點的根源，而把它們視為自然的無組織無規律的存在，認為基本上對之無可為。他認識自己應該是積極的有益於人的，而不願向自己作說明要求，使自己承受人群的約束。從思想上，他否定了既存社會，但是在實際上他妥協了。他接受既存的東西，自己只願作一些補闕拾遺的工作。他認為每一個人的生命意義就在於他能拾遺補缺，就在於他能夠隨時隨地遇缺即補，遇遺即拾，也不必問其效果。他認為它可以由此而創造自己的命運，也由此而使自然運行。」「從思想方面來說，他沒有把握他自己在《黃昏後》乃至於後來在《鐵魚的鰓》裏面所表現的深沉的愛國感情和對人的愛情來從根本上否定所謂生是極苦，生命是破蛛網的觀點，從而確定自己對於周圍現實的關係。他徘徊於現實和空想之間，有時企圖逃避，有時企圖以主觀幻想來解決現實的問題，這種思想狀態不能不產生他對既存現狀的根本的妥協和承認的態度。」「這些都是地山先生作品中未琢的璞玉，因為作者的生活及其思想未能及時地受到廣大人民運動的琢磨。他對一般人民有深厚的同情，可是對於人民的運動和鬥爭卻因為他的哲學而抱著懷疑，加以迴避。他對於他的社會基本上不能瞭解，對他的國家的來路和前途也是茫然，甚至於悲觀。他只是努力地依靠著他從平民主義出來的對受壓迫人民的同情，從人道主義出來的正義感支持自己，甚至於強迫自己一天一天的來接近現實；他很痛苦，有時是很迷亂的來接近他本來所不願接近的現實；他的這種努力並非白費，抗戰幫助他跨了很大的一步。在這時候他放棄了佛經研究，也不多寫作，而盡力參加民族解放的實際行動，努力與人民的工作。可是正當他在走這一步的時候，他的生命就停止了。」〔註209〕

　　到此，我們不在必再作摘引。上述所引文字可以明顯地體會到「新文學選集」出版的真正意圖。既然「新文學選集」的出版，其目的是為了「目的在使讀者以最經濟的時間和精力，對新文學的發展獲得基本的認識」〔註210〕，那麼，它必然有「序言」對這樣的出版情況作簡單的介紹。健在作家都明白這個道理，

〔註209〕楊剛：《〈許地山選集〉‧序》，上海：開明書店，1951 年，第 8～10 頁，第 13頁。
〔註210〕中央人民政府文化部、新文學編輯委員會編輯：《新文學選集》，書刊廣告。

故在《自序》中對自己的作品進行了嚴厲的批判，甚至不惜改變歷史面貌，讓作品以現實的基本要求來做大刀闊斧的修改。而「新文學選集」編輯委員會聘請的編輯者對死去的烈士的作品的選集，這更是一項慎重的工作。作為未亡人的朋友、妻子、學生，他們更應該把已經離開人世的朋友、愛人或師長的作品用形象的說法，展現給新中國的文學愛好者，故他們在寫作「代序」時，普遍覺得這是一項「莊嚴」的任務，擔負著重大的歷史責任。逝去的作家作為革命的「先行者」，其革命事蹟的神聖性不必自言，但在文學創作過程中，這些人很大一部分並沒有經歷延安毛澤東《「文藝講話」》的學習，故在創作過程中無法避免其不足。「代序」在這方面必然得到體現。黃藥眠對蔣光慈、丁易對郁達夫、楊剛對許地山、周立波對魯彥的評價，就是明顯的例子。

但「文藝建設叢書」卻不同。它本身是《文藝報》社為了推進人民共和國文藝建設的光榮任務，它的出版就是為了顯示共和國文學初期文學創作的實績，為讀者提供一些「文藝讀物」〔註211〕，因此這種「文藝讀物」的出版，就會與「新文學選集」不同。它更側重於工農兵文藝工作者，或者有著延安革命經歷，並把延安革命經歷轉化為文藝作品的文藝家。這與五四「新文學家」們的文學創作目標是不一樣的。他們的這種創作，更有助於文藝建設的總目標的實現。1950 年 2 月，《文藝報》社組建的「文藝建設叢書」編委會，對李爾重的長篇小說《領導》作了編輯交代：「雖然這些作品難免還有些缺點，但毫無疑問，許多能反映現實生活與鬥爭的作品將從他們的勞作中湧現出來。」〔註212〕文藝建設叢書與人民共和國的現實生活和鬥爭密切聯繫著，它們是當時生活的最好記載。

所以，「文藝建設叢書」出版之後，讀者、評論家很快把眼光轉向這套叢書，對它們的出版進行評價，有的還有多篇書評，如徐光耀的《平原烈火》、陳登科的《活人塘》、柳青的《銅牆鐵壁》等小說。更值得驚奇的是，「文藝建設叢書」由於自身出版的重要政治意義，決定了它切合人民共和國文藝的基本構想，故不需要什麼「序言「、」代序「來為這套書各冊的出版做交代，所以，在真正推出「文藝建設叢書」時，它們都沒有「序言」，寫作的「合法性」在書籍被選入「文藝建設叢書」時，就已經確立了。

其實，在這細微的差異中，「新文學選集」的「自序」和「代序」，與「文

〔註211〕文藝建設叢書編輯委員會：《文藝建設叢書·〈編輯例言〉》。
〔註212〕《編輯後記》，李爾重：《領導》，北京：三聯書店，1950 年，第 281 頁。

藝建設叢書」的「無序」相比，已經揭示出兩套書的價值取向。這其實已經暗含了兩套書的最終命運走向：「文藝建設叢書」被「新的文學」觀念建構起來；「新文學選集」則被「新的文學」觀念加以「改造「。「自序」、「代序」到「無序」的背後，其實涉及的是兩套書的不同出版理念。

二、書刊廣告的「背後」：《人民文學》和《文藝報》關於「新文學選集」叢書與「文藝建設叢書」之文學廣告刊載

1949至1950年間，文學書籍的出版在書籍出版業中始終處於重要地位上，它擔負著對人民進行「思想教育」的作用，出版總署署長胡愈之經常強調書籍出版的重要性，「出版工作是要把精神食糧直接供給於人民，為人民文化教育的提高給以武器」〔註213〕，所以，「中國人民文藝叢書」與「文藝建設叢書」、「新文學選集」，也承擔著這樣的「政治使命」。很顯然，這三套叢書是從不同的價值立場，建構各自不同的合法性地位的。這種努力，表現出新文學家與工農兵文藝工作者在話語建構中的「分裂性」因素。「中國人民文藝叢書」、「文藝建設叢書」的絕大部分文藝工作者，都是在戰爭中受到了鍛鍊，他們依靠「黨組織」的培養，逐漸成長為文藝家（或文藝工作者）的，並且在文藝工作崗位上擔任一定的職務。這與五四新文學家有著天然的差異。大部分新文學家靠的是自己的奮鬥，自己對文學的愛好，走上文學創作的道路的。這裡，我們試圖從《文藝報》和《人民文學》這兩種國家級文藝刊物的書刊廣告刊登情況，分析「新文學選集」和「文藝建設叢書」在書刊廣告中的「遭遇」，進而揭示它們在人民共和國初期文學史建構中的「命運差異」。

1. 新文學語境中的書刊廣告話題

我們把眼光轉向書刊廣告與中國「新文學」的內在關係上。其實，仔細梳理中國現代廣告的興起時，我們發現：廣告一般和效益聯繫在一起。中國現代報刊雜誌的興盛，雖然可以大話連篇地上升到國家現代化的建設，但真正的價值，卻是實現最大的「商業效益」或「政治效益」，甚至二者同時兼備。總之，效益是推進中國現代報業和雜誌業最大的潛在動力。沒有效益，誰去辦刊物和報紙？政治刊物或報紙，他們有強大的政治背景作為支撐，運作起

〔註213〕《出版工作的一般方針和目前發行工作的幾個問題——胡署長在京津發行工作會議開幕式上的報告》（1950 年 6 月 20 日），《中華人民共和國出版史料（一九五零年）》第 2 冊，北京：中國書籍出版社，1996 年，第 329 頁。

來並不顯示出困難。

　　一般消費性報刊，卻與政治報刊有「天壤之別」。它們的運作，完全靠的是自己的經營策略。怎樣做到好的維繫，關係到報刊的日常維持和基本生存。雖然很多報刊都由有產階級支持，但支持的限度卻有底線，他們不可能長久地支持下去。這種支持，大部分是以犧牲報刊運作的獨立性為代價的。創造社與泰東書局的分道揚鑣，不正是為了這種「自主」〔註214〕：「依人籬下終究不是長策！我們應該覺醒了，什麼都要靠自己，我們耐著準備著我們的實力吧。」〔註215〕「依人籬下終究不是長策」，周全平的這句話，可謂意味深長。怎樣才能做到不「依人籬下」的命運呢？創造社最終「殺出一條血路來」，高長虹最終與魯迅、周作人、莽原社的「分道揚鑣」，……。儘管有的成功，有的失敗，但這種獨立性追求精神，卻值得我們永遠警示。所以，報刊需要自身賺錢來維持，才是正道。賺錢的有效途徑，要麼增大發行量，降低運營成本；要麼刊登廣告，直接收取廣告費：「蓋自給自足，始可自主，不為外界所左右也」〔註216〕。

　　書刊廣告，作為文學閱讀中的細節性因素，往往會在無形中對文學作品的閱讀和接受狀況，產生重要的影響。中國「新文學」的開創時期，很多文學作品的出版都伴隨著書刊廣告的宣傳，對讀者產生著影響。魯迅、周作人兄弟合作翻譯的《域外小說集》第一冊在上海銷售，由於把書刊廣告的聯繫地點放在「廣昌綢莊店」，不懂得書刊廣告的策略，最終只賣了二十本〔註217〕。翻閱20世紀20年代到40年代末期的文學性的報刊，如文學刊物《小說月報》《現代》《文季月刊》《文藝陣地》《七月》；如報紙《中央日報》《申報》《時事新報》《文匯報》等等，往往都充斥著大量的書刊廣告，中國新文學的絕大

〔註214〕劉納認為：「郭沫若、郁達夫、成仿吾等實際上早就有此『覺醒』，只是出於自己沒有資金的無奈，才不得不把『依人籬下』作為權宜之策的，他們其實早就盼望著具備自己的『實力』的一天。」劉納：《創造社與泰東書局》，南寧：廣西教育出版社，1999年，第226頁。

〔註215〕全平：《關於這一週年的〈洪水〉》，《洪水週年增刊》，1926年12月。

〔註216〕趙君豪：《中國近代之報業》，香港：香港申報館，1939年，第205頁。

〔註217〕這是我的朋友謝仁敏博士在翻閱1909年7月《神州日報》時的發現，當時《域外小說集》的書刊廣告把書刊售賣的聯繫地點放在「廣昌綢莊店」上，廣昌綢莊店顯然是販賣綢布生意的店子，是日常的衣食消費之所，與人們的審美之間無法建立聯繫。這並不是我們原先想像的，認為是《域外小說集》有什麼超前的意義和價值。

部分作品，都有獨特的書刊廣告〔註218〕。許多新文學家不僅為別人的作品寫書刊廣告，有的甚至為自己的作品出版設計廣告〔註219〕。其實，大部分的中國新文學作品，在期刊、雜誌和報紙上都有其獨特的書刊廣告作宣傳。

書刊廣告在參與文學作品的經典化過程中，其價值是顯然的。雖然這是一種潛在的影響因素，但其價值不容忽視，正如有研究者認為的那樣：「新文學作品能順利地到達讀者，新文學廣告在其中發揮出了獨特的中介作用」，「它是作家、作品重要的宣傳窗口，是期刊、數據能正常運轉的『潤滑劑』，也是保證文學生產信息能快速傳達到讀者的『綠色通道』，也是提高讀者審美經驗的重要文本」。〔註220〕書刊廣告，不僅反映出文學作品的內容，文學作品的藝術價值，同時還可以深刻揭示作家群體與刊物之間的關係，以及文學編輯與作者之間的友好關係，作家對廣告的看法〔註221〕，等等。因此，書刊廣告背後的內容，是很豐富的。其實，報紙和刊物，並沒有覺得登載書刊廣告收取廣告費，是可恥的行為。即使是革命的刊物如左聯的文學機關刊物的《北斗》，它的創刊號上赫然印著「廣告價目」〔註222〕，分別標識出不同版面廣告費收取的差異，內容如下：

表格三：《北斗》雜誌刊登廣告費價位表

廣告費用				
位置	全面		半面	
	封面	插頁	封面	插頁
每期	30 元	20 元	18 元	12 元
半年六期	144 元	96 元	86 元	58 元
全年十二期	270 元	180 元	162 元	108 元

這裡，我們作簡單的數字計算。從《北斗》標識的售價來看，它每期的售價是實洋 2 角 5 分。如果一期刊登一則廣告於封面，它可以收取實洋 30 元，這

〔註218〕這方面的研究可以具體參閱彭林祥關於文學廣告研究的論文如《新文學廣告與文學傳播》《新文學廣告的史料價值》等論文。

〔註219〕如魯迅、葉聖陶、沈從文等現代作家，是一典型的文人，他們為自己的作品寫廣告，還以刊物編輯的名義給別人的作品寫廣告，這些廣告詞目前正在處於整理的過程中。我曾經負責翻閱過四十年代時間段的《文藝春秋》文學廣告的資料整理，也發現文學廣告充斥於這一刊物。

〔註220〕彭林祥：《新文學廣告與作家佚文》，《讀書》2007 年第 1 期。

〔註221〕廖久明：《談談魯迅時期的〈莽原〉廣告》，《魯迅研究月刊》2008 年第 4 期。

〔註222〕《廣告費用》，《北斗》雜誌創刊號。

等於它要買雜誌 120 本，即使是收取最低的 12 元插頁廣告費，也相當於它賣 48 本雜誌；如果一年刊登一則廣告於封面，它可以收取實洋 270 元，這等於它要賣雜誌 1080 本，即使是收取最低的 108 元插頁廣告費，也相當於它賣 432 本雜誌。我們真是不計算不知道，一計算嚇一跳：廣告的刊登，對於一個刊物生存竟有如此重要的意義。「革命」的刊物尚且如此，更不用說其他刊物。

前面提及，新文學家很注意廣告對作品的「包裝」。比如，著名新文學鄭振鐸，1947 年 5 月 5 日給劉哲民信中談到：「大公報廣告，登得極好，效力甚大，惟文匯報迄未見登出，不知何故？如未登，索性等綿料紙本出版後再登，如何？尚有大公、申報等小幅廣告，俟擬就後，即奉上。」〔註223〕顯然，《大公報》廣告的登載，為他們的出版帶來巨大的商業效益，他還希望《文匯報》的廣告刊登為出版的書刊做「潤滑劑」，為書刊的出版打開一條路。同時，鄭振鐸為了增強廣告的「吸引力」，親自設計了廣告。當然，刊登廣告還需要策略支撐，鄭振鐸也表示出這方面的傾向。《中國歷史參考圖譜》一書的出版，有綿料紙本，在出版前需要廣告宣傳，他在給劉哲民的信中說到：「綿料紙本《圖譜》，各（書）肆均有定出者，六月底以前，非設法定出二百部以上不可，故廣告最好多登些。茲又排就紙版八幅奉上，乞轉登各報為感！最好各報輪流登出，如同日登出，廣告效力，會減少很多也。」〔註224〕「廣告登不出，耽誤事情不少。」〔註225〕鄭振鐸知道，「廣告登不出，耽誤事情不少」，而這耽誤的事情，主要的還是來自資金的運作問題，以及出版社的生存。這僅僅是一個顯著的例子而已。其實，大量充斥在現代報刊和雜誌上的書刊廣告背後，都有其經濟利益考慮。把書出版出來而不銷售，這是哪個出版者都不願意幹的事情。

從這裡我們可以看出，解放前在雜誌和報紙上刊登的書刊廣告，承擔著重要的宣傳效應的同時，還強調「經濟」的效益，實現其經濟的最大效益，才是它們最終的出發點和歸宿點。在書刊廣告的設計過程中，它無形地給文學作品的經典化提供了參照的數字。當然，我們翻閱解放前的舊期刊、舊報紙和舊雜誌時，還會發現很多消費品的商業廣告，比如牛奶、藥品、化妝品、香煙、電

〔註223〕鄭振鐸：《鄭振鐸全集》（第 16 卷‧書信），石家莊：花山文藝出版社，1998 年，第 249～250 頁。

〔註224〕鄭振鐸：《鄭振鐸全集》（第 16 卷‧書信），石家莊：花山文藝出版社，1998 年，第 252～253 頁。

〔註225〕鄭振鐸：《鄭振鐸全集》（第 16 卷‧書信），石家莊：花山文藝出版社，1998 年，第 267 頁。

燈等等。它們的廣告效應，比書刊廣告的效應更加直接，這裡從略不述。

2. 人民共和國初期語境下的書刊廣告話題

　　人民共和國成立後，雜誌、刊物和報紙的迅速被「體制化」，使文學藝術在運作過程中，逐漸遠離了中國「新文學」時期的自由空間。文學期刊、雜誌和報紙，都組成正規的「編輯部」，由專職的工作人員組成。這些工作人員，往往並不是專業性的文藝家，他們只是體制化的「國家工作人員」，在組織行為上，它們都有負責對象和監管對象。報紙、雜誌和刊物的編輯部，成為國家意識形態和文學刊物之間的「緩衝器」，帶有明顯的意識形態功能。「文藝刊物是教育群眾的有力的工具，文藝的編輯工作不是一種簡單的技術工作，而首先是一種思想工作」〔註226〕，文藝刊物和文藝編輯的這種密切關係，決定了文藝刊物的編輯部在日常工作中的基本價值取向。1950 年 4 月 19 日，中國共產黨中央委員會發布文件，對報紙刊物展開新的「運作方式」：「批評與自我批評」。從文件的內容可以看出，報紙刊物的編輯部實力得到「削弱」：「吸引人民群眾在報紙刊物上公開地批評我們工作中的缺點和錯誤，並教育黨員，特別是黨的幹部在報紙刊物上作關於這些缺點和錯誤的自我批評，在今天是更加突出地重要起來了。」〔註227〕其實，這是把人民群眾想像為理想讀者，他們可以直接參與到思想運動中來。編輯部在加強讀者力量的同時，並沒有削弱報刊登載書刊廣告的權力。

　　人民共和國的文化語境中，書刊廣告的意義仍舊被強調，只不過它與解放前的書刊廣告有根本的差異。我們不得不從茅盾的「蘇聯經驗」談起。1946年茅盾曾到蘇聯訪問，他記載下了當時蘇聯報刊的特點，其中談到第二大特點〔註228〕時說到：

　　　　蘇聯的報章和定期刊，幾乎是沒有廣告的。……在資本主義國家，廣告是日報最大的收入，沒有廣告，報就不好辦。而廣告之中的最大宗，又是藥品、化妝品以及其他消費品──在中國還有香煙、電影院和書業，但是蘇聯的報章和定期刊便沒有大幅的藥品和化妝

〔註226〕《人民文學》編輯部：《文藝整風學習和我們的編輯工作》，《文藝報》1952年第 2 期（1952 年 1 月 25 日）。

〔註227〕《中國共產黨中央委員會關於在報紙刊物上展開批評和自我批評的決定》（1950 年 4 月 19 日），《人民日報》，1950 年 4 月 22 日。

〔註228〕茅盾：《雜談蘇聯‧三三：報章和雜誌》，《茅盾全集》第 17 卷，北京：人民文學出版社，1988 年，第 295 頁。

品以及其他消費品的廣告。藥品不登廣告。因為藥品有關人們的健
康，倘用廣告以招徠，那便是對於公眾衛生不負責，這在蘇聯是不
許可的。至於其他化妝品和消費品，本來就有奢侈性質，再登廣告，
那豈不是又得浪費紙張了麼？總之，在蘇聯人看來，大幅的廣告本
來就是浪費，何況又是奢侈品的廣告呢？

在茅盾眼裏，「大幅的廣告本來就是浪費」，奢侈品的廣告不會出現。廣告也
被定格在政治服務的基礎上。這讓我們產生疑問，難道蘇聯報章和定期刊就
不登載廣告嗎？答案顯然不是這樣的。在蘇聯的報章上，「只有新戲、新電影、
新書（這是偶然有的），以及臨時性的音樂會、演講會等等的廣告」，「而且地
位登的極小，簡直和一條新聞差不多」〔註 229〕。我先後翻閱過《人民日報》
《光明日報》《文匯報》《文藝報》《人民文學》等刊物，除開《人民日報》《光
明日報》《文匯報》在登載廣告時有複雜的政治背景外〔註 230〕，《文藝報》《人
民文學》登載廣告卻表現出一定的純潔性〔註 231〕，茅盾所說的「香煙、化妝
品、藥品」這類消費性物品的廣告，在國家級文學性期刊《文藝報》《人民文
學》上沒有出現過，即使《人民日報》上登載大量廣告，但仍舊排除了消費
性商品的廣告宣傳，除了書刊廣告外，電影廣告、工業產品廣告進入《人民
日報》的廣告視野之中。或許，登載書刊廣告並追求商業效益的功利性，不
再像民國時期的書刊廣告那麼「明顯」，但「政治效益」的追求，卻是人民共
和國初期書刊廣告中從來不含糊的。剔除「香煙、化妝品、藥品」等消費性
商品的廣告，正是這種潛在價值的「選擇」。

　　1951 年 3 月，政務院新聞總署、出版總署發布「指示」，強調的仍然是書
刊廣告的「刊登意義」〔註 232〕：

〔註 229〕茅盾：《雜談蘇聯·三三：報章和雜誌》，《茅盾全集》第 17 卷，北京：人民
　　　　　文學出版社，1988 年，第 295 頁。
〔註 230〕《人民日報》《文匯報》《光明日報》等報紙上還有藥品、化妝品、機器等的
　　　　　廣告刊載，但《文藝報》《人民文學》上已經找不到關於藥品、化妝品的廣告
　　　　　影子。
〔註 231〕但上海的書刊雜誌中仍舊充斥著大量的藥品、香煙的廣告，如《小說》月刊，
　　　　　《新中華》雜誌。
〔註 232〕我在對比翻閱 1949 年前後的文匯報廣告時，曾經產生過疑問，那就是解放前
　　　　　刊登有結婚和訃告的廣告，但人民共和國建立後的文匯報關於這樣的廣告卻消
　　　　　失了（訃告廣告只限於政治性和公眾性人物，一般人不在享有之列）。後來思
　　　　　考的結果，只能是一個解釋，人民共和國建立後私人空間的廣告部需要在公共
　　　　　的空間中展現。這進一步證明：個人主義在集體主義面前顯示出的脆弱性。

　　「在報紙期刊上經常發表對各種出版物（包括書籍、期刊、報
紙、美術出版物、掛圖等）的批評、介紹和有評論性的出版消息，
是重要政治意義的工作。……許多好的出版物，好的報刊文字，好
的編輯出版方法，因為沒有得到推薦，以致默默無聞，不能廣泛地
流傳；也有許多不好的出版物、不好的報刊文字、不好的編輯出版
方法，沒有適當的批評，以致其中或大或小的錯誤沒有引起作者、
編輯者、出版者、發行者和讀者的注意」，「這就使讀者失去了應有
的指導，也使出版工作失去了應有的監督」。〔註233〕

這為報刊雜誌刊登書評和書刊廣告，提供了合法的依據，它強調的是「重要
政治意義的工作」。報刊、雜誌刊登書刊廣告，不僅成為重要的政治工作，而
且在具體的政治宣傳上產生著深刻的影響。

　　鄭振鐸在人民共和國建立後政務繁忙，但他仍關注著他控股的上海雜誌公
司出版事業。他關心到了細微的「書刊廣告」。該出版公司曾經出版過《偉大的
藝術傳統圖錄》一書，為了「推動」訂購，他們積極在《文藝報》上刊登書刊
廣告。〔註234〕後來為了推動《偉大的藝術傳統圖錄》一書的「影響力」，鄭振鐸
提出「廣告可否登《人民日報》？影響可更大些也。」〔註235〕但並不是所有的
書刊廣告，都可以在報紙刊物和雜誌上登載。在書刊廣告的選擇與登載的過程
中，編輯部承擔了「自查」的功能：「選擇」廣告。胡風在為阿壟寫悼詞中，就
有這樣的回憶：「解放前無法出版（只零碎發表過若干篇），解放後才印了出來。
共三本，總題為《詩與現實》，約有七八十萬字罷。但遭到了等於被禁止的命運，
廣告都無法再報上登出。」〔註236〕胡風在這裡針對的，是阿壟的理論著作《詩
與現實》〔註237〕出版後的遭遇。胡風清醒地意識到，新出版的書不能登載書刊

〔註233〕《新聞總署　出版總署關於全國報紙期刊均應建立書報評論工作的指示》
　　　　（1951 年 3 月 21 日），《中華人民共和國出版史料（一九五一年）》第 3 卷，
　　　　北京：中國書籍出版社，1996 年，第 101 頁。
〔註234〕1951 年 6 月 20 日、7 月 7 日、7 月 9 日、7 月 13 日給劉哲民的四封信中，鄭
　　　　振鐸都詳細談及在《文藝報》上刊登《偉大的藝術傳統圖錄》一書的廣告問
　　　　題。7 月 13 日的書信中說到：「《文藝報》四卷六期，已將預約廣告登出。」
　　　　鄭振鐸：《鄭振鐸全集》（第 16 卷・書信），石家莊：花山文藝出版社，1998
　　　　年，第 304～307 頁。
〔註235〕鄭振鐸：《鄭振鐸全集》（第 16 卷・書信），石家莊：花山文藝出版社，1998
　　　　年，第 309 頁。
〔註236〕胡風：《我的悼念》，《天津日報》，1982 年 7 月 8 日；胡風：《胡風全集》第 7
　　　　卷，武漢：湖北人民出版社，1999 年，第 136 頁。
〔註237〕亦門：《詩與現實》，北京：五十年代出版社，1951 年。

廣告，意味著書被「禁止」。因阿壟文藝觀念與人民共和國初期文藝觀念之間的「緊張關係」，《詩與現實》出版後無法登載廣告，這直接影響到書的銷售，進而影響到文藝家的生存、出版社的資金運轉等。這從側面說明了書刊廣告的「登載」，在人民共和國初期文藝中的重要意義。從這樣的角度來看，「新文學選集」和「文藝建設叢書」的書刊廣告的對比分析中，就有重要的價值。1951 年中央宣傳部為刊登書刊廣告專門做規定，私營書店出版的書必須在《解放日報》上刊登了廣告之後，新華書店才接受其發行工作，但《解放日報》對國營和私營出版社收取廣告費的標準，卻差異很大〔註238〕。作為私營出版業的開明書店與作為公營出版社的三聯書店、人民文學出版社，它們在刊登廣告時必然有自己的「考慮」。

3. 「文藝建設叢書」、「新文學選集」的書刊廣告刊登考察

那麼，在這樣的書刊廣告文化環境中，「文藝建設叢書」、「新文學選集」的廣告將呈現出現什麼樣的景觀呢？1950 年 5 月，「文藝建設叢書」開始出版工作。但在這之前，《文藝報》和《人民日報》先後刊登過一些「文藝建設叢書」作品，如康濯的《黑石坡煤窯演義》曾在 1949 年 10 月 15 日至 1950 年 1 月 11 日在《人民日報》連載，田間的長篇小說《拍碗圖》1950 年 3 月～6 月曾在《文藝報》2 卷 1 期～6 期上連載，連載之後被「文藝建設叢書」編輯委員會看重，出版單行本。《文藝報》也展開有關馬加《開不敗的花朵》的介紹文字〔註239〕。徐光耀的《平原烈火》出版後，李昭、申述及時寫評論文章，對作品進行分析和介紹〔註240〕。這說明，除開這些連載或評介性的文字外，《文藝報》1950 年並沒有真正對「文藝建設叢書」做書刊廣告（當然，這種評介性的文字其實也是廣告，只不過它比廣告更有利於書籍的宣傳，那是鑑賞中的文藝宣傳）。

1951 年 1 月 10 日，3 卷 6 期封底頁上，赫然登出「文藝建設叢書」的廣告，其中包括已經出版的《老桑樹底下的故事》《壺嘴兒說媒》《領導》《村仇》《葦塘紀事》《平原烈火》《從延安到北京》《美國文學的作家與作品》《人物與紀念》《拍碗圖》《平妖記》《活人塘》。其中，《黑石坡煤窯演義》《永遠向

〔註238〕國營出版社出版的書刊登廣告，收取廣告費可以按 6 折計算，而私營出版社出版的書刊登廣告，則以廣告費的 7 折計算。陳改玲：《重建新文學史秩序：1950～1957 年現代作家選集的出版研究》，北京：人民文學出版社，2006 年，第 12 頁。

〔註239〕柳青：《讀〈開不敗的花朵〉》，《文藝報》2 卷 9 期（1950 年 7 月 25 日）。

〔註240〕李昭、申述：《評〈平原烈火〉》，《文藝報》3 卷 5 期（1950 年 12 月 25 日）。

著前面》《採蒲臺》的書刊廣告還對作品的內容進行介紹，並加以評價。1 月 25 日，3 卷 7 期重點介紹了立高的《永遠向著前面》。1951 至 1952 年，《人民文學》《文藝報》登載「文藝建設叢書」的書刊廣告情況，如下表：

表格四：《人民文學》和《文藝報》登載「文藝建設叢書」的書刊廣告情況統計

書名	《人民文學》出現廣告次數	《文藝報》出現廣告次數
《開不敗的花朵》	3	1
《平原烈火》	4	5
《歐行散記》	5	4
《從延安到北京》	4	4
《活人塘》	7	7
《跨到新的時代來》	6	5
《僅僅是開始》	6	5
《為了幸福的明天》	2	7
《銅牆鐵壁》	4	7
《風雲初記》	5	6
《光榮的任務》	4	7
《幸福》	3	1
《堅決貫徹毛澤東文藝路線》	1	3
《論生活、藝術和真實》	2	2
《為創造新的英雄形象而努力》	3	2
《戰鬥的旗》	1	4
《永生的戰士》	1	1
《早晨六點鐘》	2	0
《我們的節日》	2	2
《在零下四十度》	2	2
《村仇》	0	1

從這裡我們可以推測出，「文藝建設叢書」儘管先後出版了 30 部作品，但其中仍舊有重點與主次，它重點推出的作品有：丁玲《歐行散記》《跨到新的時代來》，徐光耀《平原烈火》，陳登科《活人塘》，柳青《銅牆鐵壁》，孫犁《風雲初記》，柯仲平《從延安到北京》，郭光《僅僅是開始》，陳企霞《光榮的任務》。這從側面看出丁玲、徐光耀、陳登科、孫犁、柳青、柯仲平、郭光、陳

企霞等人在形塑共和國文學精神的重要意義。

在 1950 年「新文學選集」的編選工作起步之後，老舍率先在《人民日報》上發表其《自序》，之後，《人民日報》還發表過楊剛寫的《許地山選集·序》，《人民文學》發表艾青《詩選自序》、丁易《郁達夫選集·序》、丁玲《一個真實人的一生——記胡也頻》、黃藥眠《蔣光慈選集·序》、李廣田《聞一多選集·序》。儘管《人民日報》和《人民文學》刊登了部分作家選集的「自序」或「代序」，《人民日報》登載過書刊的出版預告，但我們的微觀考察可以看出，「新文學選集」在《人民文學》和《文藝報》上，其實沒有出現一則書刊廣告。為什麼「新文學選集」不在《人民文學》和《文藝報》上作廣告，對叢書加以閱讀的宣傳引導呢？

我們知道，從 1949 年 9 月《文藝報》創刊起，「中國人民文藝叢書」就開始努力「形塑」它的文學廣告，試圖推進「中國人民文藝叢書」走向「經典化」。鑒於書刊廣告在文學出版物中存在這重要的影響，1950 年 5 月，「文藝建設叢書」開始出版之時，便利地利用《人民文學》《文藝報》這樣的國家級文藝刊物作書刊廣告，為書刊的流通增加了「廣告效應」。據筆者翻閱建國後的報刊雜誌經驗積累，建國後的書刊廣告，明顯地存在兩種不同的形態：一種是簡單的廣告，就是僅僅有書名、作家、出版社、書之定價；一種是詳細的廣告，就是有廣告詞，對作品有內容介紹，甚至還有藝術分析。後一種書刊廣告與解放前的新文學書刊廣告，有一致性。書刊廣告的刊載，產生的效果也大體相同。「文藝建設叢書」的廣告宣傳，能夠在《文藝報》和《人民文學》上頻繁登載，與「文藝建設叢書」本身作為《文藝報》社編輯部所編輯的叢書有很大的關係，它需要對文學作品的推銷起作用，更重要的是，《文藝報》和《人民文學》作為文學刊物的導向性意義。既然是要形塑共和國文學的基本實績，對「文藝建設叢書」必要的宣傳是應該的。其實，閱讀這些書刊廣告，我們發現它本身是沒有多大的藝術價值。但廣告可以頻繁地出現在報刊和雜誌的廣告裏，對讀者的影響是很明顯的。這些書並不是如廣告詞所寫的那樣，顯得那麼完美，同時代人中有留下關於這套叢書的閱讀印象，如路翎對柳青的《銅牆鐵壁》有這樣的閱讀記憶：「有些書，例如這一兩年出版的一些小說，可以看一看。昨天看了《銅牆鐵壁》。人物是沒有內容的。寫的是戰役的背景，有些事情，情節頗生動。也寫得簡單明瞭，有層有次。也可以看出，作者在研究材料上，研究當時的情況上，是費了力氣的。現在大

約只需要這樣的東西，它代表著『潮流』。它已經很滿足似的了，從這些地方再往前走一步，都是困難的。」〔註241〕路翎的話，不免「意氣用事」，但為了推進「文藝建設叢書」的書刊廣告效應，必要的廣告登載是必然的。

　　與之相對，在全面整理「新文學選集」叢書的書刊廣告及相關資料之後，我們發現，登載「新文學選集」叢書出版的書刊廣告很少。最初在上海《新聞日報》上刊登了一則簡單的出書預告，這裡摘錄如下〔註242〕：

　　　　新文學選集編輯委員會編輯　　茅盾主編

　　　　新文學選集

　　　　五四以來現實主義文學作品的精華

　　　　五四以來新文化主流的結集

　　　　使讀者可以最經濟的時間和精力，獲得新文學發展的基本認識

　　　　葉聖陶選集23.000元　　聞一多選集13.000元　　柔石選集14.000元　　殷夫選集　9.500元魯彥選集16.500元　　許地山選集12.500元朱自清選集15.000元　　巴金選集17.500元　　艾青選集14.000元　　洪深選集19.000元

　　　　每集都有序文，作者照像，手跡等圖片，足使讀者增加閱讀興趣。兩輯24種，將陸續出版。

這裡只預告了10種「新文學選集」書籍。接著，1951年8月12日，《人民日報》上登載《文化動態》，簡單說明「新文學選集」的出版情況，其內容如下：

　　　　　　　　「新文學選集」陸續出版

　　　　中央文化部新文學選集編輯委員會編輯的《新文學選集》，已由開明書店陸續出版。這套叢書選集了「五四」以來我國新文學作家的現實主義的文學作品，目的在使讀者用最經濟的時間和精力對我國新文學的發展獲得基本的認識。選集暫分第一、二兩輯，共包羅作家二十四人。現已出版的有許地山、柔石、胡也頻、殷夫、洪靈菲、聞一多、艾青、巴金、洪深、魯彥、朱自清、趙樹理等選集十二種，其他如蔣光慈、葉聖陶、張天翼等選集最近即可出版。

〔註241〕路翎：《1952 年 4 月 7 日》,《致胡風書信全編》，鄭州：大象出版社，2004年，第 257 頁。

〔註242〕《「新文學選集」書刊廣告詞》，上海《新聞日報》，1951 年 7 月 12 日。

　　這些作家的選集有為作家本人自選的，也有由該叢書編委會的
請專人代選的，如已故諸作家及烈士的作品。〔註243〕

「新文學選集」出版的目的最終表現了出來，選擇文學的標準也透露其中。
1952 年 2 月，開明書店出版的《語文學習》雜誌上刊登了「新文學選集」出
版的書刊廣告：

<blockquote>

中央文化部新文學選集編輯委員會編輯・新文學選集

　　這裡所謂新文學，指「五四」以來，現實主義的文學作品而言。
現實主義是「五四」以來新文學的主流，而其中有包括著批判的現
實主義和革命的現實主義兩大類。新文學的歷史就是從批判的現實
主義到革命的現實主義的發展過程。這套叢書依據這一歷史的發展
過程，選輯了「五四」以來具有時代意義的作品；目的在使讀者以
最經濟的時間和精力，對新文學的發展獲得基本的認識。現在第一
二兩輯已經出版，其中包羅二十四個作家的作品，這些作家的選集
有由作家自選的，也有由本叢書編委會約請專人代選的，如已故諸
作家及烈士的作品。每集都附有序文，又有作者照像，手跡等圖片。

</blockquote>

上面的這幾則書刊預告，其實也並不是嚴格意義上的書刊廣告，但它仍舊起
著一種「廣告效應」。它只是對「新文學選集」出版的預告，包括「新文學
選集」叢書各冊的書名、印刷或售價情況。「新文學選集」陸續做了一些書
刊廣告，但它絕大部分只在開明書店出版的雜誌和書籍上。從書刊預告的內
容來看，「新文學選集」是有組織、有規模的出版計劃，它有其系統性，主
要是為了建構五四「新文學」的合法地位。但因其廣告沒有進入國家級刊物
如《人民文學》《文藝報》《說說唱唱》等，它的宣傳範圍是有其限度的。「新
文學選集」的推行力量主要來自於「中央人民政府文化部」，它直接隸屬於
政務院。這就是說明，「新文學選集」的出版，其實是政府為推進文化建設
事業的一項文學出版活動。

　　從這裡我們可以看出，雖然「文藝建設叢書」的出版工作沒有進入政府
「文化部」的設計與構想之中，但它有強大的政治背景作為支撐。它其實是
由「中國共產黨中央宣傳部」直接管理與設計，這是共和國意識形態建構的

〔註243〕新華社：《文化生活動態・〈新文學選集〉陸續出版》，《人民日報》，1951 年 8
　　　　月 12 日。

中樞系統。《文藝報》和《人民文學》作為國家文學刊物〔註244〕，它是國家意識形態建設的重要窗口，從它們的創刊宣言中我們能夠明顯地體會到，它的直接管理部門是「中國共產黨中央宣傳部」。「新文學選集」則不同，儘管它納入「文化部」文化建設的規劃之中，並有合法的編委會，但由於舊作出版的「慎重性」，使「新文學選集」的出版，必然帶著謹慎的眼光，這在「自序」、「代序」中已經明白地表露了出來。「新文學選集」的出版，並沒有「文藝建設叢書」那種大張旗鼓的聲勢，它只在地方性報刊和開明書店自己出版的書籍和雜誌上登載廣告，其廣告閱讀的侷限性，是非常明顯的。「文藝建設叢書」則不同，各地文藝刊物都有其書刊廣告，還有重要的書評評論。其實，從人民共和國初期書籍推廣的政策來看，對符合國家意識形態建構的書籍出版，各地報刊都敞開大門，紛紛登載廣告，但那些不符合國家意識形態建構的書籍的出版，卻有一定的限制。比如，「《解放日報》對公私營書業廣告刊費折扣有分別」〔註245〕，內中就隱藏著書籍出版背後的「政治秘密」，那就是出版的「效益」。正是由於《解放日報》有這樣的廣告刊費的差異性對待，開明書店出版的「新文學選集」，最終沒有在華東地區最大發行量的報紙《解放日報》這一黨報作書刊廣告，它選擇的是非黨報性質的《文匯報》和《新聞日報》，其目的也是明顯的，即節約書刊的成本費用。

三、「文藝建設叢書」和「新文學選集」叢書的背後制約因素： 公私出版業的性質歸屬問題

　　人民共和國成立後，文藝書籍的出版，儘管新生政權下政府允許私營出版業的「存在」，並完全遵循《共同綱領》的「統一戰線」精神，對私營出版業給予一定的「合法地位」。但私營出版業在出版業務的具體範圍上，卻受到「嚴格」的限制。胡愈之作為出版總署署長，曾講過這樣一番話：「我們今天還不僅需要做好我們自己的出版工作，而且站在國營企業的地位，要領導全國公營私營的出版事業，要團結他們，並在全國出版業中間，起帶頭作用。」〔註246〕這就說明，雖然公營和私營是兩種出版經營的方式，是人民共和國初

〔註244〕其實，這種影響一直持續到今天，強調所謂的國家級刊物和一般刊物有同樣的出發點。

〔註245〕《上海市公私出版業座談會的綜合意見》，《中華人民共和國出版史料（一九五零年）》第 2 冊，北京：中國書籍出版社，1996 年，第 454 頁。

〔註246〕胡愈之：《胡愈之文集》第 5 卷，北京：三聯書店，1996 年，第 294 頁。

期出版事業的重要組成部分，但它們存在著根本的「利益」差異。民國時期，出版業獲得了巨大的發展，但「舊出版業大多是以賺錢為目的，不是為人民服務的」〔註247〕。《共同綱領》規定，保護私人工商業，是政府的政策，私人資本經營的出版業，同樣也要發展。但私營出版業中，「可能有的作風不同，各人有各人的做法，比如還有不出版有利於人民的出版物的」〔註248〕。這樣，舊的出版業的「轉變」，成為人民共和國初期出版業面臨的問題，這為「人民出版事業」的轉變，提供了某種程度的「合法性」，也導致兩種不同的出版業在國家的地位與待遇差異。鄭振鐸在給劉哲民的一封信中，就有這樣的信息透露：「關於出版計劃，弟稍有胸稿，著重在美術、考古及歷史、辭典、字典方面，且可與新華、三聯不發生衝突也。」〔註249〕鄭振鐸所控股的「上海雜誌公司」，係私營出版業，1934年由張靜廬創辦。人民共和國成立後，它作為有重要影響的私營出版社，在推進藝術類書刊的出版中，曾起過重要影響。這個出版社還經營其他書籍的出版，比如人民共和國初期，它還出版了蘇俄的文學著作，新文學家的著作，如《魯迅日記》《魯迅雜感選集》《魯迅全集補遺》《魯迅全集補遺續編》等，方志敏的《可愛的中國》作為革命歷史書籍。以鄭振鐸當時文化部副部長的職位和身份而言，他說出這樣的話，明顯地讓人感覺到人民共和國的出版業，有著強烈的「政治分工」。

開明書店和讀書‧生活‧新知三聯書店及之後的人民文學出版社，正是兩種不同性質的書店，必然導致在出版與發行中的「差異」。而這種「差異」，往往成為一種無形的調控因素和力量。人民共和國成立後，雖然特別強調出版業要在組織上貫徹「團結一切願為人民服務者共同工作」的指示，國統區與解放區的兩支文化出版工作隊伍也形成了「一股巨大的力量來更好地為人民的需要而工作」〔註250〕，但新華書店確立起它的出版發行總業務後，在對待公私出版業上，它還是有「潛在」的規則的，「公營書店進貨折扣，大都要較私營低，使私營出版物不得不提高售價」〔註251〕。也就是說，新華書店雖

〔註247〕胡愈之：《胡愈之文集》第5卷，北京：三聯書店，1996年，第298頁。
〔註248〕胡愈之：《胡愈之文集》第5卷，北京：三聯書店，1996年，第309頁。
〔註249〕鄭振鐸：《鄭振鐸全集》（第16卷‧書信），石家莊：花山文藝出版社，1998年，第269頁。
〔註250〕《人民日報》短評：《祝全國新華書店出版會議》，《人民日報》，1949年10月5日。
〔註251〕《上海市私營出版業座談會的綜合意見》，《中華人民共和國出版史料（一九五零年）》第2冊，北京：中國書籍出版社，1996年，第450頁。

然強調發行的「公平」,但在對待公私營出版社出版的書籍發行時,它是有差異的。在發行工作中,對待公私營出版業的書籍發行費用上,新華書店明顯地壓低了公營出版社的發行費用,對私營出版社則不同,它抬高了發行費用,這在無形中增加了私營出版社的書籍成本費用,私營出版業為了獲得盈利,必然抬高書籍的價格。

　　開明書店有久遠的歷史,民國時期就成為主要的出版社〔註 252〕,參與了中小學教材的出版。同時,開明書店同人中有很多作家,如葉聖陶、周建人、聞一多、朱自清、李廣田、俞平伯、夏丐尊、趙景深、豐子愷等,他們創作的很多文藝書或專著,大部分是由開明書店出版的。這使開明書店在「新文學」出版事業中,佔有重要的地位。但開明書店在對待革命或激進化思潮的時候,卻顯示出它的「保守性」,茅盾的這段話,可以作為一種「形象」的概括:「兄弟數十年來對出版界的印象說,認為書店大致有二個極端,一個可以商務做代表,是老爺書店。一個可以生活做代表,作風特別。間乎中間的為開明。就以出版的書論,開明所出的書,穩健而不落伍,亦不肯不顧一切,衝鋒陷陣。在目前這樣的時代,開明的穩打穩紮是很適宜的。」〔註 253〕作為一種「政治站隊」的具體表現,對待革命時代的態度,很快成為人民共和國衡量的重要標準。開明書店的這種「穩打穩紮」雖然在戰爭年代很適宜,但當從歷史的角度回顧它的這種對待革命的態度,往往會被人質疑,懷疑它的進步性。

　　人民共和國初期,開明書店積極地融入到新中國的出版事業中。開明書店同人中,有很多人都在出版總署做領導工作,如葉聖陶、胡愈之等,他們對國家在出版與發行方面的相關規定,「瞭如指掌」。開明書店有這樣的「同人」,在人民共和國出版業中,應該很快「出人頭地」。但開明書店實行的是「合股制」,這種合股制決定了它的性質,仍舊是「私營」性質。這種「私營」性質,必然決定開明書店在出版事業中遇見「尷尬」的境地。儘管開明創辦人章其琛成為中國共產黨「統一戰線」政策的「統戰對象」,1949 年後他的名字也還頻頻出現在人民共和國出版會議中。如,1949 年 10 月即參加中國共產黨中央宣傳部出版委員會的「招待北京出版工作者,大家希望建立全國性出

〔註 252〕它與中華書局、商務印書館、等私營出版業齊名,成為民國時期五大著名出版業。

〔註 253〕《茅盾先生演講詞》,《開明書店二十週年紀念講演錄》,《明社消息》,1946年 12 月。引用時參見《出版史料》第四輯,1985 年,第 27 頁。

版工作者協會」的會議〔註254〕。1950 年，開明書店向出版總署提出「公私聯營」申請，很快得到批准〔註255〕，這注定了開明書店作為私營出版業的性質定性。開明書店背後儘管有葉聖陶、胡愈之，甚至還有胡喬木的支持，但作為私營出版社，處於人民共和國初期的特殊環境下，它在「出版意向和選題方面」，不可能不「受到國家意識形態的限制」，甚至「為了在新中國求得發展，往往會順應時代潮流，抓住賣點，自覺調整出版方向」〔註256〕。從這個角度來看，選擇出版《瞿秋白選集》，這顯然並非開明書店的「明智之舉」。

　　與開明書店相比，生活・讀書・新知三聯書店和人民文學出版社則不同。生活・讀書・新知三聯書店經歷革命戰爭年代的「洗禮」，有著良好的革命傳統，1948 年，隨著革命形勢的發展在香港成立，它的前身是生活書店、讀書生活出版社、新知書店。「黨在過去十多年來對三聯書店精神的和物質的支持是非常大的，現在可以公開的說，如果沒有黨的幫助與指導，三聯就絕不對有今天這樣的發展」〔註257〕。「當追述三聯書店的光榮革命史時，我們的店史敘述往往會集中在鄒韜奮和李公樸的身上」，「三聯的三家書店，生活書店、讀書生活書店和新知書店，在抗日戰爭之前的三十年代，都對中國文化界的啟蒙運動發揮了積極作用」〔註258〕，這是百歲老人周有光在對鄒韜奮的追憶中說的一番心裏話。其實，1949 年 7 月，在對三聯書店進行定性時，中共中央有自己的方針：「三聯書店與新華書店一樣是黨的領導之下的書店，但新華書店是完全公營的書店，將來中央政府成立後，該書店即將成為國家書店；三聯書店是公私合營的進步書店，將來亦應仍舊保持此種性質，即國家與私人合作的性質。因此在全國新民主主義的出版事業中（暫時除了臺灣以外）新華書店應成為主要負責者，三聯書店應成為新華書店的親密助手與同行。」〔註259〕據初步估算，人民共和國初期三聯書店的資金佔有比例，「國家資本占

〔註254〕新華社：《中共中央宣傳部出版委員會招待北京出版工作者》，《人民日報》，1949 年 10 月 8 日。

〔註255〕王知伊：《開明書店紀事》，《出版史料》第四輯，1985 年，第 8 頁。

〔註256〕陳改玲：《重建新文學史秩序：1950～1957 年現代作家選集的出版研究》，北京：人民文學出版社，2006 年，第 12 頁。

〔註257〕胡愈之：《胡愈之文集》第 5 卷，北京：三聯書店，1996 年，第 342～343 頁。

〔註258〕周有光：《懷念鄒韜奮先生》，王世襄等著：《我與三聯：生活・讀書・新知三聯書店成立六十週年紀念集》，北京：三聯書店，2008 年，第 3 頁。

〔註259〕《中共中央關於三聯書店今後工作方針的指示》（1949 年 7 月 18 日），《中華人民共和國出版史料（一九四九年）》第 1 冊，北京：中國書籍出版社，1995 年，第 190 頁。

80%，私人資本占 20%」〔註260〕。這樣的資金比例已經證明，開明書店已經向高度的國家資本主義過渡了，這種過渡的最終目標，即是國營經濟的基礎。人民文學出版社作為新成立的文學出版社，1951 年 3 月正式成立，「這個出版社將有計劃地出版中國現代和古代的文學、世界古典的和進步的文學，並與全國各地公私營文藝書籍出版業，實行正確的分工合作，使整個文藝書籍出版事業逐步走向正常的健全的發展。在整個文藝書籍的出版工作上，應特別注意通俗文藝書刊的出版，以滿足廣大工農群眾的需要。」〔註261〕在具體的編輯與出版業務中，它「將以現代文學為主，其次是中國民間文學、古典文學、和外國文學」〔註262〕。一句話，人民文學出版社是國營的出版社。很快，作為現代文學叢書的「中國人民文藝叢書」、「文藝建設叢書」，納入到人民文學出版社的出版規劃之中。這裡，我們可以看出人民文學出版社與新華書店、三聯書店之間的內在關係。人民文學出版社承擔起共和國文學作品出版的重要責任，代表著國營出版社在文藝事業上為共和國出版事業作貢獻。

兩種不同性質的書店，具體出版書籍的過程中，考慮因素的複雜性，就有很大的差別。首先表現在書的定價上。開明書店既然屬於公私合營的出版業，雖然它能夠積極為人民共和國文藝書籍的出版事業貢獻自己的力量，但它的盈利性質，顯然是必然考慮的因素。開明書店出版的「新文學選集」各集在書價的定價上，比同時期「文藝建設叢書」要高接近一倍。這裡僅僅以「新文學選集」中的《趙樹理選集》《茅盾選集》和「文藝建設叢書」中的《風雲初記》《論生活、藝術和真實》為例。《趙樹理選集》1951 年 10 月出版，第一版印刷 10000 冊，頁碼為 150 頁，其定價為 10000 元；《茅盾選集》1952 年 4 月出版，第一版印刷 12000 冊，頁碼為 266 頁，定價 15500 元。1951 年 10 月出版孫犁的《風雲初記》，第一版印刷 10000 冊，頁碼為 237 頁，定價為 9000 元；1952 年 4 月蕭殷的《論生活、藝術和真實》，第一版印刷 7000 冊，頁碼 222 頁，定價為 8600 元。除開「新文學選集」初版本在裝幀上的考究耗費成本外，我們發現，開明書店的書價的定價，確實很高。它無法逃避私營出版業「盈利」的經濟目

〔註260〕《生活‧讀書‧新知三聯書店工作報告——邵公文在全國新華書店出版工作會議第八次大會上的報告》（1949 年 10 月 8 日），《中華人民共和國出版史料（一九四九年）》第 1 冊，北京：中國書籍出版社，1995 年，第 371 頁。

〔註261〕《中央人民政府文化部一九五零年全國文化藝術工作報告與一九五一年計劃要點》，《人民日報》，1951 年 5 月 8 日。

〔註262〕《文化生活動態‧人民文學出版社開始出版書刊》，《人民日報》，1951 年 8 月 17 日。

的。公營出版業的人民文學出版社，因其有國家經濟的背後支持，它們在定價上「書價不能低也不能高，要在高低之間求得平衡，就是說任低也不應該低於印刷成本，任高也得低於一般私營出版業的售賣價格」〔註263〕，努力實現著自己的政治價值。雖然「新文學選集」的編選工作由文化部藝術局主持，茅盾、丁玲、葉聖陶參與其事，但最終的出版選擇，歸併給開明書店這一私營出版社，其背後的複雜原因，值得我們深入思考。

作為私營出版業的開明書店，最終在這樣的政治經濟因素下，「新文學選集」的出版命運徹底破滅，《新文學選集·〈編輯凡例〉》中所謂的「陸續再出第三、四……等輯，而使本叢書的代表性更近於全面」的編輯計劃，文革之前再也沒有出現。即使後來有新文學作家的作品出版，但它已經歸併到人民文學出版社，成為「國家文學」觀念建構的一種具體表現。

郭沫若原以為可以呈現出「思想史料」〔註264〕這種歷史原貌的「可能性」，基本上不會再存在，新文學家修改舊作，成為一種時代的風氣，更是自我改造的「標誌」，樓適夷在回憶人民文學出版社工作中談到，人民文學出版社的編輯「好像一個外科大夫，一枝筆像一把手術刀，喜歡在作家的作品上動動刀子，彷彿不給文章割出一點血來，就算沒有盡到自己的責任。這把厲害刀，一直動到繼成老大作家，甚至已故作家的身上。……當然對魯迅著作的原文，是一個字也沒動過的（不過根據上級命令，也刪過他大量的書信），其他作家的作品幾乎全動過一些手術。郭老《女神》解放後的第一新版，就給刪去了三首小詩，其中一首：《死的誘惑》，內容說到詩人面對一把刀子，一條繩子，忍不住想走自殺的路。茅公的《蝕》《子夜》說有些描寫認為是『黃』了一點；曹禺的《雷雨》《日出》，都是被動過手術的；甚至《夏衍劇作選》，硬是給刪削了整整的一篇《上海屋簷下》，認為小資產階級的氣味重了。」〔註265〕人民文學出版社在文學書籍，特別是舊作的出版中，承擔起更大的「政治責任」，小心翼翼的心態必然得到呈現。人民共和國初期新的文學作家的作品，則大量地出版與發行，比如徐光耀的《平原烈火》，

〔註263〕《出版委員會工作報告——黃洛峰在新華書店出版工作會議第四次大會上的報告》（1949年10月5日），《中華人民共和國出版史料（一九四九年）》第1冊，北京：中國書籍出版社，1995年，第294頁。

〔註264〕郭沫若：《〈郭沫若選集〉·自序》，上海：開明書店，1951年，第7頁。

〔註265〕樓適夷：《零零碎碎的記憶——我在人民文學出版社》，《新文學史料》1991年第1期。

遲至 1957 年 2 月第 13 次印刷，其印數達到 18750 冊，但到 1980 年人民文學出版社已經是第 19 次印刷，其印數達到的歷史數字為 452500 冊。

四、附帶的尾聲：「文藝建設叢書」與「新文學選集」叢書的餘波

　　1952 年，丁玲就「文藝建設叢書」停止的問題致廠民：「文藝建設叢書，我的意見還是停止。過三反後召集一個會正式取消了。現代文藝書籍，可以由文學出版社聘請一批看稿人。這批人不只是看稿，而是負責介紹稿子，組織稿子。並聘請一二人幫助審查一下。我想北京方面還可多找幾個人。」〔註266〕結合人民共和國初期的歷史，我們可以推斷：此信寫於 1952 年 2 月底前。丁玲作為文藝界重要領導人，根據她與黨內高層之間的緊密關係以及丁玲自身的政治地位，她是知道「三反運動」到底何時結束的。後來，「三反運動」在 1952 年 10 月底前全部結束。這表明，丁玲希望在 1952 年結束「文藝建設叢書」的編輯與出版工作。不久，《人民文學》1952 年 8 月號刊登了啟事：「文藝建設叢書編輯委員會成立以來，已兩年有餘，承廣大讀者與作者不斷的鼓勵和幫助，使我們的工作有了一定的成績，現國家文學書籍出版機構早經成立，原叢書例言中所列任務，也可由各刊物及人民文學出版社編輯部擔承，故文藝建設叢書編輯委員會工作，決定自即日起結束。原出各書亦改單行出版，尚未處理的稿件，均歸人民文學出版社編輯部負責審閱。」〔註267〕

　　合理的編輯方針、編輯體例，亦參與到人民共和國文學觀念的建構，出版的叢書系列都具有重要的文學史意義，為什麼要在 1952 年突然結束「文藝建設叢書」的出版工作呢？啟事中說主要原因是人民文學出版社的成立。查人民文學出版社成立的時間，是 1951 年 3 月。但人民文學出版社在成立之前，就已經涉及到它成立後的具體工作方案，「有計劃地出版中國現代和古代的文學、世界古典的和進步的文學，並與全國各地公私營文藝書籍出版業，實行正確的分工合作，使整個文藝書籍出版事業逐步走向正常的健全的發展」，「在整個文藝書籍的出版工作上，應特別注意通俗文藝書刊的出版，以滿足廣大工農群眾的需要」〔註268〕。丁玲作為文藝界的領導人，很懂得政治分工的意義。既然人民文學出版社成立了，文學書籍的出版，當然應該交由這個專營

〔註266〕丁玲：《丁玲全集》第 12 卷，石家莊：河北人民出版社，2001 年，第 45 頁。
〔註267〕《文藝建設叢書編輯委員會結束工作啟事》，《人民文學》1952 年第 8 期。
〔註268〕《中央人民政府文化部一九五零年全國文化藝術工作報告與一九五一年計劃要點》，《人民日報》，1951 年 5 月 8 日。

文學書籍的出版社來出版。但 1956 年 8 月 9 日,丁玲在給黨中央的《辯證書》
中對此卻有這樣的解釋,「《文藝建設叢書》,編委名單,也是經過黨組討論的,
後來黨組決定增加編委名額,我並沒有意見。喬木同志說可以取消這些叢書,
也就立刻執行了」〔註 269〕。顯然,文藝建設叢書的「突然」中斷,還與來自
中國共產黨中央宣傳部的「意見」有關係:胡喬木建議丁玲取消「文藝建設
叢書」的繼續出版,明顯地有黨中央的「意思」。但文藝建設叢書形塑起來的
年輕文藝工作者們,其作品的出版並沒有中斷,而是繼續在人民共和國文學
出版業中佔據著重要份量。

　　「新文學選集」叢書出版,不可否認都是「舊作」的出版。出版「舊作」
在五十年代的文學建設中,是一尷尬的事業。在革命的文學批評家看來,「舊
作」在某種程度上是有「問題」的,這正如「新文學選集」的作家「自序」
所揭示的,這些參與新文學建構的第一代、第二代新文學作家,對出版這套
書本身表現出複雜的心態。比如,葉聖陶為了逃避這樣的選擇,乾脆委託傅
彬然為他操刀,其理由是「余以不願重覽己文」〔註 270〕;郭沫若雖然自己親
自編選《郭沫若選集》,但在《自序》中他卻這樣表述複雜的心態:「自己來
選自己的作品,實在是很困難的事。每篇東西在寫出或發表的當時,都好像
是很得意之作,但時過境遷,在今天看起來,可以說沒有一篇是能夠使自己
滿意的」〔註 271〕。顯然,郭沫若並沒有為「新文學選集」叢書出版自己的舊
作感到高興,面對這些舊作,他帶著慚愧的心理,他能夠靜下心來選自己的
舊作,完全是為了一個神聖的目的:「這五四以來的文藝作品選集,一方面是
想整理一下優秀的文化遺產,以便更好的推廣和保留,一方面也是想作為史
料,以供研究歷史和社會發展者的參考。在這第二種意義上,我來選出了這
個選集。」〔註 272〕從這樣的表述中,我們可以看出,郭沫若並不覺得「新文
學選集」是五四以來的優秀文藝遺產,而是為了為人民共和國讀者瞭解舊社
會提供「文學史料」,作品成為瞭解社會、瞭解過去的重要史料,郭沫若是帶
著這樣的目的來參加新文學選集的。茅盾,作為「新文學選集」的實際負責
人和主要召集者,他對選集這套書雖然有著宏偉的打算,但真正落實到為自
己的選集作序時,他也表現出自己的矛盾心態。本來,按照茅盾最初的「構

〔註 269〕周良沛:《丁玲傳》,北京:北京十月文藝出版社,1993 年,第 46 頁。
〔註 270〕葉聖陶:《葉聖陶集》第 22 冊,南京:江蘇教育出版社,2004 年,第 136 頁。
〔註 271〕郭沫若:《〈郭沫若選集〉·自序》,上海:開明書店,1951 年,第 7 頁。
〔註 272〕郭沫若:《〈郭沫若選集〉·自序》,上海:開明書店,1951 年,第 7 頁。

想」，選集這套書明顯地是針對「中國人民文藝叢書」對解放區文藝的展現，作為「新文學」的建構者之一，茅盾這時身份為文化部部長，他知道梳理文學遺產、描繪文學歷史軌跡的重要性。但在寫作《自序》的時候，他卻這樣表達自己的選擇：針對短篇小說而言，「在今天這樣的新時代，這些實在只能算是歷史的灰塵，離開今天青年的要求，不啻十萬八千里罷？至多，也不過告訴今天的讀者，從前曾經有過這樣灰色的人生，因而今天的燦爛蓬勃的新生活是彌足珍貴而已！」〔註273〕這樣的表述與郭沫若把選集當作史料，有何二致？經歷1952年三反五反、思想改造運動之後，12月「新文學選集」出版最後一版普及版作家選集之後，出版計劃即刻終止。

「文藝建設叢書」和「新文學選集」，這兩套大型的叢書的編輯出版，「一方面是對當代文學『傳統』的一次精心的選擇和確認，另一方面也是對新文藝方向實績的指示，對建國後中國當代文學的發展方向和創作規範，起到了示範的作用；當然，這些文學作品選集的出版，更是為新文學普及工作打下了較為堅實的基礎」〔註274〕。但兩套書由於各自不同的歷史命運，在文學接受的過程中，差異是明顯的。

1952年8月，《中國青年》向廣大文學愛好者發出倡議，向青年推薦一些暑假讀物。結果這些書裏，「新文學選集」只有1本入圍，那就是《魯迅選集》，「文藝建設叢書」也只有1本，即長篇小說《銅牆鐵壁》。推薦最多的是「中國人民文藝叢書」，有3本，《太陽照在桑乾河上》《暴風驟雨》《白毛女》〔註275〕。

1953年《中國青年》再次推薦時，「新文學選集」缺席；「文藝建設叢書」2本，《銅牆鐵壁》和《三千里江山》入圍；「中國人民文藝叢書」仍舊是3本，《太陽照在桑乾河上》《暴風驟雨》《白毛女》繼續存在於廣大讀者的文學視野中〔註276〕。

〔註273〕茅盾：《〈茅盾選集〉・自序》，北京：開明書店，1952年，第5頁。

〔註274〕洪子誠主編：《20世紀中國文學研究・當代文學研究》，北京：北京出版社，2001年，第379頁。

〔註275〕《向青年推薦一些讀物》，《中國青年》，1952年第94期（1952年8月1日）。

〔註276〕《向青年推薦一些讀物》，《中國青年》，1953年第12期（1953年6月16日）。

第五章 《毛澤東選集》第一卷出版與發行的「背後」

　　本章裏我們將要討論的《毛澤東選集》第一卷，指的是中共中央《毛澤東選集》出版委員會〔註1〕編，人民出版社出版，1951年10月第1版版本，計296頁、插圖16頁、大32開，豎排本。這是人民共和國成立後，第一次系統地以中國共產黨中央《毛澤東選集》出版委員會這樣的出版組織之名義，出版的新版《毛澤東選集》。它經過毛澤東本人親自修訂，在人民共和國出版史上，顯示出更加偉大和深遠的出版意義。《毛澤東選集》第一卷選擇在此時而非彼時出版，其原因何在？這倒是值得我們進行探討的話題。

　　歷史學家高華在微觀考察延安整風運動及毛澤東個人領導地位的確立過程後曾指出，「1938年10月中共六屆四中全會後，毛澤東成為中共第一號人物，在中共領導核心中的地位已經牢牢樹立，但是毛澤東的『理論家』名號卻是在數年後才確定的」〔註2〕。這裡的所謂「數年後」，即指的是1945年4月。醞釀已久的中國共產黨第七次全國代表大會，最終選擇在抗戰即將勝利之前召開，地點選在邊區首府延安。這次大會，最終確立了毛澤東本人在中

〔註1〕 全名為「中共中央毛澤東選集出版委員會」，1950年5月中共中央政治局決定成立該組織，主要負責整理、編輯和出版《毛澤東選集》的具體工作。邢賁思主編：《中國哲學五十年》，瀋陽：遼海出版社，1999年，第173頁；韓劍飛編著：《中國憲政百年要覽1840～1954》，太原：山西人民出版社，2008年，第305頁。

〔註2〕 高華：《紅太陽是怎樣升起來的——延安整風運動的來龍去脈》，香港：中文大學出版社，2000年，第605頁。

國共產黨內的領導地位，同時也確立了毛澤東思想作為中國共產黨全黨指導思想的地位：毛澤東思想被認為是「馬列主義普遍真理與中國革命實踐相結合的產物」。自馬克思主義傳入中國後，革命的中國共產黨人就試圖把馬列主義原理運用到中國革命的實踐過程中。經歷長達二十三年的革命歷程後〔註 3〕，中國共產黨第七次代表大會召開的目的，就是要以全黨代表大會的形式，把毛澤東思想合法化、公開化，使之成為全黨的思想規範，所以，「學習毛澤東思想，宣傳毛澤東思想，遵循毛澤東思想的指導去進行工作，乃是每一個黨員的職責」〔註 4〕。

　　為了加強對毛澤東思想的「學習」和「宣傳」，出版毛澤東的著作成為必然的選擇。據統計，「建國前出版的《毛澤東選集》，迄今為止我們所能看到的最早版本是 1944 年晉察冀日報社編輯出版的五卷本，最後一個版本是香港新民主出版社在 1949 年完成出版的以單行本形式分冊的一套《毛澤東選集》。其間短短 5 年，有中共晉察冀中央局版、大連大眾書店版、蘇中出版社版、哈爾濱東北書店版、中共晉冀魯豫中央局版等相對獨立的版本出現，幾乎年年都有新版本問世，頗具規模」，「《毛澤東選集》是在毛澤東的領導地位及毛澤東思想最終確立並為全黨所公認的歷史條件下應運而生的」〔註 5〕。儘管在人民共和國成立之前已經出現《毛澤東選集》的諸多版本，但這些毛選版本，主要還是集中於共產黨控制的解放區，國統區有關毛澤東思想的話題，仍舊是秘密的進行的，即使出版毛澤東的相關言論，也只能是「偽裝」的形式〔註 6〕。

　　因此，沒有延安經驗或延安經歷的民主人士、進步人士，和國統區革命的文藝工作者，真正接觸《毛澤東選集》，應該是在 1948 年 5 月。此時，中國共產黨向各民主人士、進步人士、革命的文藝工作者發出號召，準備召開

〔註 3〕從 1942 年開始「形塑」毛澤東個人的理論權威地位，邊區延安經歷「整風運動」、「審幹運動」和「搶救知足者運動」後，最終把毛澤東個人的理論權威地位樹立起來了。

〔註 4〕劉少奇：《劉少奇選集》上卷，北京：人民出版社，1981 年，第 337 頁。

〔註 5〕劉金田、吳曉梅：《〈毛澤東選集〉出版的前前後後》，北京：中共黨史出版社，1993 年，第 19 頁，第 22 頁。

〔註 6〕毛澤東的著作曾經以《文史通義》《大乘起信論》《婦女問題》《三國演義》《水滸傳》《紅樓夢》等多種形式偽裝，「起到了迷惑敵人、巧妙地宣傳我們黨的主張和毛澤東思想的作用」。周明、刑顯廷、曹國輝：《印行毛澤東著作偽裝本的回憶》，《〈毛澤東選集〉出版的前前後後》，北京：中共黨史出版社，1993 年，第 19 頁，第 22 頁。

新的政治協商會議之後。按照中國共產黨中央委員會的「要求」，在具體負責接待這些「統戰對象」的過程中，接待部門要「供給他們以馬列著作，毛澤東選集（每人贈一冊），黨的公開文件及材料，解放區建設的材料，報紙及參考消息（無黨內新聞）」〔註7〕。此時的《毛澤東選集》，僅僅只有一冊，但這一冊也要送到每一個進入新解放區的、中國共產黨正在爭取的對象手裏。可見，《毛澤東選集》當時作為思想宣傳與思想學習的重要性。

1948年5月23日，《人民日報》的「東北文化」專欄中，有這樣一則信息：「《毛澤東選集》已於『五四』紀念日發行。該書為二十三開本，紙張全係解放區所精造，布面鍛金，有鋼刻毛澤東同志側面像，裝璜美麗，印刷精良，全書一千頁八十五萬餘言，共分六卷，包括毛澤東同志著作五十篇。」〔註8〕這是1948年5月版的《毛澤東選集》，豪華精裝本，共6冊。《毛澤東選集》還作為重要的「禮物」，頻繁的出現在外交場合〔註9〕。1949年4月29日，即人民解放軍解放南京後的第六天，著名歷史學者、中國共產黨重要的統戰對象陳垣，在給遠在美國的胡適的公開信中，談了他閱讀《毛澤東選集》後的「感受」：

> ……我讀了《中國革命與中國共產黨》和《新民主主義論》，認清了現在中國革命的性質，認清了現在的時代，讀了《論聯合政府》，我才曉得共產黨八年抗日戰爭的功勞，這些功勞都是國民黨政府所一筆抹煞的。讀了《毛澤東選集》內其他的文章，我更深切的瞭解了毛澤東思想的正確，從而瞭解到許多重要的東西，像土地改革的必要性，和我們知識分子的舊的錯誤的道路。……我深深的受了感動，我深恨反動政府文化封鎖得這樣嚴緊，使我們不能早看見這類的書。如果能早看見，我絕不會這樣的渡過我最近十幾年的生活。我愛這本書，愛不釋手，不但內容真實、豐富，而且筆法動人。

〔註7〕《中央關於對待民主人士的指示》，《中共中央文件選集》第18冊，北京：中共中央黨校出版社，1992年，第70頁。

〔註8〕《東北文化》，《人民日報》，1949年5月23日。

〔註9〕如出席華沙勞動大會的代表邱如一同志介紹說，「我們帶去的三千個毛主席徽章和數十套毛澤東選集都被爭著要去。各國代表都讚揚中國的革命鬥爭對世界有重大意義，表示了對中國革命的無限關懷，特別是東南亞各國代表更熱烈的表示要和我們攜手共同爭取解放！」張深、黎華：《出席勞大勝利歸來 華北、華東、西北代表抵石 石市工人及各界熱烈歡迎》，《人民日報》，1949年1月8日。

以文章價值來說，比《水滸傳》高得多，我想你一定不會不注意的。……〔註10〕

陳垣以這種現身說法的《毛澤東選集》閱讀方式，無疑給中國共產黨形塑的毛澤東思想和共產黨形象，提供了很好的輿論支持。從陳恒本人的經歷來看，他閱讀的正是一卷本的《毛澤東選集》。11 月，朱光潛也寫下了如下文字：「我跟著同事同學們學習，開始讀到一些共產黨的書籍，像共產黨宣言、聯共黨史、毛澤東選集以及關於唯物論辯證法的著作之類。在這方面我還是一個初級小學生，不敢說有完全正確的瞭解，但在大綱要旨上我已經抓住了共產主義所根據的哲學，蘇聯革命奮鬥的經過，以及毛主席的新民主主義的理論和政策。我認為共產黨所走的是世界在理論上所應走而在事實上所必走的一條大路。」〔註11〕這樣的言說方式達到的「效果」，與陳恒的話語是一致的。

人民共和國即將成立的前夕，新的政治協商會議籌備會議正在緊鑼密鼓地準備著。中國共產黨構想了新的政治協商會議的「政治基礎」，那就是「統一戰線」。這個「統一戰線」的依靠對象，「除了帝國主義者、封建主義者、官僚資產階級分子、國民黨反動派及其幫兇們而外，其餘的一切人都是我們的朋友」，「這個統一戰線是如此廣大，它包含了工人階級、農民階級、城市小資產階級和民族資產階級」〔註12〕。但是，各階級在新的政治協商會議的「領導地位」，卻是不一樣的。比如，「民族資產階級之所以不能充當革命的領導者和所以不應當在國家政權中占主要地位，是因為民族資產階級的社會經濟地位決定了他們的軟弱性，他們缺乏遠見，缺乏足夠的勇氣，並且有不少人害怕民眾」〔註13〕。人民共和國初期，特別強調「人民民主專政」，但「人民民主專政」的「經驗」到底是什麼？毛澤東在《論人民民主專政》一文中做了具體的回答：「就是工人階級（經過共產黨）領導的以工農聯盟為基礎的

〔註10〕陳垣：《給胡適之一封公開信》，《人民日報》，1949 年 5 月 11 日。最近，劉建平在《1950 年「輔仁大學事件」始末——兼談新中國初期中共對教會大學的政策》中對陳垣的這封公開信進行了質疑，引發我對此問題的進一步研究，具體思考將在論文後展開。劉建平《1950 年「輔仁大學事件」歷史考察》，《中共黨史研究》2014 年第 2 期。

〔註11〕朱光潛：《自我檢討》，《人民日報》，1949 年 11 月 27 日。

〔註12〕毛澤東：《在新政治協商會議籌備會上的講話》（一九四九年六月十五日），《毛澤東選集》第 4 卷，北京：人民出版社，1991 年，第 1465～1466 頁。

〔註13〕毛澤東：《論人民民主專政》（一九四九年六月三十日），《毛澤東選集》第 4 卷，第 1479 頁。

人民民主專政」，「人民民主專政的基礎是工人階級、農民階級和城市小資產階級的聯盟，而主要是工人和農民的聯盟，因為這兩個階級佔了中國人口的百分之八十到九十」。

人民共和國成立後，《中國人民政治協商會議共同綱領》成為「臨時憲法」，中國共產黨的執政黨地位得以確立，被寫進這一「臨時憲法」之中〔註 14〕。這樣，中國共產黨的「指導思想」，逐漸成為國家政治的理論框架的「指導思想」。但由於人民共和國初期階級成分的「複雜性」，決定了此時期思想狀況的複雜程度。在中國共產黨看來，有一部分知識分子，「他們的頭腦中還殘留著許多反動的即反人民的思想，他們不是國民黨反動派，他們是人民中國的中間派，或右派」，「他們對美國存在著幻想」，「他們容易被美國帝國主義分子的某些甜言蜜語所欺騙，似乎不經過嚴重的長期的鬥爭，這些帝國主義分子也會和人民的中國講平等，講互利」〔註 15〕。所以，在新的歷史條件下，「先進的人民，共產黨人，各民主黨派，覺悟了的工人，青年，學生，進步的知識分子，有責任去團結人民中國內部的中間階層、中間派、各階層中的落後分子、一切還在動搖猶豫的人民（這些人們還要長期地動搖著，堅定了又動搖，一遇困難就要動搖的），用善意去幫助他們，批評他們的動搖性，教育他們，爭取他們站到人民大眾方面來」。〔註 16〕這些所謂的知識分子，顯然是中國共產黨「統一戰線」政策爭取的重要對象，他們是在共產黨的政治團結範圍之內。但這種團結，是有一定的政治條件作為前提的，也就是在「團結」的基礎上，這些知識分子還得面臨新的「思想改造」。

1950 年 6 月 23 日，政協一屆二次會議閉幕詞中，毛澤東發表了關於「統一戰線」政策與自我改造關係的重要談話：

> 「在國內，我們必須團結各民族、各民主階級、各民主黨派、
> 各人民團體及一切愛民主人士，必須鞏固我們這個已經建立的偉大

〔註14〕 在《中國人民政治協商會議共同綱領》中寫到：「中國人民政治協商會議一致同意以新民主主義即人民民主主義為中華人民共和國建國的政治基礎，並制定以下的共同綱領，凡返家人民政治協商會議的各單位、各級人民政府和全國人民均應共同遵守。」而這裡的「以新民主主義即人民民主主義」的政治前提，即是人民民主專政，它是以堅持中國共產黨的政治領導為其前提的。

〔註15〕 毛澤東：《論人民民主專政》（一九四九年六月三十日），《毛澤東選集》第 4 卷，北京：人民出版社，1991 年，第 1485 頁。

〔註16〕 毛澤東：《論人民民主專政》（一九四九年六月三十日），《毛澤東選集》第 4 卷，北京：人民出版社，1991 年，第 1488 頁。

的有威信的革命統一戰線」,「要達到鞏固革命統一戰線的目的,必
須採取批評和自我批評的方法」,並認為批評和自我批評「是一個
很好的方法,是推動大家堅持真理、修正錯誤的很好的方法,是人
民國家內全體革命人民進行自我教育和自我改造的惟一正確的方
法。」〔註17〕

這意味著人民內部的思想清理活動,將成為新一輪的政治運動。但其「突破
口」將選擇在什麼地方呢?這樣的思想清理活動,遵循的「標準」是什麼呢?

即將進入 1951 年新年元旦的前三天,即 1950 年 12 月 29 日,毛澤東寫
於 1937 年 7 月的舊文《實踐論——論認識和實踐的關係——知和行的關係》,
由《人民日報》重新編排發表,這是經過毛澤東本人親自修改後的最終定本。
為什麼選擇這個時間來發表毛澤東的這篇舊文?難道僅僅是因為它被毛澤東
重新修改,原先以個人名義發表,現在卻以「組織」的名義(中共中央《毛
澤東選集》出版委員會)來發表?

《實踐論》的發表,並不是一個簡單的問題,它有著重要的政治意義。
之後的歷史已經證明,它開啟了一種新的思想話語的「誕生」:組織推進下的
思想話語生產。同時這也注定《毛澤東選集》的出版,將成為 1951 年中國人
民生活中不可忽視的一件「大事」。

2 月 25 日,《人民日報》以「編輯部」的名義發表的一篇文章中提出:「為
了提高我們的理論水平與政治水平,必須加強馬列主義與毛澤東思想的宣傳
教育。《毛澤東選集》的出版,將是中國出版界劃時代的大事。這套偉大文
集出版以後,將在中國造成一個理論學習的新高潮:將要大大提高我們的理
論認識,將會大大推動我們的各項建設任務的實現。」〔註18〕10 月 23 日,
中國人民政治協商會議第一屆第三次全體會議在北京召開。毛澤東在「開會
詞」中說:「在我國的文化教育戰線和各種知識分子中,根據中央人民政府
的方針,廣泛地開展了一次自我教育和自我改造的運動,這同樣是我國值得
慶賀的新氣象。在全國委員會第二次會議閉幕的時候,我曾提出了以批評和
自我批評方法進行自我教育和自我改造的建議。現在,這個建議已經逐步地
變為現實。」〔註19〕

〔註17〕新華社:《毛主席閉幕詞》,《人民日報》,1950 年 6 月 24 日。
〔註18〕編者:《為完成今年出版任務而奮鬥》,《人民日報》,1951 年 2 月 25 日。
〔註19〕毛澤東:《中國人民政治協商會議第一屆全國委員會第三次會議的開會詞》,
《人民日報》,1951 年 10 月 24 日。

　　顯然，經過兩年的經濟建設，人民共和國的經濟得到了恢復，並逐漸走向了繁榮。伴隨經濟建設的廣泛開展，文化建設也將面臨一個新的局面。但從 1949 年人民共和國成立以來，文化建設的局面並沒有完全打開〔註20〕。為了進一步統一全國文化建設的「指導思想」，推進國家在文化建設上也掀起一個建設的高潮，中國共產黨和中央人民政府，必然努力推進新的「指導思想」的確立。政協一屆三次會議，無疑正是解決「思想瓶頸」的一次會議。歷史經驗的總結過程中，文藝界對兩年來的文化建設到底採用什麼樣的經驗，對於一個標榜革命的政黨而言，「努力改變中國的面貌時要依靠廣大幹部，而思想改造運動對於幹部發揮作用具有極其重大的實際意義」〔註21〕。

第一節　《毛澤東選集》第一卷出版的「前奏曲」

一、《毛澤東選集》的出版成為「嚴肅」的話題

　　在中國共產黨黨內，出版黨的領導人的言論、著作，有其相關的規定。早在 1938 年 2 月 4 日，中國共產黨中央委員會在《啟事》中強調：「凡關於本黨文件，本黨領導人之著作和言論……等，均請託中國出版社及延安解放社印行。」「除延安解放社出版者及曾經本黨負責人簽字交付個別書局印行之個別小冊子外，中共中央絕不負任何責任。」〔註22〕到 1948 年 6 月和 11 月，中共中央先後作出了集中領導人著作出版權於中央的決定和指示，則顯得更加明顯，比如其中有這樣的規定：「凡中央負責同志未經正式公布的著作，未經中央同意，各地不得擅自出版。中央負責同志已正式公布的著作，各地在編輯或翻譯時，亦須事先將該著作目錄報告批准，並請作者重新加以校閱或修改」〔註23〕。1949年 5 月，中國共產黨中央宣傳部在給華東局、中原局的信中指出：「今後凡我黨

〔註20〕茅盾作為政務院文化部部長，每次會議中關於文化建設的情況，在他的報告中都被指出存在嚴重的不足。特別是人民共和國成立以來文藝界思想狀況的複雜性，1951 年在電影《武訓傳》的放映中被完全「表露」出來，這種所謂的表露其實是來自文化部和中宣部的思想狀況評估。

〔註21〕【美】斯圖爾特‧施拉姆著，中共中央文獻研究室《國外研究毛澤東思想資料選輯》編輯組編譯：《毛澤東》，內部發行，北京：紅旗出版社，1987 年，第 235 頁。

〔註22〕《啟事》，《解放》週刊第 31 期（1938 年 2 月 4 日）；趙曉恩：《延安出版的光輝：〈六十年出版風雲散記〉續編》，北京：中國書籍出版社，2001 年，第 7 頁。

〔註23〕轉引自劉金田、吳曉梅：《〈毛澤東選集〉出版的前前後後》，北京：中共黨史出版社，1993 年，第 59 頁。

中央發布的政策文件及毛主席和中央負責同志的著作，應統一由當地新華書店印行，大量造貨，以滿足廣大讀者的需要，同時藉以抵制私商的濫行翻印」〔註24〕。其實，在人民共和國即將成立前夕，有關毛澤東著作的出版，已經作為一項重要的政治使命被提出。據《出版委員會第十次會議記錄》透露：「《毛主席文選》的校對工作，已大體分工。初校由廠做，二、三校由本會做，四、五、六校由王子野、陳伯達、田家英做，清樣由本會負責」〔註25〕。

　　1949 年 6 月，張磐石負責的《人民晚報》登載「《毛選》7 月中出版」；之後，《解放報》又登載《毛選》「廉價售書」的消息〔註26〕。儘管張磐石曾為中共晉冀魯豫中央局出版的《毛澤東選集》，作出過不可磨滅的貢獻〔註27〕，但人民共和國成立後有關《毛澤東選集》出版的這些「消息」，後來被中共中央「知曉」後，中國共產黨中央委員會對此提出嚴厲的「批評」。之後，有關消息的發行，實行更加嚴厲的辦法，「俟後凡有關出版發行消息均統一由會本部發表，由黃洛峰、華應申兩同志擔任發言人，各單位不得自由發表未經批准消息」〔註28〕。其實，此時出版委員會正在委託出版《毛選》，「《毛選》稿已發齊共 1200 頁左右，現有一困難問題即是引文的標點是在括號裏還是在外，名詞的統一如托洛斯基、托洛茨基等原書是不統一的。」〔註29〕但為了《毛選》出版的「慎重性」和「莊嚴性」，他們希望這一消息通過正規的「渠道」（即媒介）發布出去，而不是由《人民晚報》這樣的「小報」來發布。

〔註24〕《中共中央宣傳部關於防止偽造文件致華東局、中原局的信》（1949 年 5 月 15 日），《中華人民共和國出版史料（一九四九年）》第 1 冊，北京：中國書籍出版社，1995 年，第 100～101 頁。

〔註25〕《出版委員會第十次會議記錄》（節錄）（1949 年 5 月 4 日），《中華人民共和國出版史料（一九四九年）》第 1 冊，北京：中國書籍出版社，1995 年，第 86 頁。

〔註26〕《出版委員會第十七次會議記錄》（節錄）（1949 年 6 月 27 日），《中華人民共和國出版史料（一九四九年）》第 1 冊，北京：中國書籍出版社，1995 年，第 138 頁。

〔註27〕劉金田、吳曉梅：《〈毛澤東選集〉出版的前前後後》，北京：中共黨史出版社，1993 年，第 191～196 頁。

〔註28〕《出版委員會第十五次會議記錄》（節錄）（1949 年 6 月 13 日），《中華人民共和國出版史料（一九四九年）》第 1 冊，北京：中國書籍出版社，1995 年，第 138 頁。

〔註29〕《出版委員會第十六次會議記錄》（節錄）（1949 年 6 月 20 日），《中華人民共和國出版史料（一九四九年）》第 1 冊，北京：中國書籍出版社，1995 年，第 142 頁。

9月底，中國人民政治協商會議在北平正式召開，毛澤東當選為中華人民共和國中央人民政府主席，他從中國共產黨和解放區的領袖，一躍而成為中華人民共和國人民的領袖。伴隨著毛澤東個人地位在國家行政體制中的確立，有關毛澤東著作的出版，逐漸成為一項重要的國家意識形態建設行為，其「嚴肅性」必然得到顯現，出版也必然被「規範化」。9月26日，全國新華書店出版工作會議在北京召開，出版總署署長胡愈之在講話中，透露出關於《毛澤東選集》編輯與出版的相關信息：「《毛澤東選集》的新版，由於校訂和注釋工作的浩繁，直到現在還不能全部付印。全國讀者渴望已久了。在不久的將來，這一部巨著的出版將是中國出版界劃時代的一件大事情。」〔註30〕從胡愈之的這句話裏，我們可以「推斷」出：人民共和國建立後，《毛澤東選集》一直在進行著緊密鑼鼓的「包裝」，1200頁左右的發稿絕對不是「空穴來風」。

其實，1949年10月人民共和國成立後，雖然有關毛澤東著作的出版加快了步伐，但書籍的推廣還是有一定的「侷限性」的。當時毛澤東的著作叫做《毛澤東選集》，或者《毛澤東言論集》，或者是單篇文章的獨立出版，由新華書店或解放社〔註31〕公開發行〔註32〕。這與後來形成的一套新版《毛澤東選集》，是有區別的：「幾年前各地方曾出過幾種不同版本的《毛澤東選集》，都是沒有經過著者審查的，體例頗為雜亂，文字亦有錯訛，有些重要的著作又沒有收進去。」〔註33〕。受環境和出版條件的影響，這些毛澤東著作選本存在著的「不足」，概括起來，主要有以下幾點：一、不少重要著作收集不全；二、未經作者親自校閱；三、沒有統一規格，印刷質量不高；四、印數不大。〔註34〕一句話，與新版《毛澤東選集》出版前的毛澤東相關著作相比，它們

〔註30〕《論人民出版事業及其發展方向──出版總署胡愈之署長在第一屆全國出版會議上的報告》，《人民日報》，1950年9月28日。

〔註31〕新華書店和解放社作為中國共產黨中央宣傳部直接管理的出版部門，直接為中國共產黨出版有關黨的理論著作。建國後1950年左右，解放社合併轉變為後來的人民出版社，新華書店則成為全國最大的發行業系統。

〔註32〕陳恒：《給胡適之一封公開信》、朱光潛《自我檢討》中有關於《毛澤東選集》字樣，顯然這時以及這之前，有《毛澤東選集》之類的書出版。《人民日報》上也有關於《毛澤東選集》的銷售情況。陳毅：《上海市委整風報告》中也透露出《毛澤東選集》有東北版。從這些文字中可以確認，40年代到50年代初期有《毛澤東選集》出版。

〔註33〕中共中央毛澤東選集出版委員會：《〈毛澤東選集〉出版的說明》，《八一雜誌》1951年第8期。

〔註34〕刑賁思主編：《中國哲學五十年》，瀋陽：遼海出版社，1999年，第42頁。

顯得「很粗糙」，「並不精美」。這與毛澤東思想作為全國指導思想的地位，完全「不相匹配」。

1951 年 1 月 5 日，中央人民政府出版總署署務會議通過《一九五一年出版工作計劃大綱》，其中特別強調《毛澤東選集》的出版與發行工作：出版上，「完成《毛澤東選集》的出版工作，印行大量的普及本、精裝本和單行本，爭取做到校對完全正確，並於本年開始整理出毛澤東著作的各種外文版本」；發行上，「大量地、普遍地、有計劃地發行《毛澤東選集》，對於一部分無力購買的機關幹部，由國家出版機關酌量予以書價補貼」〔註 35〕。同時，出版計劃大綱還強調了 1951 年書籍出版的「重點」：「1《毛澤東選集》，2 反帝反侵略的時事學習用書及雜誌，3 學校課本，4 通俗政治讀物。」〔註 36〕顯然，《毛澤東選集》的出版與發行，成為 1951 年出版工作中的首要工作之一。為了推進《毛澤東選集》的出版，其發行的主要責任落實到新華書店這一全國最大的書籍發行機構〔註 37〕。1951 年 3 月 20 日，時為出版總署副署長的葉聖陶，在日記中記下了這樣的「信息」：

> 午後二時，為毛主席選集刊印事集會。「毛選」之正式刊印，籌備已二年，今年七一，中共紀念日必須出版。今年決刊印五十萬冊，分三次，第一次印成二十萬冊，分北京、上海、瀋陽三地印造。此選集約一千五六百頁，洋裝穿線訂，工作頗不易。各部門如能各不延誤，則可以印出不誤。「毛選」之正式出版，為今年出版事業之一大事件也。〔註 38〕

此時，葉聖陶作為中國共產黨重要的「統戰對象」，日記中相關信息的透露，無疑傳達出一個重要信息：經過兩年時間的籌備，《毛澤東選集》出版的日期，選擇在 1951 年 7 月 1 日出版，這成為 1951 年中國出版界的「重大事件」。《毛澤東選集》選擇在 1951 年 7 月 1 日出版，有著重要的政治意義。1951 年 7 月

〔註 35〕 《一九五一年出版工作計劃大綱》（1951 年 1 月 5 日），《中華人民共和國出版史料（一九五一年）》第 3 冊，北京：中國書籍出版社，1996 年，第 6～7 頁。

〔註 36〕 《一九五一年出版工作計劃大綱》（1951 年 1 月 5 日），《中華人民共和國出版史料（一九五一年）》第 3 冊，北京：中國書籍出版社，1996 年，第 10 頁。

〔註 37〕 《王益在新華書店總店成立大會上的講話》（1951 年 2 月 23 日），《中華人民共和國出版史料（一九五一年）》第 3 冊，北京：中國書籍出版社，1996 年，第 64 頁。

〔註 38〕 葉聖陶：《葉聖陶集》第 22 冊，南京：江蘇教育出版社，2004 年，第 173 頁。

1日，是偉大的中國共產黨成立三十週年的紀念日子，選擇在此時出版《毛澤東選集》，顯然是把該書作為中國共產黨成立三十週年獻禮的重大理論成果。這一天，中共中央毛澤東選集出版委員會還發出《通知》：

> 中國共產黨的三十週年紀念，引起了黨內學習黨的歷史的廣泛的熱情。毫無疑問，有系統地學習黨史，將極大地加強全黨的馬克思列寧主義教育，從而使全黨的幹部和黨員在今後中國人民革命事業和建設事業中增加極大的覺悟性和信心。學習黨的歷史的基本材料，應當是毛澤東同志在中國革命各個時期的主要著作。因為毛澤東同志的這些著作有些直到最近才收集起來，有些過去雖然收集過，但有很多人沒有獲得閱讀的機會，所以我們決定在《毛澤東選集》未出版前，先選擇毛澤東同志從一九二六年以來所寫的幾十篇最重要著作，除篇幅很長的須出單行本者外，從今天起在人民日報陸續發表。這些文章中，有些經過作者自己在文字方面作了一些小的修改。各文的題解和注釋均經作者審閱過。〔註39〕

作為一種通用的應用文體，《通知》把《毛澤東選集》出版的重要意義凸顯了出來。在中國共產黨中央委員會看來，學習中國共產黨黨史，就是要學習「毛澤東同志在中國革命各個時期的主要著作」。黨史與毛澤東著作之間的界限，越來越模糊，最終形成的是黨史只能在毛選的學習中實現。《通知》還規劃了《毛澤東選集》第一卷出版之前的具體工作，即選擇毛澤東從 1926 年以來所寫的幾十篇最重要的著作，從 7 月 1 日起在《人民日報》上「陸續發表」。這更加增添了《毛澤東選集》出版的「嚴肅性」和「隆重性」。這樣的發表方式，無疑加強了《毛澤東選集》第一卷出版的重要意義。《人民日報》作為中國共產黨的「黨報」，它在人民共和國初期是最大發行量的報紙之一。《人民日報》這種「處理」毛澤東文章的方式，給全國其他報紙起著榜樣的作用。這些文章一經《人民日報》發表，其他報紙都紛紛用「全文轉載」的方式，及時地把毛澤東的文章加以「轉載」，顯示出高度的政治敏感性和政治莊嚴性。

為了推進《毛澤東選集》的出版印刷發行工作，出版總署發布指示，「有關單位的各級負責同志，應當分別制訂周密的計劃，明確規定工作日程，嚴格按計劃辦事；發動全體同志的積極性與創造力，克服一切困難；以保證不

〔註39〕《毛澤東選集出版委員會通知》，《人民日報》，1951 年 7 月 1 日。

發生錯誤，如期完成各自的任務」〔註 40〕，並成立專門的機構——《毛選》
工作委員會〔註 41〕，黃洛峰任主任委員，祝志澄、華應申、王益為副主任委
員，東北、華東局成立分會。

　　雖然《毛澤東選集》第一卷並沒有於 1951 年 7 月 1 日「面世」，但有關
毛澤東思想的論述文章，卻已經在全國各地的報紙、雜誌、刊物上，成為最
為顯眼的「字眼」。同時，「一些有關黨史和馬克思列寧主義、毛澤東思想的
權威著作出版了」，這些著作包括廖蓋隆的《新中國是怎樣誕生的》〔註 42〕、
胡喬木的《中國共產黨的三十年》〔註 43〕、陳伯達的《論毛澤東思想》〔註 44〕
等。其中陳伯達的《論毛澤東思想》一書，有著重要的思想史意義，該書的
內容由八部分組成：1. 毛澤東同志是馬克思列寧主義在中國最傑出的代表；
2. 近代中國是東方許多矛盾的焦點；3. 中國革命是世界革命的一部分；4. 無
產階級領導的人民大眾的革命；5. 從農村的革命根據地到全國的革命勝利；
6. 又聯合又鬥爭的廣泛統一戰線；7. 從民主革命到社會主義革命的轉變問題；
8. 黨的建設問題。這是人民共和國建立後系統地分析毛澤東思想的重要著作
之一。它的這八部分內容，涉及的都是毛澤東思想的「核心部分」。胡喬木的
《中國共產黨的三十年》不僅在《人民日報》上發表，而且全國各地的報刊
都有所轉載，其發行量是相當驚人的。據統計，「《中國共產黨的三十年》一
書銷數最大，在 7 月一個月中，全國印了 12 版 250 萬冊」〔註 45〕，即每二百
人就有一本《中國共產黨的三十年》。9 月，周恩來在京津高等學校教師學習
會上，專門為即將出版的《毛澤東選集》進行「介紹」，他認為，「毛澤東思
想體現了中國工人階級的偉大思想。即將出版的《毛澤東選集》第一卷，就

〔註 40〕 《出版總署關於認真做好〈毛澤東選集〉的出版印刷發行工作的指示》（1951
　　　　 年 4 月 17 日），《中華人民共和國出版史料（一九五一年）》第 3 冊，北京：
　　　　 中國書籍出版社，1996 年，第 118 頁。
〔註 41〕 全稱為「《毛澤東選集》出版、印刷、發行工作委員會」，其實它是三個工作
　　　　 委員會，即出版工作委員會、印刷工作委員會和發行工作委員會。
〔註 42〕 上海海燕書店 1950 年 5 月第 1 版，1952 年的最終印數為 75000 冊。
〔註 43〕 1951 年 6 月版，最終印數達到 1570000 冊。
〔註 44〕 人民出版社 1951 年 7 月版，顯然，陳伯達的著作是為中國共產黨成立三十週
　　　　 年的獻禮著作，其印數也是值得注意的，到 1952 年其印數已經達到 6350000
　　　　 冊。
〔註 45〕 《為提高出版物的質量而奮鬥（葉聖陶在第一屆全國出版行政會議上的報告）》
　　　　 （1951 年 8 月 27 日），《中華人民共和國出版史料（一九五一年）》第 3 冊，
　　　　 北京：中國書籍出版社，1996 年，第 218 頁。

是體現中國工人階級思想的偉大著作。」〔註46〕《毛澤東選集》第一卷的出版，已經形成了獨特的「聲勢」，顯示出《毛澤東選集》出版的「嚴肅性」〔註47〕。作為政務院總理身份的周恩來，也在積極「包裝」即將出世的《毛澤東選集》第一卷。

二、被放大的「電影《武訓傳》事件」：全國文教界、文化界複雜的思想狀況之「評估」

1949 年 8 月，美國國務院發表題為《美國與中國的關係》的白皮書，中美關係突然被「中斷」。很快，中國共產黨中央委員會決定實行「一邊倒」的外交政策，全面倒向蘇聯及東歐的社會主義陣營一邊。但構成人民共和國初期知識分子隊伍骨幹的，「主要是從國統區過來的舊知識分子，他們大多有留學歐美的教育背景，並長期生活和工作在舊社會，不可避免地帶著一些與新社會、新政權格格不入的『壞習慣和壞思想』」〔註48〕，而且到這時，他們還沒有從根本上「扭轉」自己的思想觀念：

> 他們想，國民黨是不好，共產黨也不見得好，看一看再說。其中有些人口頭上說擁護，骨子裏是看。正是這些人，他們對美國存著幻想。他們不願意將當權的美國帝國主義分子和不當權的美國人民加以區別。他們容易被美國帝國主義分子的某些甜言蜜語所欺騙，似乎不經過嚴重的長期的鬥爭，這些帝國主義分子也會和人民的中國講平等，講互利。他們的頭腦中還殘留著許多反動的即反人民的思想，但他們不是國民黨反動派，他們是人民中國的中間派，或右派。他們就是艾奇遜所說的「民主個人主義」的擁護者。艾奇遜們的欺騙做法在中國還有一層薄薄的社會基礎。〔註49〕

〔註46〕周恩來：《關於知識分子的改造問題》（一九五一年九月二十九日），《建國以來重要文獻選編》第 2 冊，北京：中央文獻出版社，1992 年，第 448 頁。

〔註47〕它們成為「學習黨史必讀的幾篇重要著作」之一，它們是「學習黨史的基本讀物」，「我們應當先學習著兩篇基本的讀物，把它們當成學習時自始至終的一個基本的提綱」。李達：《怎樣學習黨史？》，《新建設》4 卷 6 期（1951 年 9月 1 日）。

〔註48〕崔曉麟：《重塑與思考——1951 年前後高校知識分子思想改造運動研究》，北京：中共黨史出版社，2005 年，第 17 頁。

〔註49〕毛澤東：《丟掉幻想，準備鬥爭》（一九四九年八月十四日），《毛澤東選集》第 4 卷，北京：人民出版社，1991 年，第 1485～1486 頁。

其實,毛澤東對知識分子的這種政治態度,在很長一段的時間裏,成為中國共產黨內對知識分子的基本看法。1950 年 6 月,美國入侵朝鮮。10 月 25 日,中國人民志願軍進入朝鮮,與朝鮮人民軍共同抗擊美國帝國主義侵略者。11 月 10 日,上海有九家報館發表聯合聲明:「即日停登美國影片廣告」;11 月 12 日,上海《大公報》上也發表了「現在上海市電影院商業同業公會籌備會為了符合人民的正義要求,已發表啟事,決定自本月十四日起該會同業自動停映美國影片」這樣的消息〔註 50〕。從某種程度上說,這清除了歐美文化繼續對人民共和國的影響。但此時國內接受歐美文化教育的部分知識分子,卻產生了嚴重的「崇美、親美、恐美」的心理,「一般人對於美國仍存在著錯誤的認識,那些因有親美、崇美、恐美的思想而不願『仇視』的現雖減少,但對『蔑視』和『鄙視』總還有懷疑,還沒有認清它已走下坡路」〔註 51〕。雖然新民主主義革命取得了勝利,知識分子的這種「親美、崇美、恐美」的心理,卻並沒有完全被消除,他們與歐美還有著千絲萬縷的「聯繫」。朝鮮戰場的嚴峻局勢,使人民共和國政權及執政黨需要對民眾帶有的這種心理,進行有效的「規訓」:

> 我們的新民主主義革命運動基本上已經成功,在新民主主義的
> 文化建設裏邊,已經不容許再有美帝國主義文化的影響存在。這種
> 帝國主義文化是要連根帶葉一齊拔掉的時候到來了。「在思想意識上,
> 生活行動上」,過去曾經「逐漸美國化」的「中國許多受過教育的人」,
> 在「美帝撕破慣用的欺詐虛偽的假面具,而公開進行軍事侵略」的
> 今天,也到了最後肅清過去美國化的餘毒,徹底消滅親美崇美的思
> 想意識的時候了。今天是中國「或多或少地,直接間接地受過了美
> 帝文化教育的薰陶」的每一個知識分子都對美帝國主義完全丟掉幻
> 想,也不要再使美帝國主義者在任何一個知識分子身上存幻想的時
> 候。……我們知識分子裏,假使還有親美崇美的思想殘餘,沒有肅
> 清,我們要提出「人民的正義要求」。在抗美援朝保家衛國的運動已
> 經進入志願的行動的今天,難道說,要肅清殘存的親美崇美思想,
> 還不是最莊嚴的「正義要求」嗎?〔註 52〕

1951 年 10 月,人民共和國成立二週年。如果要真正全面估計國家的文化

〔註 50〕楊晦:《人民的正義要求》,《人民日報》,1950 年 11 月 20 日。

〔註 51〕黎錦熙:《讀了斯大林〈十月革命底國際性質〉以後》,《人民日報》,1952 年 1 月 7 日。

〔註 52〕楊晦:《人民的正義要求》,《人民日報》,1950 年 11 月 20 日。

建設這兩年的「經驗」，我們還不得不把目光轉向全國文藝界和文教界。因為，文化建設的主要任務和實績，主要體現在文教界知識分子的實際教育工作和文藝工作者的實際文藝創作過程中。人民共和國初期對文教系統的「看法」，中國共產黨黨內存在著一致的認識。周恩來的看法有典型性：

> 「要打破依賴帝國主義的觀念。這種觀念是一百多年來形成的，在一些人中間是根深蒂固的。舊中國不但在經濟方面，而且在文化教育方面也是依賴帝國主義的；不但經濟上受剝削，思想上也受毒化，這是很危險的。現在要清算、消除這些毒素。」〔註53〕

這就是說，帝國主義在文化思想上對文教界的這種「毒害」，必須予以清除，使文教界的思想得以純潔，以符合《中國人民政治協商會議共同綱領》的基本規定。

1949 年 6 月人民共和國成立前夕，劉少奇秘密訪問蘇聯，確立了國家外交的基本格局——「一邊倒」：

> 「一邊倒，是孫中山的四十年經驗和中國共產黨的二十八年經驗教給我們的，深知欲達到勝利和鞏固勝利，必須一邊倒。積四十年和二十八年的經驗，中國人不是倒向帝國主義一邊，就是倒向社會主義一邊，絕無例外。騎牆是不行的，第三條道路是沒有的。我們反對倒向帝國主義一邊的蔣介石反動派，我們也反對第三條道路的幻想。」〔註54〕

在人民共和國初期，中蘇關係處於最重要的關係建立時期，人民共和國成立後的第二天（1949 年 10 月 2 日），蘇聯及東歐社會主義國家，立即與人民共和國建立外交關係，承認新生政權的「合法性」。儘管 1949 年 7 月文代會、9 月中國人民政治協商會議召開後，毛澤東思想被確立為全國政治及文藝界的「指導思想」〔註55〕，但國家內部階級成分及階級關係本身的「複雜性」，使所有的事情並沒有完全統一到毛澤東思想上來。這恰如毛澤東一直強調的，「有許多黨員，

〔註53〕周恩來：《當前財經形勢和新中國經濟的幾種關係》，《建國以來重要文獻選編》第 1 冊，北京：中央文獻出版社，1992 年，第 81 頁。

〔註54〕這說明「一邊倒」有真實的含義，表露出中國共產黨在外交政策上的堅定立場。毛澤東：《論人民民主專政——紀念中國共產黨二十八週年》，《毛澤東選集》第 4 卷，北京：人民出版社，1991 年，第 1472～1473 頁。

〔註55〕《大會的決議》，《中華全國文學藝術工作者代表大會紀念文集》，北京：新華書店，1950 年，第 146 頁。

在組織上入了黨，思想上並沒有完全入黨，甚至完全沒有入黨。這種思想上沒有入黨的人，頭腦裏還裝著許多剝削階級的髒東西，根本不知道什麼是無產階級思想，什麼是共產主義，什麼是黨。他們想：什麼無產階級思想，還不是那一套？他們哪裏知道要得到這一套並不容易，有些人就是一輩子也沒有共產黨員的氣味，只有離開黨完事。」〔註 56〕所以，為了根除「這種思想上沒有入黨的人」，必須實行思想改造：「思想改造，不只是對一般的人們需要，它首先對於共產黨人就是需要的。共產黨人不是只改別人，不改自己。共產黨人在過去的長時期內進行了思想改造，在現在，仍然在進行思想改造，在今後，還要進行思想改造，直到完全改好為止。」〔註 57〕就文藝界而言，中華全國文學藝術界聯合會在推進文藝運動的過程中，扮演著這種重要的「角色」。

1951 年 3 月 5 日，中華全國文學藝術界聯合會召開第 7 次常務委員會擴大會議，會議的主要議題是：「總結去年工作，制定今年計劃」。在擬定 1951 年的工作計劃中，有如下幾項值得注意：「（五）加強文藝幹部對馬列主義與毛澤東思想的學習；組織關於毛主席的《實踐論》的學習；組織定期的有關政治、文藝思想的座談會。……（七）加強對全國文學、戲劇、電影、美術、音樂、舞蹈、戲曲、曲藝等工作者協會與各大行政區、中央直屬省市文學藝術界聯合會的聯繫；整頓全國文學藝術界聯合會內部組織，加強研究室和其他各部門工作。」〔註 58〕毛澤東思想的「學習」，和組織內部的「整頓」，成為全國文藝界 1951 年將面臨的嚴峻工作。時代啟示的 1951 年人民共和國文藝界，將是「不平靜」的一年。

我們把眼光轉向作為文教界的高等學府北京大學。我們從北京大學的校史中可以看出：1949 年共產黨接管北京大學後，實行的是「包下來」的政策，除非那些有重要反革命證據的大學教師被清除之外，絕大部分教師都留在北京大學〔註 59〕。這與接收的總結經驗是吻合的：「所謂維持就是每到一處，不許破壞

〔註 56〕毛澤東：《在延安文藝座談會上的講話》，《毛澤東選集》第 3 卷，北京：人民出版社，1953 年，第 832 頁。

〔註 57〕劉少奇：《關於思想改造問題報告提綱》，《建國以來劉少奇文稿》第 3 冊，北京：中央文獻出版社，2005 年，第 778 頁。

〔註 58〕新華社：《全國文聯舉行常務委員會擴大會議 總結去年工作制定今年計劃》，《人民日報》，1951 年 3 月 27 日。

〔註 59〕沈從文應該不算做被「清除」的大學教師。1949 年 11 月，沈從文離開北京大學前往北京大學博物館，參加了博物館舉行的會務會議。吳世勇編：《沈從文年譜 1902～1988》，天津：天津人民出版社，2006 年，第 320 頁。

損毀這些學校的設備房屋，讓一般的原有教員安心教下去，然後有計劃有步驟地加以改善，絕不要採取急進的冒險的政策。」〔註60〕顯然，這是一種過渡的手段和策略。1949 年 2 月，中國共產黨代表錢俊瑞、張宗麟進入北京大學〔註61〕，他們代表共產黨正式接管北京大學，北京大學在這樣的「平穩」的過渡中，進入人民共和國的教育戰線。早在 1949 年 12 月，第一次全國教育工作會議在北京召開時，教育部副部長錢俊瑞作總結報告，就曾談及對文教界知識分子的政策。他認為：「新區教育工作的關鍵，是爭取團結改造知識分子。此外，必須維持原有學校，逐步改善。」〔註62〕這正是 1950 年代文教界的總體方針，它針對的正是文教界的知識分子。北京，作為新解放區，它也依照這樣的方針進行教育改造，以爭取團結改造知識分子為主要目標。但這次「改造」高校教育模式的會議，卻受到以北京大學、清華大學為首的教授代表們的「抵制」。

雖然中國共產黨一直強調，新民主主義時期是一個比較長的「過渡」時期，但「過渡」作為一個時間概念，不可能無限期延長。1950 年院系調整方案的失敗，使中國共產黨把清理高校中歐美資產階級思想的活動提上了議事日程。到 1951 年 3 月，中國共產黨高層把注意力集中到文教戰線上。北京大學雖然有著悠久的革命歷史，有著自由的學術環境與學術氛圍，但作為新區的教育單位，它還得按照中央教育部的統一部署，「進行政治與思想教育」的改造工作。因為文化教育的主要目標，是要「建立革命的人生觀」〔註63〕，形塑青年的思想意識。

但文教界的實際情況，並不「樂觀」。在中國共產黨中央宣傳部和政務院文化部的文藝狀況評估文字之中，它們最終選擇了私營電影業——崑崙影業公司拍攝的電影《武訓傳》，作為文教界思想改造的「切入口」〔註64〕。

〔註60〕錢俊瑞：《在第一次全國教育工作會議上的總結報告要點》，《人民日報》，1950年 1 月 6 日。

〔註61〕蕭超然等：《北京大學校史（1898～1949）》，北京：北京大學出版社，1981年，第 301 頁。

〔註62〕錢俊瑞：《在第一次全國教育工作會議上的總結報告要點》，《人民日報》，1950年 1 月 6 日。

〔註63〕錢俊瑞：《在全國教育工作會議上錢俊瑞副部長總結報告要點》（1949 年 12月 30 日），《人民日報》，1950 年 1 月 6 日。收錄入《建國以來重要文獻選編》時更名為《在第一次全國教育工作會議上的總結報告要點》。

〔註64〕從第二章有關電影《武訓傳》批判的微觀考察中，我們已經發現：電影《武訓傳》完全是被中宣部和文化部有意推上歷史的審判臺的。具體參閱第三章的有關分析。

1950 年 12 月，電影《武訓傳》拍攝工作最終完成，陸續在華東各大城市影院上映，但由於它係私營電影業拍攝的電影，崑崙影業公司希望依靠電影《武訓傳》的「商業效應」，給困境中的崑崙影業公司，帶來更大的「商機」，轉變它面臨的困頓的「經濟壓力」。電影《武訓傳》上映後，獲得了來自文教界強烈的讚揚之聲：「在不到兩個月的時間裏，僅北京、上海、天津三地就發表讚揚武訓的評論文章 40 多篇，作者主要是文化教育界人士」。董渭川、戴白韜、金紫光、李長之等，都曾大張旗鼓地宣揚電影《武訓傳》的偉大教育意義。其實，電影《武訓傳》這部影片，宣揚的是武訓「行乞興學」的故事，而在故事中穿插了太平天國起義失敗後，農民革命運動中存在的問題，這一點往往容易給人造成「錯覺」：電影拍攝者拍攝電影的目的，「拿太平天國起義軍的失敗來反襯武訓辦學的成功」〔註 65〕。這與中國共產黨的革命運動宣揚的「暴力革命論」，形成一定的「緊張態勢」。電影《武訓傳》裏宣傳的「革命的勝利並不一定必須經過暴力的方式」，在中宣部看來，這無疑宣揚了資產階級的改良主義思想。因此，1951 年 4 月 25 日，從《文藝報》發表署名文章《建議教育界討論〈武訓傳〉》〔註 66〕為開端，開始了對《武訓傳》的批判。5 月 20 日，《人民日報》以社論的方式，對電影《武訓傳》進行直接的「政治定性」：

> 《武訓傳》所提出的問題帶有根本的性質。像武訓那樣的人，處在滿清末年中國人民反對外國侵略者和反對國內的反動封建統治者的偉大鬥爭的時代，根本不去觸動封建經濟基礎及其上層建築的一根毫毛，反而狂熱地宣傳封建文化，並為了取得自己所沒有的宣傳封建文化的地位，就對反動的封建統治者竭盡奴顏婢膝的能事，這種醜惡的行為，難道是我們所應當歌頌的嗎？向著人民群眾歌頌這種醜惡的行為，甚至打出「為人民服務」的革命旗號來歌頌，甚至用革命的農民鬥爭的失敗作為反襯來歌頌，這難道是我們所能夠容忍的嗎？承認或者容忍這種歌頌，就是承認或者容忍污蔑農民革命鬥爭，污蔑中國歷史，污蔑中國民族的反動

〔註 65〕 于風政：《改造——1949～1957 年的知識分子》，鄭州：河南人民出版社，2001 年，第 140～141 頁。

〔註 66〕 作者認為，「從教育界對於《武訓傳》的討論中，必然會證明，這樣的討論，將是『教育者自身必須首先受教育』的一個很實際很生動的範例」。江華：《建議教育界討論〈武訓傳〉》，《文藝報》4 卷 1 期（1951 年 4 月 25 日）。

宣傳為正當的宣傳。〔註67〕

社論還專門談到人民共和國文教界和文化界的問題：「電影《武訓傳》的出現，特別是對於武訓和電影《武訓傳》的歌頌竟至如此之多，說明了我國文化界的思想混亂達到了何等的程度！」這直接傳達出了一個「信號」：文教界和文化界的思想狀況的「複雜性」，已經達到了「無法容忍」的程度，「承認或者容忍這種歌頌，就是承認或者容忍污蔑農民革命鬥爭，污蔑中國歷史，污蔑中國民族的反動宣傳為正當的宣傳」。

文教界批判影片《武訓傳》的「焦點」，集中在歐美教育思想及教育方法上。陶行知的教育方法理所當然首當其衝，成為眾矢之的。其被批判的「背後」，是杜威的教育方法的批判。文藝界批判的「焦點」，集中在資產階級小資產階級思想上，對蕭也牧文藝作品的批判、對電影《武訓傳》引發的文藝思想觀念的批判，側重點都是對小資產階級知識分子獨立思考能力的批判。

它們的最終目的，就是為了推進知識分子對中國共產黨領導的革命運動的認同，達到對中國共產黨及毛澤東思想的學習接受〔註68〕。因此，以對電影《武訓傳》的批判為全國文教界、文藝界的思想改造找到了「切入口」，「組織」運作下的文學批判運動，最後都形成了聲勢浩大的「政治運動」。

三、馬寅初與新北京大學的「形塑」：高等學校學習毛澤東思想的「興起」

馬寅初的「民主鬥士」〔註69〕形象，使他在人民共和國成立後，很快參與到國家的經濟及文化建設事業中來。他成為人民共和國初期著名的「民主人士」之一，是中國共產黨積極爭取和團結的重要的「統戰對象」。1949 年 6 月，馬寅初南下回浙江老家，這時杭州剛好解放。不久，他應邀擔任浙江省政府委員，而且接受譚震林的「邀請」，於 8 月 26 日前往浙江大學擔任浙大

〔註67〕《人民日報》社論：《應當重視電影〈武訓傳〉的討論》，《人民日報》，1951 年 5 月 20 日。

〔註68〕于風政：《改造——1949～1957 年的知識分子》，鄭州：河南人民出版社，2001 年，第 146 頁。

〔註69〕譚震林語：「馬寅初先生是堅強的民主鬥士，他赤手空拳跟反動派進行生死搏鬥。」轉引自楊勳等著：《馬寅初傳》，北京：北京出版社，1986 年，第 155 頁。馬寅初在人民共和國成立前，一直作為民主人士，參與當時的進步政治活動。1948 年，中國共產黨轉移國統區進步人士時，馬寅初作為最重要的民主人士得到及時轉移，進入香港，後來在 1948 年年底北上，進入解放區。

校長一職。由於同時擔任華東軍政委員會副主席、中央財經委員會副主任委員等職，此時的馬寅初，經常往返於杭州（杭）、上海（滬）、北京（京）三地。1951 年 4 月中旬，執掌浙江大學校長一職 21 個月的馬寅初，受命前往北京大學擔任校長一職。儘管浙江大學師生捨不得他離開浙江大學，並曾經向中央人民政府及教育部發出電報，「一再要求上級讓馬寅初繼續留在浙江大學主持工作」，但中央人民政府及教育部很快回電，馬寅初「另有他用」〔註 70〕。這種「另有他用」，在共產黨的幹部任用中，其實已經「肩負」著某種政治的使命和任命。5 月中旬，馬寅初北上，成為新時代裏北京大學的實際「掌管者」〔註 71〕。6 月 1 日，馬寅初進入北京大學，陪伴的人是教育部部長馬敘倫、教育部副部長錢俊瑞。任命馬寅初擔任北京大學校長一職，是由教育部部長馬敘倫和副部長錢俊瑞到北京大學當面宣布的。在北京大學校長就職典禮的講話中，馬寅初強調：「如果我們在今天還不趕緊改造，將來不免有追悔不及之感。知識分子的改造與不改造，關係太大。他若能在舊學基礎之上，架起新的建築，他會成為一個大有用的人。反之，若他抱殘守缺，固步自封，則舊學等於無用，所有他從前所得的學士、碩士、博士悉數丟在字紙簍裏，還有什麼用。所以這個思想轉變，關係太大，不僅關係他本人，而且關係到社會，不能不仔仔細細想一想。」〔註 72〕這從側面透露出：中國共產黨「安排」馬寅初執掌北京大學校長一職，其實是有著重要的「政治目的」，那就是試圖讓馬寅初這位著名的民主人士，領導北京大學的思想改造運動，推進這場運動的發展，學習毛澤東思想。

解放前，北京大學的地位就已經被確定下來，她不僅有其光輝的革命史，而且在教育史上的成就，也是值得人欽慕的。人民共和國成立後，北京大學的地位，在高等學校院系調整過程中，由於燕京大學、清華大學等相關學科的「併入」〔註 73〕，最終使北京大學的力量得到了加強，成為人民共和國初期最有實力的「綜合性大學」。1951 年，「北京大學是全國最高學府，在教育

〔註 70〕彭華：《馬寅初全傳》，北京：當代中國出版社，2008 年，第 116 頁。

〔註 71〕在馬寅初入主北京大學之前，北京大學校長一職一直空缺，其時的校務活動有校務委員會湯用彤具體負責。

〔註 72〕馬寅初：《在北京大學校長就職典禮上的講話》，《馬寅初全集》第 14 冊，杭州：浙江人民出版社，1999 年，第 192 頁。

〔註 73〕清華大學文學院、理學院、法學院，南京大學文學院哲學系，武漢大學文學院哲學系，燕京大學文學系、理學系在這次院系調整中，被正式併入北京大學，形成北京大學強大的人文科學基礎。

界向來居領導地位」〔註 74〕。但處於人民共和國政治、經濟、文化進行全面
改變的時代列車上，北京大學也應該緊跟時代，走在時代的「前列」，這樣，
北京大學才能擔負起在大學教育中的重任，「若不急起而求進步，這地位就不
容易維持」〔註 75〕。進入人民共和國後，北京大學也急於扮演中國大學改制
的「急行軍」角色。1951 年 6 月 1 日，馬寅初「接掌」北京大學後，使它在
當局既定的教育規範下，很快實現了「轉變」，顯示出文教界知識分子，特別
是高等學校知識分子思想改造的重要意義。

　　進入北京大學後的馬寅初，很快在校園內組織了全校教師的「暑假學習會」。
8 月 1 日，北京大學教師「暑假學習會」正式開始，馬寅初作了「動員報告」。
他強調，「政府交給我們北京大學的任務，是要做全國的模範。」〔註 76〕既然
要北京大學做全國大學的「模範」，思想的學習是必然的選擇。在「動員報告」
中，馬寅初以毛澤東思想作為核心，詳細地對毛澤東思想做了「闡釋」，如：「共
產黨有三個法寶：一是有紀律的自覺性極高的黨；二是有紀律的高度覺悟的英
勇善戰的解放軍；三是共產黨領導的統一戰線」，這些話語的直接來源，其實
是毛澤東的《〈共產黨人〉發刊詞》中「十八年的經驗，已使我們懂得：統一
戰線，武裝鬥爭，黨的建設，是中共在中國革命中戰勝敵人的三個法寶，三個
主要的法寶。」〔註 77〕又如：「中國進步為什麼這樣快？有什麼法寶？是因為
共產黨領導的好，是因為毛主席二十多年來的領導沒有錯，一直是全心全意為
人民服務」，這其實直接來源於《論人民民主專政》中的觀點。再如：「統一戰
線」的論述，「因為統一戰線內部各成員階級不同，派別不同，信仰思想不同。
統一戰線內部可以分三派。進步派、中間派與落後派。過去投機分子、反革命
有血債的人鑽進民主黨派的，現在仍要槍斃。要發展進步、團結中間、教育落
後，這是仿真。用什麼方法來教育，來團結？」這與毛澤東有關五四運動的「統
一戰線」論述〔註 78〕直接相關，也在《論人民民主專政》中總結出來。再如：

〔註 74〕馬寅初：《在北京大學校長就職典禮上的講話》，《馬寅初全集》第 14 冊，杭
　　　　州：浙江人民出版社，1999 年，第 194 頁。
〔註 75〕馬寅初：《在北京大學校長就職典禮上的講話》，《馬寅初全集》第 14 冊，杭
　　　　州：浙江人民出版社，1999 年，第 194 頁。
〔註 76〕馬寅初：《職員暑假學習》，《馬寅初全集》第 14 冊，杭州：浙江人民出版社，
　　　　1999 年，第 196 頁。
〔註 77〕毛澤東：《毛澤東選集》第 2 卷，北京：人民出版社，1952 年，第 569 頁。
〔註 78〕毛澤東的五四運動「統一戰線」論述如下：「五四運動是廣泛的統一戰線，內
　　　　部有左翼、右翼和中間勢力」。毛澤東：《如何研究中共黨史》，《毛澤東文集》
　　　　第 2 卷，人民出版社，1993 年，第 403 頁。

與群眾發生關係的方法,就是「從群眾中來,到群眾中去」,這直接借用的是
1943 年毛澤東的《關於領導方法的若干問題》講話,是「從群眾中集中起來又
到群眾中堅持下去」的演繹。所以,馬寅初《職員暑假學習》的這個「動員報
告」,其實是在「演繹」毛澤東思想,為下一步毛澤東思想在高校教師思想學
習中做現身說法的「鋪墊」。大學校園的接管工作中,實行的是「包下來」的
政策。前面我們提及,這種「包下來」的政策,其實質還是政治上的「統一戰
線」政策的思維方式,它的實施,主要是為了減少知識分子對中國共產黨的牴
觸情緒。在馬寅初看來,大學校園實施的「統一戰線」政策是有缺點的,那麼,
用什麼方法來真正實施「統一戰線」政策呢?馬寅初認為,「統一戰線是由共
產黨領導的,有共同要求,所以立《共同綱領》。團結,就是以《共同綱領》
為準則,大家遵守就能團結」,「《共同綱領》就是馬列主義普遍真理與中國實
際情形相結合起來的東西,與毛澤東思想沒有分別。」〔註79〕經歷北京大學教
師的「暑假學習會」之後,北京大學的這種「學習會」,基本上奠定了毛澤東
思想作為高等學校思想學習的「基礎」。

8 月 22 日,全國十八個專業會議在北京舉行,馬寅初參加了此會,會上,
馬寅初得知中央進一步對知識分子的政策:「知識分子要為新中國服務,為人
民服務,思想改造是不可避免的」〔註80〕。9 月 3 日,中央人民政府在懷仁堂
召開政府委員會議,馬寅初借這次會後休息的機會,與周恩來作了較長時間
的「交談」,談話內容涉及「他來北大後的感觸,組織職員學習的體會及準備
在教員中進行一次政治學習的打算」,「陳述了通過政治學習以改造思想的方
法」,「以北京大學為試點,學習效果好的話,可以普遍地加以推廣的設想」〔註
81〕。顯然,周恩來對這些想法是支持的,9 月 7 日,馬寅初才向周恩來總理
寫信「求援」,信的主體內容如下:

> 寅初到職後,覺得北大師生思想進步,惟職員思想比較落後。
> 於是接受同人意見,設立暑假學習會,收穫出乎意料之外。學習結
> 束後,副校長湯用彤等十二位教授,響應周恩來總理改造思想的號
> 召,發起北大教員政治學習運動,並決定敦請毛主席、劉副主席、

〔註79〕馬寅初:《職員暑假學習》,《馬寅初全集》第 14 冊,杭州:浙江人民出版社,
　　　　1999 年,第 198～199 頁。
〔註80〕中共中央文獻研究室編:《周恩來年譜 1949～1976》上卷,北京:中央文獻出
　　　　版社,1997 年,第 175 頁。
〔註81〕崔曉麟:《重塑與思考——1951 年前後高校知識分子思想改造運動研究》,北
　　　　京:中共黨史出版社,2005 年,第 49 頁。

周總理、朱總司令、董必老、陳雲主任、彭真市長、錢俊瑞副部長、
陸定一副主任、胡喬木先生為教師作報告。學習就在下星期開始，
盼早日示知。〔註82〕

在馬寅初的眼裏，他其實很清楚，他要邀請的這些人，將給北京大學帶來多
大的「政治聲譽」：毛澤東，係中央人民政府主席，中央軍委主席，中國人民
的領袖；周恩來，係政務院總理兼中國外交部部長；朱德，係中國人民解放
軍總司令、中央人民政府副主席；董必武，係最高人民檢察院檢察長；陳雲，
係中央財經委員會主任，政務院副總理；彭真，係北京市委書記、北京市市
長；錢俊瑞，係教育部副部長、黨組書記；陸定一，係中國共產黨中央宣傳
部副部長；胡喬木，係中國共產黨中央宣傳部副部長兼新聞總署署長。這些
人，除錢俊瑞之外，全部是中國共產黨中央政治局委員，他們不僅在政治上
「主宰」著人民共和國國家的政治命運，而且，在意識形態的建構中，他們
是強有力的創建人和中樞與核心。北京大學要辦成共和國第一流的大學，還
得依賴於「政治力量」的支持。

　　馬寅初給周恩來的信送到中共中央後，從劉少奇對信件的「批語」可看
出，中共中央對此是高度重視的。既然馬寅初（中國共產黨黨內尊稱馬寅初
為「馬老」）邀請的這些人是共產黨的政治領導人，這必然在中國共產黨高層
作醞釀後之後再行回答。周恩來收到信後即刻「批示」：轉送毛澤東、劉少奇、
朱德、董必武、陳雲、彭真、胡喬木、錢俊瑞「傳閱」。9 月 9 日，周恩來在
信件上的批語如下：「在上次政府委員會開會後，馬老提及此事，我告以有一
兩個同志前往講演即可。請主席講演，我告以當代為轉達。他又提到聽講的
教職員和學生當達兩千人，我即告以主席向這樣多的人講話，精神負擔極大，
最好請別的負責同志講演。……請其他同志講演事，我意請彭真、喬木兩同
志各擔任一次。如少奇同志能講一次，當能滿足馬老的熱烈要求，……。」9
月 10 日，劉少奇在馬寅初的來信上批示到，「我不講演了。恐亦不需要很多
講演，可選擇一些文件學習」。9 月 11 日，毛澤東在馬寅初的信件上「委婉」
地批示到，「**這種學習很好，可請幾個同志去講演。我不能去。**」（粗體字為
筆者所加）〔註83〕劉少奇表示他不講演，主要是他覺得有朱德、董必武、陳

〔註82〕《對馬寅初請毛澤東等到北京大學講演來信的批語》注釋一，《建國以來劉少
　　　　奇文稿》第 3 冊，北京：中央文獻出版社，2005 年，第 712 頁。

〔註83〕《對馬寅初請毛澤東等到北京大學講演來信的批語》注釋一，《建國以來劉少
　　　　奇文稿》第 3 冊，北京：中央文獻出版社，2005 年，第 712～713 頁。

雲、彭真、胡喬木、錢俊瑞等人的講演,已經「足夠」。目前,關於毛澤東為什麼不去北京大學做報告的話題,很多研究者指出,這與毛澤東曾經在北京大學不愉快的工作經歷有關係〔註 84〕。顯然,從歷史的現場推論來看,這不確切。人民共和國成立後,毛澤東作為國家領袖,不能輕易地到一個學校做演講,是正常的反映,並不一定和他的北大不愉快經歷有關係。

馬寅初的這封信,最終引起中國共產黨高層的「注意」。中國共產黨先後派遣周恩來、彭真、胡喬木、陳伯達、李富春、錢俊瑞等人,前往北京大學作政治報告,推進著高等學校這種學習毛澤東思想、改造思想的運動。9 月 29 日,周恩來在北京、天津高等學校教師學習會上作《關於知識分子的改造問題》的報告。此時,周恩來的身份是國務院總理兼外交部長,身居國家領導人行列,他以他自己的「現身說法」方式,積極引導高等教育界知識分子、教師們就如何取得革命立場、觀點、方法的問題,作了詳盡的說明〔註 85〕。周恩來的此番舉措,無疑成為知識分子改造的「榜樣」和「典型」。馬寅初、周恩來成為全面推進高等學校教師思想改造這一運動的重要因素,北京大學也成為高等學校教師思想改造學習的「榜樣」。隨後形成了一場京津地區高等學校開展學習運動的「浪潮」,先後參加這一運動的高校有:北京大學、清華大學、師範大學、燕京大學、北京農業大學、輔仁大學、北方交通大學、華北大學工學院、協和醫學院、北京大學醫學院、天津大學、南開大學、津沽大學、中國礦業學院、河北師範學院、河北醫學院、河北水產專科學校、外國語學校、中央美術學院、中央音樂學院等 20 院校〔註 86〕。10 月 23 日,馬寅初發表《北京大學教員的政治學習運動》一文,他認為,「我們這一次學習的目標,就是希望經過思想改造來推進學校的改造……使我們能夠以馬列主義和毛澤東思想來武裝自己」〔註 87〕。可見,毛澤東思想的學習及應用,才是這次思想改造的「應有之義」。

〔註 84〕 研究者認為,「毛澤東從師範學校畢業以後從未上過大學,為謀生曾一度倒北京大學就任圖書館助理員,月薪僅 8 元(那時北大教授的月薪為 200~300 元)。這段工作經歷讓毛感到自尊心深受傷害」。王來棣:《毛澤東的知識分子政策》,《當代中國研究》(美國)2003 年第 3 期。

〔註 85〕 周恩來:《關於知識分子的改造問題》(一九五一年九月二十九日),《建國以來重要文獻選編》第 2 冊,北京:中央文獻出版社,1992 年。

〔註 86〕 《北京天津兩市高等學校教師開展學習運動改造思想,周總理向教師報告知識分子改造問題,號召努力學習做文化戰線的革命戰士》,《人民日報》,1951 年 10 月 23 日。

〔註 87〕 馬寅初:《北京大學教員的政治學習運動》,《人民日報》,1951 年 10 月 23 日。

其實，選擇 10 月 23 日這天來發表馬寅初的《北京大學教員的政治學習運動》這篇文章，顯然是經過政治的有意安排。因為，這一天是毛澤東發表中國人民政治協商會議開會詞的日子。正是在政協一屆三次會議上，思想改造運動被確認為國家政治生活中的重要政治行為。1952 年 1 月 12 日，中國人民政治協商會議全國委員會常務委員會第 34 次會議通過了思想改造學習運動的決議。這種思想改造學習包括了理論學習：「即學習馬克思列寧主義的基本理論，學習馬克思列寧主義與中國革命相結合的毛澤東思想，以求瞭解中國革命的前途，取得正確的革命的觀點」。〔註88〕

學習毛澤東思想，「規訓」全國人民的思想觀念，成為思想改造運動的最終「旨歸」。這也是馬寅初和北京大學在 1951 年承擔的「歷史使命」。

四、毛澤東關於知識分子定位的「新思考」

人民共和國誕生之前，毛澤東關於「知識分子問題」的相關論述，表達出中國共產黨高層對知識分子的基本看法。在面對知識分子的實際問題時，這成為執政黨的共產黨必然思考的背景材料。毛澤東從 1920 年代開始，就建構著他的「知識分子」觀念。中國現代革命的經驗也給予中國共產黨深刻的「啟示」，那就是知識分子在現代革命進程中的作用與意義。

知識分子對現代中國革命的影響，在中國革命的歷程中是很明顯的。從中國共產黨創立黨組織開始，知識分子就參與到這一歷史進程之中。多數革命者的「身份」，其實就是知識分子，只是他們來源於不同的家庭，導致在對他們的階級屬性的最終歸屬問題上，存在著些微的「差異」。1939 年以後，中國共產黨在關於五四話語的建構中，直接強調了知識分子對於中國革命的「重要意義」，「沒有知識分子的參加，革命的勝利是不可能的」〔註89〕。但黨組織與知識分子在形成「統一戰線」聯盟的過程中，黨組織成員明顯地表現出對知識分子的「不信任」，「存在著恐懼知識分子甚至排斥知識分子的心理」，「許多我們辦的學校，還不敢放手地大量地吸收青年學生」，「許多地方黨部，還不願意吸收知識分子入黨」〔註90〕。即使成為革命組織中的知識分子，「要

〔註88〕《人民政協全國委員會常務委員會關於展開各界人士思想改造的學習運動的決定》，《人民日報》，1952 年 1 月 12 日。

〔註89〕毛澤東：《大量吸收知識分子》，《毛澤東選集》第 2 卷，北京：人民出版社，1952 年，第 581 頁。

〔註90〕毛澤東：《大量吸收知識分子》，《毛澤東選集》第 2 卷，北京：人民出版社，1952 年，第 581 頁。

使他們成為一個健強的幹部必須經過長期的教育與鍛鍊」,「經常考查留心他們思想的動向,及時引導他們向健康的道路上前進」〔註91〕。1945 年 4 月,中國共產黨第七次全國代表大會在延安召開。毛澤東在這次會議上對知識分子問題特別進行了「強調」,他認為:「對於舊文化工作者、舊教育工作者和舊醫生們的態度,是採取適當的方法教育他們,使他們獲得新觀點、新方法,為人民服務。」〔註92〕這是針對舊知識分子而言的。

1949 年後,知識分子的概念和範圍變得更加複雜。人民共和國誕生後的知識分子,不僅僅是革命的知識分子,還有保守的知識分子。解放區走出來的知識分子表現,與國統區走過來的知識分子的表現,顯然在新的歷史語境下,存在著很大的「差異」。正如有研究者指出的那樣,「舊中國」過來的知識分子認同新社會,認同共產黨,願意融入新社會,成為共產黨領導下的一個『人民』,但是,他們長期工作和生活在舊社會,不但世界觀、價值觀、人生觀、學術觀與新社會格格不入,行為方式、生活方式乃至言語、裝束也與新的時尚大不相同。新社會全然是根據地、解放區的放大。」〔註93〕

新的時代面前,知識分子必須適應中國革命、新社會的「需要」,來進行自我的「思想改造」。因為在平常的政治引導中,「中國共產黨領導的是中國人民空前的一場大革命,推翻蔣介石政權代表的三座大山(帝國主義、封建主義和官僚資本主義在中國的統治),建立新民主主義的新中國,絕不同於歷史上的改朝換代,而是對整個社會進行根本的翻天覆地的改造」〔註94〕的觀念,被一再強調,並被反覆聲明。人民共和國初期有關「思想改造」的詞語,成為學習辭典等工具書集中關注的術語,對「思想改造」一詞,有這樣三種「解釋」:

> 「一定的階級,產生一定的反映其階級利益的思想,如資產
> 階級小資產階級思想等。凡是其他階級出身的人參加無產階級革命

〔註91〕《總政治部關於大量吸收知識分子和培養新幹部問題的訓令》,《中共中央文件選集》第 12 冊,北京:中共中央黨校出版社,1991 年,第 134 頁。

〔註92〕毛澤東:《論聯合政府》,《毛澤東選集》第 3 卷,北京:人民出版社,1953 年,第 1032 頁。

〔註93〕于風政:《改造——1949~1957 年的知識分子》,鄭州:河南人民出版社,2001 年,第 63 頁。

〔註94〕邵燕祥:《別了,毛澤東(1945~1958)》,香港:牛津大學出版社,2007 年,第 92 頁。

必須具有無產階級思想。這種使思想轉變的方法過程，叫做思想改造。」〔註95〕

　　「一定的階級產生一定反映本階級利益的思想。例如：資產階級思想、小資產階級思想工人階級思想等。只有工人階級的思想體系——馬克思列寧主義的哲學和社會科學最能反映客觀真理。凡是其他階級出身，願意追求真理的人，都應當放棄自己階級的立場、偏見，站在工人階級的立場，改造自己的思想。凡是站在工人階級立場排除非工人階級思想，使思想轉變的方法過程，叫做思想改造。」〔註96〕

　　「一定的階級立場的人，總有一定的對世界和歷史的認識的思想體系，其中也必一定的反映其階級的利益。如農民的保守，小資產階級份子的自私自利，資產階級份子的剝削享樂等等。如果這些舊社會出身的人，對新社會存著善良的願望，有著深切的覺悟，對無產階級革命懷了高度的熱情，而要求進步，要求參加革命，為著全體革命階級的長遠利益而想做一個新制度下有用的人，則必須進行思想改造。在『自由思考，追求真理』的原則下，暴露自己本階級的主導思想，與無產階級的思想做比較，徹底克服自己思想中存在著的不正確的傾向，加以揚棄，提高到無產階級的思想水準。這個改造的過程，是痛苦的，是長期的，是要經歷各種考驗的。必定確實立在無產階級立場，才能接受馬列主義真理，才能成為一個依據科學方法，有獨立思想能力，運用馬列主義觀點方法解決問題，全心全意為人民服務的人。」〔註97〕

《續編新知識辭典》《人民學習辭典》和《學習辭典》，是50年代初期三部重要的通用工具書。從這三部工具書來看，50年代初期的「思想改造」成為一個專有名詞。雖然它們對「思想改造」有不同的解釋，但從這三種解釋中我們看出，「思想改造」其實是一種「過程」。這樣的「思想改造」，包含著立場、觀點和方法的全面改造。在思想改造的組織者看來，「立場決定一切」：「你站在黨的立場——黨的立場就是無產階級立場，就是人民大眾的立場，這是無

〔註95〕李進、李小峰、胡嘉、陸萼庭、楊東蓴、楊晉豪、趙景深編著：《續編新知識辭典》，上海：北新書局，1951年，第259頁。
〔註96〕陳北鷗編著：《人民學習辭典》，上海：廣益書局，1952年，第214～215頁。
〔註97〕北京師範大學中國大辭典編纂處編：《學習辭典》，北京：天下出版公司，1951年，第306頁。

須論證的——你就會心明眼亮，你才可能有正確的觀點和方法；如果你的立場動搖了，站錯了，那你的觀點，方法也必然是錯誤的」〔註98〕。

這與中國傳統文化是有區別的。中國傳統文化中強調「士」，余英時在《中國知識分子論》中指出，傳統中國文化中的「士」傳統觀念根深蒂固，與西方的知識分子概念是有差別的。士大夫傳統構建著中國的傳統政治格局，「士」具有強烈的「流動性」，他們可以從底層中生長起來。其實，中國社會政治的變動，往往與「士」的這種「流動性」有關係，當一個社會發展逐漸穩固後，「士」的這種「流動性」明顯地是減弱了，甚至是沒有了。這往往導致社會的重新構建。晚清的時候，傳統的士大夫階層逐漸向現代知識分子轉型〔註99〕。現代知識分子與傳統的士大夫最大的差異是，他可以不依附於體制而存在。隨著西方現代化思潮的衝擊，科舉制度的瓦解，中國人關於生存觀念發生轉變，現代知識分子逐漸興盛，特別是隨著公共空間的出現，知識分子的生存能力逐漸增強，他可以不存在於體制上。這更加增強了知識分子的「獨立性」，培訓出他們獨立的思考能力。民國時期的公共空間的存在，主要應該歸功於這樣的知識分子群體的「存在」。50 年代初期的中國社會政治格局中，知識分子是一股「力量」。怎麼有效地對知識分子進行「規訓」，從而形成新的知識分子觀，這是執政黨的中國共產黨必然思考和面對的「問題」。

人民共和國初期對中國人階級成分的劃分，必然涉及到對知識分子的階級定性，知識分子也要歸屬於一定的階級，呈現出一定的屬性。雖然共產黨對知識分子及舊政權的大部分工作人員實行「包下來」的政策，但面臨人民民主專政的話語建構，重新確認階級身份，是每個中國人必然面臨的問題。

1950 年 8 月 4 日，政務院出臺《關於劃分農村階級成分的決定》文件〔註100〕，這是 50 年代初期對階級成分劃分的重要參考依據，其中對知識分子的階級屬性，是這樣規定的：

> 知識分子不應該看做一種階級成分。知識分子的階級出身，依

〔註98〕邵燕祥：《別了，毛澤東（1945～1958）》，香港：牛津大學出版社，2007 年，第 92 頁。

〔註99〕余英時：《中國知識分子論》，鄭州：河南人民出版社，1997 年，第 129 頁。

〔註100〕《政務院關於劃分農村階級成分的決定》（一九五〇年八月四日政務院第四十四次政務會議通過，一九五〇年八月二十日公布），《建國以來重要文獻選編》第 1 冊，北京：中央文獻出版社，1992 年，第 397～398 頁。

其家庭成分決定，其本人的階級成分，依本人取得主要生活來源的
方法決定。一切地主資產階級出身的知識分子，在服從民主政府法
令的條件下，應該充分使用他們為民主政府服務，同時教育他們克
服其輕視勞動人民的錯誤思想。

　　　　知識分子在他們從事非剝削別人的工作，如當教員、當編輯員、
　　當新聞記者、當事務員、當著作家、藝術家等等的時候，是一種使
　　用腦力的勞動者。此種腦力勞動者，應受到民主政府法律的保護。

雖然這是農村中關於知識分子成分的「規定」，但在具體的操作過程中，卻有
一些「爭議」，如：有些地方排斥知識分子，有些地方把勞動人民子弟畢業的
學生當作壞分子，把醫生、教員的工作不當作勞動。後來，政務院對知識分
子的界定作了「補充」，強調了對知識分子的限定，特別是所謂的職員，有專
門技能或專門知識的知識分子，以及國民黨政府中的各級官吏的具體規定。
城市的知識分子，也部分地依照了這樣的「標準」。

　　10 月 13 日，針對學校政治思想教育問題，中央人民政府發布「指示」〔註
101〕，對知識分子的團結問題，在「指示」中有所強調。它指出：「團結知識
分子是為得要改造、求進步，而不是姑息妥協」。雖然人民共和國成立後對待
知識分子的問題上，主要採取的是「統一戰線」的政策，但它最終是要實現
其目的的，這句話正是這種政治目的的最簡潔的「表述」。也就是說，「思想
的清理」，才是最後的目標。11 月 24 日，文藝界整風運動首先在京津地區展
開，中國共產黨中宣部副部長胡喬木作了動員報告。他認為：

　　　　小資產階級出身的人們總是經過種種方法，也經過文學藝術
　　的方法，頑強地表現他們自己，宣傳他們自己的主張，要求人們
　　安按照小資產階級知識分子的面貌來改造黨，改造世界。在這種
　　情形下，我們的工作，就是要向他們大喝一聲，說：「同志」們，
　　你們那一套是不行的，無產階級和人民大眾是不能遷就你們的，
　　依了你們，實際上就是依了大地主大資產階級，就有亡國亡頭的
　　危險。〔註 102〕

〔註 101〕《中央人民政府教育部關於加強對學校政治思想教育的領導的指示》（一九五
　　　　零年十月十三日），《建國以來重要文獻選編》第 1 冊，北京：中央文獻出版
　　　　社，1992 年，第 425 頁。
〔註 102〕胡喬木：《文藝工作者為什麼要改造思想？》，《人民日報》，1951 年 12 月 5
　　　　日。

作為毛澤東的私人秘書、中宣部副部長、新聞總署署長、政務院文教委員會秘書長，胡喬木對小資產階級知識分子的這種看法，其實很大程度上代表了共產黨的基本看法。

但是，要形成一套系統的知識分子觀念，需要中國共產黨在理論上加以建構，重新確立起「知識分子」觀念。為了能夠有效地推進「知識分子」觀念的「形成」，「純化」知識分子思想，必然成為中國共產黨的「首選方法」。既然毛澤東思想是人民共和國政治的指導思想，學習毛澤東思想，進而有效地規訓知識分子，這為思想界的統一，也提供了很好的借鑒。那麼，《毛澤東選集》的出版，就成為思想改造運動之前必然的「準備期」。它的出版進程的包裝問題，也必然與之後的政治運動有著密切的聯繫。

第二節　思想改造運動話語建構的「藍本」
——《毛澤東選集》第一卷出版

1950 年 9 月，出版總署胡愈之署長曾說，「這一部巨著的出版（指的是《毛澤東選集》——筆者注）將是中國出版界劃時代的一件大事情。」〔註 103〕其實，《毛澤東選集》的出版，不僅是人民共和國出版史上的「一件大事」，而且必將成為人民共和國文學史、思想史上的「一大事件」。但是，要真正探討有關《毛澤東選集》第一卷成為思想改造運動話語建構的「藍本」的話題，我們還得從作為毛澤東思想的理論基礎文章之一——《實踐論》這篇文章於1950 年 12 月 29 日在《人民日報》的重新發表與再學習談起。

一、《實踐論》的重新發表與再學習：毛澤東思想在人民共和國思想界的「重要性」

我們知道，江西蘇區時期，由於頻繁的戰爭影響，中國共產黨並沒有完全站立住腳跟，長期處於「戰爭流動」的狀態之中，人員的「流動性」是非常明顯的，這使黨組織並沒有完全形成一種「穩定結構」。長征的勝利結束，使中國共產黨在戰略上實現了大轉移。處於陝北邊陲的中國共產黨中央委員會，得到了休整的時機和相對安寧的環境。此時，毛澤東及中國共產黨中央

〔註 103〕《論人民出版事業及其發展方向——出版總署胡愈之署長在第一屆全國出版會議上的報告》，《人民日報》，1950 年 9 月 28 日。

委員會即開始著手處理意識形態方面的問題。他們結合中國革命的實際，探討馬克思列寧主義理論的中國化。這種馬克思列寧主義理論的中國化，到 1945 年 4 月中國共產黨第七次全國代表大會上，最終確立了「毛澤東思想」在中國共產黨內的重要地位，毛澤東思想成為中國共產黨的「指導思想」。

　　隨之，有關毛澤東著作的包裝，成為重要的政治工作，有關毛澤東的著作也相繼得到出版，顯示出政黨領袖在政治領導上的獨特意義，形塑起黨的政治領導人物形象。作為毛澤東思想的哲學基礎，《實踐論》和《矛盾論》在毛澤東思想的整個思想體系中，是最為重要的兩篇理論文章。為了實現馬克思列寧主義的中國化，使之成為統一人們思想、行動的理論指導，延安時期中國共產黨在邊區就推動著這種學習，時間是 1942～1944 年，即延安整風運動時期。但這樣系統的學習，有關毛澤東思想著作的系統選集、系統編選和系統出版工作，並沒有提上議事日程〔註 104〕。人民共和國建國前零星出版的一些《毛澤東選集》版本〔註 105〕，「由於不是在中央直接領導下進行的，缺乏統一考慮，更沒有經過作者本人的校閱，體例頗為雜亂，文字亦有錯訛，還有一些非常重要的著作未能收入」〔註 106〕。

　　1949 年 7 月，全國文代會在北平召開，大會決議要繼續努力貫徹毛主席文藝方針，「更進一步地與廣大人民、與工農兵相結合」〔註 107〕；9 月，中國

〔註 104〕或許這是因為戰爭的緣故，當時緊迫的戰爭環境還不容許有這樣的出版物出現，邊區紙張供應的短缺也是重要的因素。有研究者考察中也認為，「毛的『選集』就壓根兒沒在延安出版過，其最早版本倒是 1944 至 1948 年間在熱衷討好的助手林彪負責的哈爾濱出版的，聶榮臻轄下的晉察冀邊區也有出版。」【英】迪克·威爾遜著，中共中央文獻研究室《國外研究毛澤東思想資料選輯》編輯組編譯：《毛澤東》，北京：中央文獻出版社，2003 年，第 184 頁。

〔註 105〕《毛澤東選集》解放前的版本情況是這樣的：1944 年 5 月版，晉察冀日報社編印《毛澤東選集》，五卷本；1945 年，蘇中出版社《毛澤東選集》，一卷本；1946、1947 年，大連大眾書店《毛澤東選集》，晉察冀版翻印並增訂；1947 年，晉察冀中央局增訂《毛澤東選集》，六卷本，冀東新華書店和太嶽新華書店翻印；1948 年，東北書店《毛澤東選集》，六卷合訂精裝本；1948 年，晉冀魯豫中央局《毛澤東選集》，黨內文件，上下兩卷，精裝本。《晉察冀版〈毛澤東選集〉編者的話》注釋，《中國出版史料第二卷　現代部分》，濟南：山東教育出版社，2001 年 4 月版，第 564～565 頁。

〔註 106〕鄭毅等主編：《共和國要事珍聞（上中卷）》，長春：吉林文史出版社，2000 年，第 253～258 頁。

〔註 107〕《大會宣言》，《人民日報》，1949 年 7 月 20 日；中華全國文學藝術工作者代表大會宣傳處編：《中華全國文學藝術工作者代表大會紀念文集》，北京：新華書店，1950 年，第 149 頁。

人民政治協商會議第一次全體會議在北平召開，大會確定了毛澤東思想作為國家的「指導思想」，其中《新民主主義論》《人民民主專政》《論聯合政府》等篇章，成為毛澤東思想的具體體現，並鎔鑄在「臨時憲法」──《共同綱領》──的起草過程中。隨著毛澤東思想上升為國家的「指導思想」，系統地出版毛澤東的有關著作，成為人民共和國出版事業的首要任務。

12 月，毛澤東率領中國代表團訪問蘇聯。訪蘇期間，斯大林對毛澤東作了如下「建議」：「為了總結中國革命的經驗」，毛主席應該「把自己寫的文章、文件等編輯成集出版」〔註108〕。毛澤東說他「正有此意」，但希望蘇聯派一位理論上很強的同志幫助他完成此項工作。其實，毛澤東於 1950 年回國後，即著手準備《毛澤東選集》的編譯工作。4 月，毛澤東致電斯大林，正式邀請尤金「到中國來幫助他進行這項工作」〔註109〕。5 月初，中國共產黨中央政治局召開會議，正式討論了斯大林的「建議」，會議決定成立中共中央《毛澤東選集》編輯委員會，由陳伯達、田家英整理中文稿件，最後由毛澤東本人審查定稿，而費德林和師哲則負責組織《毛澤東選集》的俄文本翻譯工作。

人民共和國初期的經濟及社會發展中，主要圍繞的還是國家的經濟建設。到 1950 年年底，國家經濟實現根本性的「轉變」，恢復到抗戰前的經濟水平，為下一步的經濟建設提供了堅實的基礎。這正如李達所說的那樣：「在一九五 0 年三四月間，國內的經濟情況尚未基本好轉，而今天可以開始大規模經濟建設了」〔註110〕。在經濟條件明顯好轉的情況下，重新形塑人民共和國的「指導思想」，確立毛澤東思想的「權威地位」，成為國家意識形態建構中重要的「思考點」。這就為《毛澤東選集》的出版，提供了重要的理論背景。

具體編輯《毛澤東選集》的過程中，蘇聯派遣尤金和費德林到中國，參與《毛澤東選集》的編輯工作。俄文版的翻譯工作，可以靠費德林和師哲兩人完成。但理論素質的翻譯上，主要還是靠尤金。7 月，尤金抵達中國。實際上，尤金到中國還有另一項使命，就是推進全國學習毛澤東《實踐論》。他先後到山東、南京、上海、杭州、長沙、廣州、漢口、西安、延安、瀋陽、

〔註108〕師哲口述，李海文整理：《中蘇關係見證錄》，北京：當代中國出版社，2005年，第 72 頁。

〔註109〕師哲口述，李海文整理：《中蘇關係見證錄》，北京：當代中國出版社，2005年，第 89 頁。

〔註110〕李達：《〈實踐論〉解說》，北京：三聯書店，1951 年，第 14 頁。

哈爾濱等地,「向我們的幹部做一些政治理論報告、講演等」〔註 111〕。12 月,蘇聯共產黨的理論刊物《布爾什維克》雜誌第 23 期發表了譯載的俄文版《實踐論》。隨後,12 月 18 日,蘇聯共產黨的機關刊物《真理報》發表了一篇題為《論毛澤東的著作〈實踐論〉》的編輯部論文,對於毛澤東同志的這篇著作加以論述:《實踐論》「發展了馬克思列寧主義關於辯證唯物論的認識的基本原理、關於實踐在認識過程中的作用的基本原理、關於革命理論在實際革命鬥爭中的意義的基本原理。」〔註 112〕因《實踐論》在蘇聯發表後引發強烈反響,12 月 28 日,毛澤東建議新聞總署署長胡喬木,「要求將《實踐論》和《真理報》編輯部的評論文章分兩天登報,並囑可先在《人民日報》發表,然後新華社再用文字廣播。」〔註 113〕這就是 12 月 29 日,中國共產黨機關報《人民日報》,重新發表毛澤東的《實踐論》一文的重要背景。

　　《實踐論》是體現毛澤東思想的重要文章,其中的哲學思想主要是在對認識—實踐關係、知—行關係的闡釋上〔註 114〕。此文發表於 1937 年 7 月,原為毛澤東在抗日大學作講演時的演講稿。1950 年 12 月 30 日,蘇聯《真理報》編輯部的評論文章《論毛澤東的著作〈實踐論〉》發表在《人民日報》上。

　　以當時《人民日報》的發行量而言,發表《實踐論》,這無疑為政治學習運動提供了具體的「材料」。其實,發表《實踐論》這一經典文獻,背後還有強大的「政治原因」,這就是李達所說的,「因為現在是翻天覆地的時代,是歷史的偉大轉變時期,在這種情勢之下,必須把我們全國人民的意志思想統一起來、集中起來,認清發展前途,才能勝利地建設社會主義;這也就是說,必須把毛澤東思想作為全國人民統一的意志,用馬克思列寧主義的哲學,把

〔註 111〕劉金田、吳曉梅:《〈毛澤東選集〉出版的前前後後》,北京:中共黨史出版社,1993 年,第 106 頁。

〔註 112〕蘇聯《真理報》編輯部:《論毛澤東的著作〈實踐論〉》,《人民日報》,1950 年 12 月 30 日。

〔註 113〕劉金田、吳曉梅:《〈毛澤東選集〉出版的前前後後》,北京:中共黨史出版社,1993 年,第 107 頁。

〔註 114〕它本身是有副標題的,為「論認識和實踐的關係——知和行的關係」。副標題表示了《實踐論》談論的主要問題集中在認識和實踐、知和行關係上。毛澤東:《實踐論——論認識和實踐的關係——知和行的關係》,《人民日報》,1950 年 12 月 29 日。

頭腦武裝起來。……它是一種具有永久性的真理；所以，現在全國人民必須用它來武裝頭腦，來搞好建設工作」〔註115〕。沈志遠也有相似的「解釋」：「我們要能勝任愉快地擔負上述兩大歷史任務，我們必須把自己的政治理論水準提高起來，把我們的頭腦武裝起來。我們今天對外要抗美援朝和保衛世界和平，對內要實行土地改革，鎮壓反革命和從事各種建設。如果我們的馬列主義、毛澤東思想的理論水準太低，也就是說我們的政治認識太差，我們要正確的理解政策、掌握政策，把政策貫徹到實踐中去，是很困難的。……毛澤東思想，今天它已成為革命隊伍中統一的指導思想。……但這不等於說我們革命隊伍裏的每一同志，我們國家機關裏的每一幹部，都已能很正確的掌握毛澤東思想；更不能說每一個人都能把毛澤東思想的立場、觀點、方法都很正確的貫徹到我們的工作和運動中去了。不是的，很多同志和幹部，連我本人在內，對每一問題的處理，每一件工作的領導或執行，是否都能真正遵照毛澤東思想去做，那就很難說了。……學習《實踐論》便是端正我們思想方法和工作方法的唯一門徑。」〔註116〕

可見，《實踐論》重新發表的「背後」，顯然是為了「形塑」人民共和國的全國指導思想，確立毛澤東思想在理論上的「現實地位」。很快，全國各地的報紙和刊物，紛紛轉載了《人民日報》上發表的《實踐論》這一「經典文獻」。1951 年 1 月，《實踐論》出版單行本，由人民出版社出版發行。各地也紛紛翻印《實踐論》單行本〔註117〕。為了推進《實踐論》這一「經典文獻」的學習，《人民日報》以「社論」的形式，強調學習《實踐論》的重要意義〔註118〕；中國共產黨理論刊物《學習》雜誌，也發表社論文章，強調《實踐論》在「學習和工作」〔註119〕的指南作用。

本擬在 7 月 1 日出版的《毛澤東選集》第一卷，因印刷上出現了問題，7 月 1 日這天並沒有正式出版，但為了給以後的政治學習製造聲勢，《毛澤東選

〔註115〕李達：《〈實踐論〉解說》，北京：三聯書店，1951 年，第 164 頁。
〔註116〕沈志遠撰：《〈實踐論〉解釋》，北京：展望週刊社，1951 年，第 4～6 頁。
〔註117〕這些單行本以人民出版社為出版發行單位，各地的新華印刷廠紛紛印刷出版。這些單行本其實就是一種「技術上」的翻印工作而已。
〔註118〕《人民日報》發表兩篇社論文章，推動全國人民學習毛澤東這一經典文獻。其篇名為《學習毛澤東同志的〈實踐論〉》和《〈實踐論〉開闢了我們學術革命的思想道路》，分別見《人民日報》1951 年 1 月 29 日和 1951 年 2 月 16 日。
〔註119〕《學習》雜誌社論：《〈實踐論〉——學習和工作的指南》，《學習》雜誌 3 卷 8 期。

集》第一卷中大部分文章，被中共中央《毛澤東選集》出版委員會重新校訂，
很快在《人民日報》上登載出來。登載的情況見下表：

表格一：《人民日報》刊登《毛澤東選集》第一卷篇目情況表

序號	作者	文章題目	發表時間	版面
1	毛澤東	《實踐論：論認識和實踐的關係──知和行的關係》	1950 年 12 月 29 日	第 1 版
2	毛澤東	《中國社會各階級的分析》	1951 年 07 月 01 日	第 5 版
3	毛澤東	《湖南農民運動考察報告》	1951 年 07 月 05 日	第 5 版
4	毛澤東	《中國的紅色政權為什麼能夠存在？》	1951 年 07 月 14 日	第 3 版
5	毛澤東	《星星之火，可以燎原》	1951 年 07 月 31 日	第 3 版
6	毛澤東	《關心群眾生活，注意工作方法》	1951 年 07 月 31 日	第 3 版
7	毛澤東	《論反對日本帝國主義的策略》	1951 年 08 月 07 日	第 3 版
8	毛澤東	《中國共產黨在抗日時期的任務》	1951 年 08 月 23 日	第 3 版

從後來出版的《毛澤東選集》第一卷來看，它總計收錄文章十六篇〔註 120〕。
從 7 月 1 日到 8 月 23 日，這樣高的「密集度」，頻頻發表毛澤東的「舊作」，
可以說真是「意味深長」。毛澤東選集出版委員會在通知中強調，「因為毛澤
東同志的這些著作有些直到最近才收集起來，有些過去雖然收集過，但有很
多人沒有獲得閱讀的機會，所以我們決定在《毛澤東選集》未出版前，先選
擇毛澤東同志從一九二六年以來所寫的幾十篇最重要著作，除篇幅很長的須
出單行本者外，從今天起在人民日報陸續發表。」〔註 121〕顯然，這是為 10
月出版《毛澤東選集》第一卷作重要的「鋪墊」。李達作為「資深」的中國共
產黨理論家，對毛澤東的《實踐論》一文進行了有效解讀。他認為，毛澤東
思想，「是全國人民的革命與建設的指導思想，是全國人民所服膺與學習的對
象。我們要很好地學習毛澤東思想，必須學習《實踐論》。《實踐論》是毛澤
東思想的一個基礎，是科學的思想方法與工作方法的總結。我們學習《實踐

〔註 120〕這裡所說的十六篇，實際包含除表格所列八篇外，還有：《井岡山的鬥爭》《關
　　　　於糾正黨內的錯誤思想》《必須注意經濟工作》《怎樣分析農村階級》《我們的
　　　　經濟政策》《中國革命戰爭的戰略問題》《關於蔣介石聲明的聲明》《為爭取千
　　　　百萬群眾進入抗日民族統一戰線而鬥爭》八篇。後來把《反對本本主義》和
　　　　《矛盾論》加入到第一卷中。《馬克思列寧主義事業中的重要事件：毛澤東選
　　　　集第一卷出版》，《人民日報》，1951 年 10 月 12 日。
〔註 121〕《〈毛澤東選集〉出版委員會通知》，《人民日報》，1951 年 7 月 1 日。

論》，就是要領會毛澤東思想的實質、立場、觀點與方法，用以深刻地認識中國革命與建設的實際問題，找出它的發展規律，作為實踐的指導。」〔註 122〕為此，毛澤東專門寫信給李達表達了感謝和鼓勵之意：「兩次來信及附來《〈實踐論〉解說》第二部分，均收到了，謝謝您！……這個《解說》極好，對於用通俗的言語宣傳唯物論有很大的作用。待你的第三部分寫完並發表之後，應當出一單行本，以廣流傳。……關於辯證唯物論的通俗宣傳，過去做得太少，而這是廣大工作幹部和青年學生的迫切需要，希望你多多寫些文章。」〔註123〕其時，李達的《〈實踐論〉解說》並沒有最終完稿，但毛澤東已經規劃了他這本稿子的「出版思路」，從中可以看出，當時毛澤東為推進「毛澤東思想」這一學習的廣泛普及，其內心裏的迫切心情。

其實，為了積極宣傳與學習《實踐論》這一「經典文獻」，50 年代重要的理論家、思想家，都積極地參與其中，先後寫作有關《實踐論》的文章的名單如下：胡喬木、陳伯達、李達、艾思奇、王學文、張慶泰、鄭大力、何其芳、周文、華崗、李亞農、韓伯林、孫紹謙、李廣田、譚質、洪禹、何思敬、潘梓年、謝覺哉、王思華、侯外廬、馮友蘭、李建劍、楊紹萱、樊弘、王亞南、程千帆、李菼、呂熒、俞林、李伯釗等。仔細考察這份名單，我們發現：作為一代知識分子，像胡喬木、陳伯達、李達、艾思奇、王學文、何其芳、華崗、李廣田、侯外廬、馮友蘭等人，他們是 50 年代初期最重要的知識分子代表，或許可以用我們當下對某一類知識分子的稱呼，我們稱他們為當時的「公共知識分子」。但這些所謂的「公共知識分子」，他們甘心服從於毛澤東思想的「權威壓力」，發自內心地對《實踐論》進行的「解讀」，無疑使他們成為毛澤東思想的重要「宣傳員」。這些文章都公開在全國重要報紙和刊物，如《人民日報》《光明日報》《新建設》《學習》雜誌《文藝報》上發表，掀起了一次全國性的學習「熱潮」。

當然，「抽屜」〔註124〕中的有關學習《實踐論》的「閱讀筆記」，顯然也是大量的存在著的。人民共和國初期，已經被「邊緣化」的現代作家沈從文，

〔註 122〕李達：《〈實踐論〉解說》，北京：三聯書店，1951 年，第 155 頁。
〔註 123〕毛澤東：《給李達的信》，《毛澤東文集》第 6 卷，北京：人民出版社，1999 年，第 154 頁。
〔註 124〕這裡借用陳思和提出的「潛在寫作」概念，「抽屜」則是更加形象的比喻而已。陳思和：《試論當代文學史（1949～1976）的潛在寫作》，《文學評論》1999 年第 6 期。

也積極地融入到學習《實踐論》的浪潮之中，他寫下了如下文字：

> 一年來全國性的對於《實踐論》的學習，有過許多文件引申論述，無疑對於現代教育哲學和大學校中高級知識分子的改造，有了極大的顯著的變化。惟就個人認識，則《實踐論》的偉大意義，卻不在乎為擴大闡釋此文件而作的無數引申，實重在另外萬萬人如何真正從沉默無言的工作中的實踐，即由此種工作生活的實踐，檢查錯誤，修正錯誤，再繼續發展和推進，不好的改好，好的要求更好。〔註125〕

沈從文並不像前面所列人員名單對毛澤東《實踐論》的「解讀」方式，這裡摘錄的這些文字，或許體現出沈從文的「另一面」，那就是他並不完全從《實踐論》的文字引用中來證明《實踐論》的偉大與正確，而是從自己的、實際的工作體驗中，來好好地體會《實踐論》。這是沈從文在「抽屜」中保持獨立人格的一面，當然，此時他這類文字恐怕也沒有真正的發表空間。

　　10月12日，《毛澤東選集》第一卷公開發行之時，《實踐論》仍舊是重點「推薦」的學習篇目。這次對《實踐論》作了更有政治意義的界定：「毛澤東同志的這篇著作，不但奠定了中國共產黨的馬克思列寧主義教育的基礎，而且以黨在長時期中極其豐富的戰鬥經驗，充實了和發展了馬克思列寧主義的認識論。」〔註126〕《實踐論》的重新發表與再學習，其意義顯然「非同一般」。

二、「思想改造」運動下《毛澤東選集》第一卷的全國學習「浪潮」

　　有關「思想改造」的話題，其實在人民共和國剛剛成立之時就已經進入中國人民的「視線」。10月12日，《人民日報》發表《「理論上承認，感情上接受不了」》一文，其中談到對知識分子的「思想改造」問題的相關看法：

> 不錯，知識分子的改造確是一個長期的艱苦的過程，但既然有了毛病，就應該而且必須嚴肅地自己和自己鬥爭，才會進步，躲閃規避，任其自流，那就不合乎馬列主義的科學原則，馬列主義的理論就明明白白地指導我們：解決矛盾唯一的辦法就是鬥爭，就是批

〔註125〕沈從文：《我的學習》，《沈從文全集》第12卷，太原：北嶽文藝出版社，2002年，第371頁。

〔註126〕《馬克思列寧主義事業中的重要事件——毛澤東選集第一卷出版　選集中各篇文章都經過毛澤東同志校閱　全國各地新華書店自今天起開始發行》，《人民日報》，1951年10月12日。

評與自我批評，就是站在無產階級的立場，使進步的思想壓倒落後
的思想，使向前看的力量征服向後看的力量；而且，更明明白白地
指導我們，理論不是教條，而是行動的指針，要理論與實踐結合，
才是真正的懂得了理論，像這種「理論上接受；感情上接受不了……」
的邏輯，根本上是違反科學的，實質上就是一種最軟弱的自由主義
的具體表現，這對於我們是非常有害的。我們既然要求進步，我們
就應該勇敢地毫無顧惜地克服那些非無產階級的——自私自利的
「情感」，使理論和實踐統一起來！〔註 127〕

在文章作者若文看來，知識分子的「思想改造」，必須站在無產階級的立場上，
經過一個長期的、艱苦的過程，並且還要做到理論和實踐結合。這儼然是用
對共產黨員的「要求」來對所有的知識分子進行「思想改造」。

1950 年 6 月，中國共產黨召開了七屆三中全會，會議認真討論了知識分
子問題和「統一戰線」工作。其中在對待知識分子問題上，中國共產黨認為，
「要辦各種訓練班，辦軍政大學、革命大學，要使用他們，同時對他們進行
教育和改造。要讓他們學社會發展史、歷史唯物論等幾門課程。就是那些唯
心論者，我們也有辦法使他們不反對我們。」〔註 128〕這裡，經歷八個月的過
渡時間後，關於對知識分子進行改造的辦法，已經開始形成「系統」。為了領
導全國思想改造運動的開展，中國共產黨有了一套屬於自己的、系統的理論
建構。比如有關整風問題，其實中國共產黨從 1950 年 4 月展開報紙刊物的批
評與自我批評運動開始，就在黨內積極地展開著。這為中國共產黨黨內思想
的「統一」，提供了重要的支持。所以，毛澤東對這種黨內進步的方式往往是
很「在意」的，在《中共中央政治局擴大會議決議要點》中，他特別強調，「整
風」這種方式，「一年一次，冬季進行，時間要短，任務是檢查工作，總結工
作經驗，發揚成績，糾正缺點錯誤，藉以教育幹部。」〔註 129〕

1951 年 10 月 12 日，《毛澤東選集》第一卷出版發行，總發行量為六十萬
冊。為了推動全國人民學習《毛澤東選集》的政治熱情，各地黨組織均有詳

〔註 127〕若文：《「理論上承認了，感情上接受不了」》，《人民日報》，1949 年 10 月 12
日。
〔註 128〕毛澤東：《不要四面出擊》（一九五零年六月六日），《毛澤東選集》第 5 卷，
北京：人民出版社，1977 年，第 23 頁。
〔註 129〕毛澤東：《中共中央政治局擴大會議決議要點》（一九五一年二月十八日），《毛
澤東選集》第 5 卷，北京：人民出版社，1977 年，第 37 頁。

細的「安排」〔註130〕，其情況如下所述：

華北：中共中央華北局於本月十二日發出指示，要求各地黨委認真組織對於毛澤東選集的宣傳。指示中指出：毛澤東選集的出版，是全黨和全國人民政治生活中的重大事件。因為毛主席在中國革命各個時期的重要著作，最正確最深刻地運用了馬克思列寧主義的原則，創造了最完整的關於中國革命的理論與政策。毛主席的著作不僅被千百萬次的實踐證明是領導中國人民擊敗各種敵人取得偉大勝利的唯一正確指針，而且是今後鞏固發展人民革命事業和建設新中國的最大保證。因此各地黨委必須十分認真組織對於毛澤東選集的宣傳。各地除推動報紙、刊物、廣播電臺發表評論說明毛澤東選集出版的重大意義外，並應有計劃地組織已得到選集的讀者發表他們的感想和意見。各地黨委還應陸續組織幹部黨員和群眾，特別是省委、地委、市委的負責幹部，結合當前黨內外思想情況為報紙、刊物撰寫闡述毛澤東思想的論文、學習心得、讀書筆記等文字。指示中並指出：為了認真幫助幹部學習毛主席著作，華北局擬於明年在全區幹部黨員中發動一個學習黨史和毛主席著作的運動。華北局號召各地熱烈地準備明年的學習運動。

東北：中共中央東北局為了使全黨幹部和黨員認識出版毛澤東選集的重大政治意義，並動員幹部對這一文獻進行學習和宣傳，於九月二十九日和十月十一日，先後發出了兩項指示。這兩個指示中指出：「毛澤東選集的出版標誌著馬克思列寧主義和毛澤東思想在中國的偉大勝利。」「這一偉大文獻的出版，是黨的理論、思想戰線上一個有極其偉大意義的事件，是馬克思列寧主義事業中的重要事件。」指示中規定：為了深入宣傳馬克思列寧主義和毛澤東思想，各地應在毛澤東選集發行之日起，即組織黨員幹部，結合當前幹部和群眾的思想情況和實際工作狀況，發表文章（如研究性的論文，學習心得等），宣傳毛澤東選集出版的重大政治意義及學習馬克思列寧主義和毛澤東思想的重要性，以及介紹過去對毛澤東思想學習的心得、方法和經驗。關於在幹部中組織對毛澤東選集的學習問題，東北局

〔註130〕《中國共產黨各地黨的組織　積極準備學習〈毛澤東選集〉》，《人民日報》，1951 年 10 月 13 日。

指示：「首先在東北一級機關（包括東北局各部、委，東北人民政府各部、局）及省市一級黨政機關，在有指導的條件下，組織一個或幾個學習組，由各該部門主要負責同志任組長。同時，由現在起即應著手準備關於在明年正式學習毛澤東選集的計劃，並將此項計劃，列入一九五二年理論學習計劃中去。」

　　華東：中共中央華東局於本月初指示所屬各級黨委：毛澤東選集出版後，應認真組織幹部進行學習及在報紙上發表宣傳文章；同時，還組織了一個專門委員會，有計劃有組織地領導這一工作。中國共產黨上海市委員會為了迎接毛澤東選集的出版，做好出版前的各項準備工作，在本月六日的市委常委會上進行了討論。會上中共上海市委第三書記劉長勝同志著重指出毛澤東選集的出版是我黨和全國人民政治生活中的一件大事，出版後全市黨員特別是黨員幹部應在各級黨委領導下進行有準備有計劃的學習。中共上海市委宣傳部已將領導全市幹部學習毛澤東選集的準備工作列入本年度第四季計劃中。上海市委宣傳部部長夏衍同志與副部長姚溱同志也在全市宣傳幹部會議上強調說明毛澤東選集出版的重要意義，並要求全市各級黨委領導新華書店做好發行工作。中共上海市委並決定於毛澤東選集出版後再召開一次常委擴大會議，具體討論宣傳與學習毛澤東選集的詳細計劃。為了紀念黨的三十週年和配合毛澤東選集的出版，中共上海市委已把黨在上海舉行成立大會的地址、黨成立後在上海的第一個地下中央總部的地址和舉行成立大會時毛主席和其他各位代表的宿舍等三個與黨史有重大關係的地方修建為革命歷史紀念館，並將在館內有系統地陳列毛主席的各項著作。紀念館正在加工趕修中，不久即可開放。

　　西北：中共中央西北局宣傳部於本月五日召開了西北一級宣傳機關負責幹部會議，討論毛澤東選集的宣傳問題。會上西北局宣傳部張稼夫部長說明了毛澤東選集出版的重大意義，號召到會同志學習毛澤東思想，宣傳毛澤東思想。八日，西北局常委會決定在本月十五日以前召開幹部會議，由馬明方同志做關於學習毛澤東選集的報告。

　　中南：中共中央中南局決定在十三日下午召開中南局直屬機關、湖北省委機關、武漢市委機關幹部會議，由中南局負責同志作學習毛澤東選集的報告。中南區文化團體在十二日就召開了同樣內容的會議。長江日報十二日用三個版的篇幅發表有關毛澤東選集出版的文章，其中有中共中南局宣傳部長趙毅敏，副部長熊復，中南區軍政委員會教育部長潘梓年等人的文章。該報在社論中號召「通過毛澤東選集的出版，造成全黨學習和宣傳毛澤東思想的熱潮」。趙毅敏、熊復的文章分別以「看誰學的更多更好」、「大家都來作毛主席的好學生」為題，動員全體共產黨員和青年幹部認真地經常地閱讀和研究毛澤東主席的著作，用毛澤東思想來武裝自己的頭腦，提高政治水平和理論水平，從而不斷地改善和提高我們的革命工作。湖北日報並刊載中共湖北省委書記李先念所寫的文章。中南工人日報、大剛報也於十二日發表了關於毛澤東選集出版的社論。

　　西南：中共中央西南局為毛澤東選集的出版，除組織若干專文加以介紹外，並擬定組織縣委以上幹部進行學習。重慶新華日報為此發表了社論。社論說：毛澤東選集的出版，對革命幹部特別是共產黨員來說，是一個莊嚴的號召。我們要更加認真地、有系統地學習毛澤東思想，不斷地提高我們的理論水平與工作能力。

人民共和國誕生的初期，實行的是大區行政管理體制，將全國分為六大行政區：華北局（局所在地在北京）、東北局（局所在地在瀋陽）、華東局（局所在地在上海）、中南局（局所在地在武漢）、西北局（局所在地在西安）、西南局（局所在地在重慶）。這其實是戰時軍事化的「產物」，它對應的是華北軍區、東北軍區、華東軍區、中南軍區、西北軍區、西南軍區〔註131〕。從所引材料中我們看出，全國各大行政區為推進《毛澤東選集》的發行與學習工作曾做過的組織化工作。實際上，在《毛澤東選集》第一卷出版與發行之前，中國共產黨以黨組織的「名義」〔註132〕，進行過大量的組織工作，為推進《毛

〔註131〕楊奎松認為，人民共和國建國後設立的六大軍區，事實上仍是遷就原有地方軍事系統而設立的」。楊奎松：《建國初期中共幹部任用政策之考察》，《中華人民共和國建國史研究1》，南昌：江西人民出版社，2009年，第369頁。

〔註132〕出版總署認為，「這是一件規模巨大的組織工作，有關單位的各級負責同志，應當分別制訂周密的計劃，明確規定工作日程，嚴格按計劃辦事，發動全體同志的積極性與創造力，克服一切困難；以保證不發生錯誤，如期完成各自

澤東選集》的出版與發行，作出過不可磨滅的貢獻。1951 年 9 月 19 日，《毛澤東選集》印刷出版發行工作委員會通過《毛澤東選集》發行計劃，其中特別強調，「從事《毛澤東選集》的發行工作，是一項最光榮的政治任務」。承擔發行任務的全國新華書店，必須做到：

> 一、深刻認識這一工作的嚴肅性，以高度的責任心，認真工作；反對輕率馬虎，潦草從事的態度。二、發揮組織性，一切問題都在嚴格遵守上級統一規定的原則下，充分發動群眾完成任務。三、事先作周密的布置，凡有關《毛澤東選集》發行的情節，都要瞭解清楚，根據上級計劃，定出自己的計劃，克服一切困難保證計劃的完成。〔註 133〕

10 月 23 日，政協一屆三次會議在北京召開，毛澤東在「開會詞」中，特別強調全國思想改造運動的重要政治及社會意義，把思想改造運動提升到與國家的現代化建設相聯繫的高度，認為思想改造「是我國在各方面徹底實現民主改革和逐步實行工業化的重要條件之一」〔註 134〕。周恩來隨即在「政治報告」中把毛澤東對思想改造的具體任務做了「規劃」，進行了切實的部署：

> 我們應當通過各民主黨派、人民團體、人民協商機關、人民政府和人民解放軍的領導機關，在各界人民的積極分子、戰鬥英雄、模範勞動者中，在民主黨派黨員中，在一切教師、專家和工作幹部中，廣泛地有系統地組織對於毛澤東思想的學習，以便經過他們去幫助廣大人民群眾的學習。全國委員會開會之際，正值毛澤東選集第一卷出版，我們要擔負起推動各方面組織學習毛澤東選集的責任。〔註 135〕

1951 年 11 月，有關中國共產黨黨內整風運動的相關情況，劉少奇（時為國家副主席）曾有這樣的「總結」：「我們黨內的整風是怎樣進行呢？一、針

的任務」。《出版總署關於認真做好〈毛澤東選集〉的出版印刷發行工作的指示》（1951 年 4 月 17 日），《中華人民共和國出版史料（一九五一年）》第 3 冊，北京：中國書籍出版社，1996 年，第 118 頁。

〔註 133〕《〈毛澤東選集〉發行計劃》（1951 年 9 月 19 日），《中華人民共和國出版史料（一九五一年）》第 3 冊，北京：中國書籍出版社，1996 年，第 330 頁。

〔註 134〕毛澤東：《中國人民政治協商會議第一屆全國委員會第三次會議的開會詞》，《人民日報》，1951 年 10 月 24 日。

〔註 135〕周恩來：《政治報告──一九五一年十月二十三日在中國人民政治協商會議第一屆全國委員會第三次會議上的報告》，《人民日報》，1951 年 11 月 3 日。

對黨內所要解決的思想問題，毛主席作了整風報告。並選擇了若干學習文件。二、在各單位組織學習委員會領導黨員學習毛主席報告及指定的文件。三、在學完文件以後，由黨員聯繫自己的思想進行反省，寫出反省筆記，或在一定的會議上作反省報告。四、由黨員的小組會或其他的會議根據各人的反省提出意見或批評（好的與壞的均指出）。再由本人答覆或再一次進行反省。五、最後，由黨的適當組織做出每一個黨員的結論或鑒定。」〔註136〕「要針對各個不同的人們的思想狀況，選擇一些基本文件學習，然後反省，批評，總結。組織毛澤東思想研究會或學習會，自由加入，個人學習，集體學習，編入小組。我黨宣傳部可給一些幫助。」〔註137〕11月2日，政協一屆三次會議一致同意陳叔通（時為國家副主席）關於中國人民政治協商會議全國委員會常務委員會工作的報告。會議一致指出，依據毛主席在「開會詞」中所指示的努力方向，及會議中各項報告和討論的精神，全國委員會常務委員會在今後的一個時期中，須通過各民主黨派、各人民團體、各界愛國民主人士及各級協商機關，著重地進行下列三個方面的工作：「一、繼續加強抗美援朝運動；二、提倡和推動愛國增產節約運動；三、推動思想改造運動，有系統地組織對於馬克思、列寧主義與中國革命實踐相結合的毛澤東思想的學習運動。」〔註138〕

　　仔細考察通過的這三方面的工作，其實，「加強抗美援朝運動」，其立足點是「清理」知識分子中的「崇美恐美親美」思想〔註139〕；「愛國增產節約運動」，一方面是打破帝國主義的封鎖，另一方面也是為了朝鮮戰場的軍用物質的供應，跟抗美援朝運動有著緊密的聯繫；「思想改造運動」，其目的則是為了有系統地組織學習馬列主義毛澤東思想，「讓馬列主義和毛澤東思想，把全國人民武裝起來，變為新中國一切力量的泉源。」〔註140〕值得注意的是，決定實施思想改造這一政治運動之後，出席政協會議的文教界代表很快向毛主席寫了「保證信」：

〔註136〕劉少奇：《關於思想改造問題報告提綱》（1951 年 11 月），《建國以來劉少奇文稿》第 3 冊，北京：中央文獻出版社，2005 年，第 780～781 頁。

〔註137〕劉少奇：《關於思想改造問題報告提綱》（1951 年 11 月），《建國以來劉少奇文稿》第 3 冊，北京：中央文獻出版社，2005 年，第 783 頁。

〔註138〕《關於常務委員會工作報告的決議》，《人民日報》，1951 年 11 月 2 日。

〔註139〕輔仁大學校長陳垣發言：《教師們要努力實行自我教育和自我改造》，《人民政協全國委員會第三次會議十月三十一日會上的發言》，《人民日報》，1951 年 11 月 2 日。

〔註140〕李濟深：《紀念孫中山先生要為貫徹今天的任務而奮鬥》，《人民日報》，1951 年 11 月 12 日。

　　　　認真學習毛澤東選集，來改造我們的非無產階級思想，以批評
　　與自我批評的方法，來進行自我改造和自我教育，並努力使這個運
　　動成為全體教師的群眾性的運動，給我們國家在各方面實現民主改
　　革和逐步實行工業化打下良好的基礎。〔註141〕

著名文藝工作者艾蕪，代表全國文藝界人士發言，其中專門講到了學習《毛
澤東選集》的相關問題。他說：「我們每個文藝工作者，都感覺到自己對國家
和人民所應負的責任，要負起這個責任，是需要很大的努力的。我們首先就
需要學習馬克思列寧主義和毛澤東思想。……我們深切地體會到，毛主席在
開會詞中所指示的『思想改造、首先是各種知識分子的思想改造，是我國在
各方面徹底實現民主改革和逐步實行工業化的重要條件之一』。這些話的意義。
因此，我們認為文藝界的思想改造學習和思想批判，是發展文藝工作更好為
工農兵服務的一個關鍵問題。」〔註142〕

三、《實踐論》及《毛澤東選集》第一卷：文藝界思想學習運動的　　重要「參考資料」

　　雖然毛澤東的《實踐論》一文早已於 1950 年 12 月 29 日在《人民日報》
上發表，但文藝界有關《實踐論》的「學習」問題，卻「遲遲未動」。1951 年
1 月 29 日和 2 月 16 日，《人民日報》分別發表社論文章——《學習毛澤東同
志的〈實踐論〉》和《〈實踐論〉開闢了我們學術革命的思想道路》，繼續推進
全國人民學習《實踐論》的「熱潮」。作為人民共和國文藝政策的「晴雨表」，
中華全國文協機關刊物《文藝報》，遲至 2 月 25 日才發表社論文章《在實踐
中不斷開闢認識真理的道路——學習〈實踐論〉，提高文學藝術的理論思想水
平》，提出學習《實踐論》的話題：

　　　　毛澤東同志的《實踐論》的重新發表，應當引起我們文學藝
　　術工作者鄭重的注意和認真的學習。……我們文學藝術工作的各
　　方面和各部門，應當認真地討論和學習《實踐論》，把自己的工作
　　檢討和這一討論有機地聯繫起來，以便在理論上思想上提高一步，

〔註141〕《列席政協全國委員會會議的教育工作者代表聯名寫信，向毛主席致敬保證
　　　　認真學習毛澤東選集，改造思想》，《人民日報》，1951 年 11 月 1 日。
〔註142〕文藝工作者代表艾蕪發言：《堅決貫徹毛主席的文藝方針為工農兵服務》，《人
　　　　民政協全國委員會第三次會議十月三十一日會上的發言》，《人民日報》，1951
　　　　年 11 月 2 日。

　　因而也在創作與工作的實踐上提高一步。學習《實踐論》，就是要
　　我們在生活的實踐中，在創作的實踐中，在理論和批評的實踐中，
　　提高文學藝術的理論思想水平，在實踐中不斷開關認識真理的道
　　路。〔註143〕

《文藝報》的這種反映，透露出全國文藝界學習毛澤東《實踐論》的嚴重滯後性。《人民文學》發表何其芳的《〈實踐論〉與文藝創作》，表達出《人民文學》這一國家文學刊物積極展開學習《實踐論》的「動向」。《人民日報》編輯部看到《文藝報》和《人民文學》對毛澤東《實踐論》一文發表的「表態」文字後，很快發表文章談及文藝界對《實踐論》的「反映」，「毛澤東同志的《實踐論》重新發表之後，已引起文藝界的重視與研究。……這兩篇文章的發表，是文藝工作者學習《實踐論》的開始。全國文聯將組織文藝界更有系統地來展開關於毛主席這一傑出著作的學習。」〔註144〕

　　2月25日這天，《人民日報》也發表了有關《毛澤東選集》學習的話題，「為了提高我們的理論水平與政治水平，必須加強馬列主義與毛澤東思想的宣傳教育。《毛澤東選集》的出版，將是中國出版界劃時代的大事。這套偉大文集出版以後，將在中國造成一個理論學習的新高潮：將要大大提高我們的理論認識，將會大大推動我們的各項建設任務的實現。」〔註145〕前面我們提及，3月5日，中華全國文學藝術界聯合會召開第七次常務委員會擴大會議，會議的主要議題是「總結去年工作，制定今年計劃」。在擬定 1951 年的工作計劃中，「加強文藝幹部對馬列主義與毛澤東思想的學習；組織關於毛主席的《實踐論》的學習；組織定期的有關政治、文藝思想的座談會」〔註146〕，成為1951年工作計劃的「重點」之一。

　　《人民日報》社論的發表與中華全國文學藝術界聯合會會議的召開，並沒有引起《文藝報》的高度「重視」。雖然中華全國文學藝術界聯合會召開常委會，提出把學習馬列主義、毛澤東思想及《實踐論》，作為計劃工作的「重點」，但作為半月刊的《文藝報》，遲至 3 月 25 日才發表周文的《〈實踐論〉

〔註143〕社論：《在實踐中不斷開關認識真理的道路——學習〈實踐論〉，提高文學藝術的理論思想水平》，《文藝報》3 卷 9 期（1951 年 2 月 25 日）。
〔註144〕《國內文藝動態》，《人民日報》，1951 年 3 月 4 日。
〔註145〕編者：《為完成今年出版任務而奮鬥》，《人民日報》，1951 年 2 月 25 日。
〔註146〕新華社：《全國文聯舉行常務委員會擴大會議　總結去年工作制定今年計劃》，《人民日報》，1951 年 3 月 27 日。

與革命文藝工作者》。周文直接把《實踐論》的「學習」，擺到全國文藝工作者的「面前」。顯然，周文的文章，是在完善何其芳《〈實踐論〉與文藝創作》一文的不足之點，涉及的話題，是「文藝工作者與改造客觀世界」的問題：「一個革命文藝工作者，要真正夠得上是『人類靈魂工程師』，就必須能夠正確反映現實，必須自己的思想對頭，而要這樣，就必須參加革命的實踐，參加改造客觀世界的鬥爭，並從而使自己的主觀世界得到改造，才有可能。」在周文看來，大多數的文藝工作者本身都是非無產階級出身，「都或長或短地拖著一條小資產階級的尾巴、甚或其他階級的尾巴到革命當中來」，對於生理上近視的人，「幫助他解決認識事物的辦法，是叫他趕快到鋪子去配一副眼鏡」，但是對於思想上近視的朋友，「幫助他自覺地把腦袋裏的非無產階級思想擠出去，把無產階級思想擠進去，是很重要的〔註 147〕。

　　4 月 25 日，《文藝報》4 卷 1 期連續發表洪禹的《不是單純的寫作問題——讀〈實踐論〉後的一點體會》、李廣田的《〈實踐論〉與文藝工作》、企霞的《中國人有一句老話——〈實踐論〉學習筆記片斷之一》、陳荒煤的《為創造新的英雄的典型而努力》4 篇文章，表明全國文藝界正準備積極投入到學習毛澤東思想的經典文獻《實踐論》的浪潮之中。企霞的文章是《文藝報》新開創的欄目「新語絲」〔註 148〕中很不起眼的一篇，李廣田的文章是在中國共產黨文藝學校中央文學研究所〔註 149〕的演講文章，他們都明確地表明：這是閱讀《實踐論》後的體會文章、經驗交流文章，正如陳企霞的「學習筆記」，能包含這樣豐富的「意義」。這些文章在《文藝報》上連續發表，無疑透露出全國文藝界即將展開對《實踐論》學習的「信號」。

　　但與這之前《文藝報》於 3 卷 9 期發表《在實踐中不斷開闢認識真理的道路——學習〈實踐論〉，提高文學藝術的理論思想水平》的時間相比，時間又過去足足兩個月。作為《文藝報》的社論，這篇文章認為：「毛澤東同志的

〔註 147〕周文：《〈實踐論〉與革命文藝工作者》，《文藝報》3 卷 11 期（1951 年 3 月 25 日）。

〔註 148〕《文藝報》編輯部：《編輯部的話》，《文藝報》4 卷 1 期（1951 年 4 月 25 日）。

〔註 149〕中央文學研究所 1951 年 1 月 8 日成立，隸屬於中央文化部和文聯，招生青年文學工作者到研究所學習，希望通過一、二年的「實踐與自學」相結合的辦學方式，培育新的作家力量：「經過一定時期的專門研究學習，提高其政治與文學的水平，培養為實踐毛澤東文藝方向的文學創作及文藝批評的幹部」。新華社：《全國文聯和中央文化部籌備創辦文學研究所　培養新文學創作及文藝批評幹部》，《人民日報》，1950 年 8 月 10 日。

《實踐論》的重新發表，應當引起我們文學藝術工作者鄭重的注意和認真的學習」，「我們文學藝術工作的各方面和各部門，應當認真地討論和學習《實踐論》，把自己的工作檢討和這一討論有機地聯繫起來，以便在理論上思想上提高一步，因而也在創作與工作的實踐上提高一步」，「學習《實踐論》，就是要我們在生活的實踐中，在創作的實踐中，在理論和批評的實踐中，提高文學藝術的理論思想水平，在實踐中不斷開闢認識真理的道路」（著重號為筆者所加——筆者注）。這篇社論「號召廣大讀者記文藝工作者學習《實踐論》，提高文學藝術的理論思想水平」，「廣大的讀者及文藝工作同志熱烈地響應了這一號召」〔註 150〕。據《文藝報》「文藝動態」欄介紹，自《文藝報》社論發表以後，全國許多文藝刊物和報紙副刊如《人民文學》、上海《文藝新地》《小說》月刊、《文匯報》副刊《文學界》《川西文藝》等，都先後發表了「類似」的文章，展開了對《實踐論》的學習和研究〔註 151〕。作為「用來反映文藝工作情況，交流經驗，研究問題，展開文藝批評，推進文藝運動」〔註 152〕的刊物，《文藝報》此時並沒有實現自己的「目標追求」，對《實踐論》的學習表現出某種程度的「冷淡」。5 月 25 日，《文藝報》繼續編排三篇學習《實踐論》的文章，分別為呂熒《讀〈實踐論〉》、周文《兩點商討》、佘樹聲《我對於〈實踐論〉的體會》。5 月 20 日，《人民日報》社論《應當重視電影〈武訓傳〉的討論》發表後，電影《武訓傳》的相關話題，成為中國政治及文藝討論的中心話題。有關《實踐論》學習的文章，突然「中斷」。直到 8 月 25 日，才出現程千帆的文章《〈實踐論〉對於文藝科學幾個基本問題的啟示》，談到《實踐論》對文藝的「影響」。

　　所以，至 1951 年 4 月，全國文藝界並沒有完全注意到毛澤東著作應該努力學習的問題。文藝界並沒有完全以全身心的「姿態」，投入到對毛澤東思想的「學習」之中，特別是經典文獻《實踐論》的學習。從文藝政治運動的時間安排表中，我們也可以看出，此時中央人民政府政務院文化部和全國文藝界正轟轟烈烈的展開著有關電影《武訓傳》的「批判」、對蕭也牧的小說及改編為電影的《我們夫婦之間》的「批判」、對朱定的小說及改編為電影的《關

〔註 150〕《讀者對第三卷〈文藝報〉的意見》，《文藝報》4 卷 2 期（1951 年 5 月 10 日）。

〔註 151〕《文藝動態》，《文藝報》4 卷 2 期（1951 年 5 月 10 日）。

〔註 152〕《給願意做文藝通訊員的同志們的信》，《文藝報》創刊號（1949 年 9 月 25 日）。

連長》的「批判」。或許，文藝界領導人還沒有多餘的時間，把學習《毛澤東選集》的相關內容，提到議事日程之上。他們面對電影《武訓傳》這一批判運動的「醞釀」，時間上顯得並不「充裕」。既然 3 月份已經確定了中宣部和文化部的「當務之急」，是批判電影《武訓傳》，那麼，學習《實踐論》的時間順延，也是順理成章的事情。其實，批判電影《武訓傳》的最終目的，也是為了澄清文藝界的文藝思想混亂的狀況，為思想界的統一奠定堅實的基礎。當這一系列批判運動完全結束之時，時間也到了 10 月底〔註 153〕。

顯然，對人民共和國電影界批判運動的「開展」，為全國文藝界指導思想進一步的「清理」，提供了重要的「輿論基礎」。10 月 12 日，《毛澤東選集》第一卷由人民出版社出版，全國新華書店統一發行。但《毛澤東選集》的發行工作，主要是在北京、長春和上海三地，並不是各地發行。到 11 月 10 日，第一批《毛澤東選集》第一卷 65 萬冊已全部發售完畢，「凡收到《毛澤東選集》第一卷的書店，大部分在一天之內就全部售完」〔註 154〕。10 月 23 日，政協一屆三次會議召開，這次會議通過了各項政治運動及具體運作計劃。全國的政治向心力，達到了新的「至高點」。這為全國人民學習《毛澤東選集》第一卷，無疑提供了最大的政治支持。文藝界學習《實踐論》的問題，終於也被提上了議事日程。

這裡，我們不得不重新提及李達的《〈實踐論〉解說》。1951 年 7 月，《〈實踐論〉解說》一書出版。此書中，在具體針對文藝界學習《實踐論》的問題上，李達對文藝工作者的創作情況做出這樣的「責問」：「說到文藝工作者，有些作家的作品，還是用各種方式，掩飾其生活上的空虛；所描寫的人物是虛構的、臆測的，因為他們沒有深入工農群眾中去體會工農生活，而是關在書房裏寫工農作品，自然創作不出好的東西，這是犯了公式化和教條主義的『毛病』。另外還有些人僅是到工廠區看看，便自以為有了經驗，便以此代替理論學習，而把這片面的經驗誇大起來，這又是犯了經驗主義的偏向。為要克服這些毛病，文

〔註 153〕其「標誌性」的事件是蕭也牧寫作檢討文字《我一定要切實地改正錯誤》，雖然蕭也牧在文章結尾上標明時間為一九五一年秋天，最終在《文藝報》5 卷 1 期上發表，發表的時間是 1951 年 10 月 25 日。《人民日報》於 1951 年 10 月 26 日也發表了此文。這裡，我們以文章最先發表的時間為「標誌」，作為文藝界先期批判運動的結束。

〔註 154〕新華社訊：《毛澤東選集第一批已全部發行完畢，現正譯為少數民族文字》，《人民日報》，1951 年 11 月 10 日。此則消息被全國各大報紙予以轉載。

藝工作者必須學習《實踐論》，把《實踐論》作為學習和工作的最高標準，從而能夠更好地以實踐為基礎，創造出真正的人民的文學來。」〔註155〕顯然，此時的文藝界，並沒有把《實踐論》的學習當作「頭等大事」來處理。

10月31日，文藝工作者代表二十三人列席政協一屆三次會議，他們積極響應政協的決議案，希望推進文藝界的思想改造運動，學習《毛澤東選集》第一卷和毛澤東思想。其實，艾蕪的「發言」，並不僅僅是作為文藝工作者艾蕪個人的事情，而是牽涉到全國文藝界的事情，他的發言代表了列席會議和未列席會議的所有文藝工作者的「心聲」〔註156〕。

直到11月2日政協一屆三次會議結束後，全國文藝界才真正開始系統地學習《實踐論》。這成為全國文藝界「統一」思想認識的最基本環節，從胡喬木、周揚、丁玲等人的動員講演中可以看出，包括《實踐論》在內的《毛澤東選集》第一卷，成為思想改造學習運動中重要的「參考資料」。為了推進這種學習「浪潮」的開展，中華全國文學藝術界聯合會邀請當時在中國共產黨中央黨校任教的兩位教員何其芳、周文，以他們現身說法的方式，來對《實踐論》這一經典文獻進行「解讀」。何其芳的文章題名為《〈實踐論〉與文藝創作》，發表於《人民文學》第3卷第5期，時間為1951年2月；周文為《實踐論》的學習，先後寫作了3篇文章推進這一運動：《〈實踐論〉與革命文藝工作者》（《文藝報》，3卷11期，1951年3月25日）、《兩點商討》（《文藝報》，4卷2期，1951年5月25日）和《〈實踐論〉與文藝工作上的反映問題》（《文藝報》1951年第5卷第5期，1951年12月）。在閱讀《實踐論》這一經典文獻之後，周文認為：

> 《實踐論》的內容太豐富了，它像一座宏偉輝煌的殿堂，光彩奪目，經過了細緻的研討之後，自以為懂得了，但是當再三再四進到裏邊去的時候，總是每次都又有新的收穫，這就可見我還沒有真正懂得透徹。現在就暫且把我對於文件精神的總的理解，歸納為這樣幾句話：不斷實踐，正確反映，改造世界與改造自己。〔註157〕

〔註155〕李達：《怎樣學習〈實踐論〉》，《新建設》4卷4期（1951年7月1日）；李達：《〈實踐論〉解說》，北京：三聯書店，1951年，第161頁。

〔註156〕文藝工作者代表艾蕪發言：《堅決貫徹毛主席的文藝方針為工農兵服務》，《人民政協全國委員第三次會議十月三十一日會上的發言》，《人民日報》，1951年11月2日。

〔註157〕周文：《〈實踐論〉與文藝工作上的反映問題》，《文藝報》5卷5期（1951年12月25日）。

　　雖然，《實踐論》的哲學地位是不容忽視的，但人民共和國文藝界將怎麼樣面對《毛澤東選集》第一卷的出版，作出具體的「反應」，這顯然是文藝界即將面臨的重要問題。周恩來在政協一屆三次會議上強調，「思想改造，一方面固然要加強理論學習，精讀《毛澤東選集》、馬列主義的一些基本著作，另一方面也必須加強生活的體驗與革命的實踐。」〔註 158〕看來，文藝界在積極學習《毛澤東選集》篇目的過程中，加強生活的「體驗」與革命的「實踐」，必將成為一項重要的工作環節。其實，文藝界學習《實踐論》《毛澤東選集》，文藝界領導人是希望通過這一文獻的學習，「力求從具體問題的研究中，領會馬列主義和毛澤東思想對於文藝工作的指導意義，並從這一基礎上加強科學的文藝理論的建設」〔註 159〕，改進文藝界的領導工作。那麼，文藝界的下一步工作將面臨怎樣改進呢？

第三節　文藝界思想改造運動的「興起」——全國 文藝界文藝學習運動的「新動向」

　　1951 年 10 月 1 日，《文藝報》第四卷全部出齊。在《編輯部的話》中，《文藝報》編輯部對第四卷的編輯工作，作了「交代」。此時來對第四卷的編輯工作作交代，有特別的政治意義。編輯部認為，「從討論《武訓傳》開始的對文藝創作中資產階級反動思想的批判，不僅在文藝界，同樣在文化、教育和思想界引起了極大的反響，形成了在全國範圍內的一次思想學習運動，收到了良好的效果。從研究蕭也牧等作品中不良傾向開始的，對於文藝創作中庸俗、低級的小資產階級思想的批評，使我們得以認清非無產階級思想對於文藝事業的嚴重損害，必須在創作上加強毛澤東文藝思想的武裝」〔註 160〕。前面我們曾提及，10 月 23 日，在政協一屆三次會議上，毛澤東作大會的「開會詞」，強調在全國要掀起一場偉大的「政治學習運動」，以便迎接新的社會主義文化建設、經濟建設的「高潮」。這場所謂的「學習運動」，其實就是對全國知識分子進行思想清理的政治運動，其目的是最終形成統一的思想行動。毛澤東

〔註 158〕中共中央文獻研究室編：《周恩來年譜》，北京：中央文獻出版社，1997 年，第 515 頁。
〔註 159〕《文藝報》編輯部：《編輯部的話》，《文藝報》4 卷 11、12 期合刊（1951 年 10 月 1 日）。
〔註 160〕《文藝報》編輯部：《編輯部的話》，《文藝報》4 卷 11、12 期合刊（1951 年 10 月 1 日）。

指出：「在我國的文化教育戰線和各種知識分子中，根據中央人民政府的方針，廣泛地開展了一個自我教育和自我改造的運動，這同樣是我國值得慶賀的新氣象。在全國委員會第二次會議閉幕的時候，我曾提出了以批評和自我批評方法進行自我教育和自我改造的建議。現在，這個建議已經逐步地變成現實。思想改造，首先是各種知識分子的思想改造，是我國在各方面徹底實現民主改革和逐步實行工業化的重要條件之一。」〔註161〕為了實現這兩個偉大的「政治目標」——民主改革和工業化，重新對全國知識分子的思想進行有效的「清理」，以便對全國總的指導思想的認識上，實現更大的「思想統一」。實行這樣的「學習運動」，顯然是十分必要的。這是中國共產黨領導中國人民取得革命勝利，並在今後還要取得勝利的根本原因和根本保障〔註162〕。

10 月 25 日，政務院副總理、文教委員會主任郭沫若在政協一屆三次會議上作了文化教育工作報告。他認為：

> 我們必須在整個文化教育戰線上，包括教育、科學、藝術、出版各個部門，積極地、大膽地發展這樣的思想討論，以便改造舊思想，確立馬克思列寧主義在文化教育工作中的領導地位，鞏固並擴大反帝國主義、反封建主義的偉大勝利。毫無疑問，當馬克思列寧主義掌握了我國勞動人民和知識分子的廣大群眾的時候，我們的國家和人民便要成為永遠不可戰勝的力量。〔註163〕

而這種「中國化」的馬克思列寧主義，正是毛澤東思想。那麼，接下來的全國文藝界，將怎樣積極面對這一政治運動的展開呢？

一、文藝刊物的「調整」——政協會議之後京津文藝界思想改造運動的「動向」

1949 年 7 月，全國文代會在北平召開。為了順應全國文代會的召開，籌

〔註161〕毛澤東：《中國人民政治協商會議第一屆全國委員會第三次會議的開會詞》，《人民日報》，1951 年 10 月 24 日。

〔註162〕劉少奇：《關於思想改造問題報告提綱》（1951 年 11 月），中共中央文獻研究室、中央檔案館編：《建國以來劉少奇文稿 1951.1～1951.12》第 3 冊，北京：中央文獻出版社，2005 年，第 778 頁。

〔註163〕郭沫若：《關於文化教育工作的報告——一九五一年十月二十五日在中國人民政治協商會議第一屆全國委員會第三次會議上的報告》，《人民日報》，1951 年 11 月 5 日；郭沫若：《關於文化教育工作的報告》，北京：人民出版社，1951 年，第 5 頁。

委會創辦《文藝報》週刊,承擔大會籌備期間的「會務交流」。9 月,新版《文藝報》正式創刊,成為中華全國文聯的機關刊物,承擔著指導全國文藝界的「責任」。10 月,《人民文學》創刊,它成為中華全國文學工作者協會的「會刊」,代表人民共和國文學的最高文學期刊〔註 164〕。在人民共和國初期的政治與文化語境中,這必然確立起《文藝報》和《人民文學》的權威地位。隨著各地文協機構的成立,地方性刊物的創辦也風起雲湧。但文藝刊物在創辦的過程中,有意無意地被期刊所在屬地的等級秩序確立起來〔註 165〕。其實,我們在仔細考察這一問題時發現,文藝刊物的調整問題,早在 1951 年 2 月就浮出水面。時年二十四歲的文藝青年、《文藝報》社編輯敏澤就指出:

> 「甚至有一些文藝刊物,在方針上還不夠明確或正確。常常臨時塞進去一些既不能適應全國,又不能切合地方的空空洞洞、不痛不癢的文章」,「全國性的刊物和地方性刊物之間也應該是有分工的。全國性的文藝刊物,有它的對象和任務。它不僅是應該經常選載一些較好的、示範性的作品,同時它還應該經常刊載一些指導整個文藝工作,文藝運動、文藝思想的文章。在這一方面,我們有些全國性的文藝刊物,做得也是不很夠的。」〔註 166〕

在敏澤看來,全國性的文藝刊物,對其他文藝刊物都富有指導意義。而針對地方性文藝刊物的地方性問題時,雪原指出:「一個地方文藝刊物,如果只是隨隨便便登載一些既不能適應全國,又不能切合當前的空空洞洞的文章,甚或是不顧及自己的客觀條件,急於企圖向『全國性』的方向發展,那就不可能獲得當地群眾的喜愛。」〔註 167〕從這裡,我們可以看出,全國性文藝刊物對地方性文藝刊物進行「業務指導」,被看成是天經地義的事情。這必然形成文藝刊物的等級規範,與各刊物內在的等級秩序。

刊物的這種等級秩序,與人民共和國政權的體制建構,有著密切的關聯。

〔註 164〕吳俊教授正是在此意義上,提出「國家文學」的概念。吳俊:《〈人民文學〉與「國家文學」——關於中國當代文學的制度設計》,《揚子江評論》2007 年第 1 期。

〔註 165〕這種所謂的期刊所屬地,即期刊創辦的原機構的屬地問題,它直接決定了刊物在人民共和國文藝界的等級秩序。如在北京創辦的刊物,必然高於其他省級文藝刊物,而省級文藝刊物,也必然高於地方性的文藝刊物。

〔註 166〕敏澤:《辦好文藝刊物》,《文藝報》3 卷 8 期(1951 年 2 月 20 日)。

〔註 167〕雪原:《地方文藝刊物的地方性與群眾性》,《文藝報》3 卷 8 期(1951 年 2 月 20 日)。

在政權的體制建構過程之中，始終存在著行政等級的秩序，那就是中央、大行政區、省市、地區、縣、鄉逐級形成的行政等級秩序。在文藝領域的具體表現，則是全國性文藝刊物和地方性文藝刊物的「秩序」。這樣的等級秩序，必然要求各自等級內部的分工，要有合理化的規範。但人民共和國成立後的舊知識分子（主要指的是來自國統區的知識分子），在面對這些文藝刊物時，並沒有一種天然的等級秩序概念。他們覺得各種文藝刊物都是平等的，文藝刊物面對的是文藝讀者，讀者不會分成特定的等級秩序。這種文藝讀者不是假想出來的，文藝刊物的辦刊宗旨確立時，已經規定了文藝刊物自己擁有的讀者。這樣，他們的理解就形成了某種意義上的「錯位」。因為人民共和國成立後的文藝刊物，確實有來自於刊物背後的「政治級別」的支配。

1951 年 7 月，全國文聯研究室對全國和地方文藝刊物的狀況做了調查，基本情況如下：

> 全國文藝刊物的出版，還存在著無領導無計劃的自流現象。全國性與地方性刊物之間，缺少適當的分工。許多刊物，沒有明確的對象與切合實際情況的方針和任務。有些全國性的文藝刊物在提高中沒有很好的指導普及，形成提高與普及或多或少的脫節的現象。許多地方性的文藝刊物，方針不明確，未能做到面向本區群眾，貫徹通俗化、大眾化的方針。在全國五十餘種省、市刊物中（畫報、歌曲除外），辦的比較通俗的不過十來種。而有些刊物，不但不向著通俗化的方向努力，反而背道而馳，追求形式的「堂皇」、「大派頭」，錯誤地向著「大型」文藝刊物方向發展。它們所發表的文章，既不能適應全國，又不能切合當地，對什麼人都發生不了多大影響。有的是為出刊物而出刊物，沒有群眾的支持，結果形成不倫不類的「同人刊物」的樣子。
>
> 這種情況必須改變。為了克服文藝刊物盲目出刊的不正常現象，我們認為：全國文藝刊物，應該進行適當調整。所有必須繼續出刊的地方文藝刊物，一定要做到通俗化，群眾化。……〔註168〕

這些基本情況主要針對的，是地方文藝刊物與中央文藝刊物之間的地位秩序。地方文藝刊物和中央文藝刊物，在全國文聯研究室看來，應該進行明確的「分工」：「地方文藝刊物，由大行政區辦的，最好辦成綜合性的文藝刊物，除發

〔註168〕全國文聯研究室整理：《關於地方文藝刊物改進的一些問題》，《文藝報》4 卷 6 期（1951 年 7 月 10 日）。

表較優秀的作品外，應著重指導本地區的文藝普及工作，省、市一級最好辦成通俗文學刊物，以主要篇幅發表供給群眾的文藝作品材料，向著通俗化、大眾化的方向發展。」文藝刊物的「分工」背後，與人民共和國政治體制的等級秩序建構，恰好相吻合。

　　1951 年 10 月 12 日，《毛澤東選集》第一卷出版後，給予全國文藝界的「衝擊力」，是相當的大的。《文藝報》隨即發表題為《學習毛澤東思想，為貫徹文藝的工農兵方向而奮鬥》的社論文章，提出「學習毛澤東思想，為貫徹文藝的工農兵方向而奮鬥」的口號，要求文學藝術工作者「必須把學習毛澤東思想當作迫切的政治任務」，「要有保證地創造高度思想性與藝術性結合的作品和堅定不移地執行工農兵的文藝方針，首先就必須提高文藝工作者的政治水平和思想水平，就必須以毛澤東思想來武裝我們自己」〔註 169〕。《文藝報》同時還要求全國文藝工作者「將學習毛澤東思想的心得與學習經驗，隨時寫成文字，寄給文藝報，使之能廣泛地互相交流」〔註 170〕。10 月 23 日政協會議上毛澤東宣布，全國將展開思想改造運動這一偉大的政治運動，中國人民政治協商會議常務委員會日常處理的「事件」，其實也是緊緊圍繞著有關思想改造運動的話題展開。11 月 1 日，政協會議決議案中，「思想改造」被確立為 1951～1952 年政協工作的三大決議案之一〔註 171〕。11 月 4 日，為推動全國人民的思想改造學習運動，中國人民政治協商會議全國委員會邀請中央人民政府副主席劉少奇，為出席、列席此次會議的全體人員，以及各民主黨派工作人員和中央人民政府各部門的高級幹部一千餘人，作關於思想改造問題的報告。劉少奇在講話中認為：

> 　　從事各種職業的人都應該學習馬克思列寧主義、毛澤東思想，學習了馬克思列寧主義、毛澤東思想的基本知識以後，才懂得社會發展的規律，然後才認識自己的事業在歷史中間所佔的地位和所起的作用。無論從事工業、農業、文學、藝術或語言學等等各種職業的人，都應該懂得馬克思列寧主義、毛澤東思想的基本知識，這樣才能夠克服那些為技術而技術、為文學而文學、為音樂而音樂等等的錯誤觀點，

〔註 169〕社論：《學習毛澤東思想，為貫徹文藝的工農兵方向而奮鬥》，《文藝報》5 卷 1 期（1951 年 10 月 25 日）。
〔註 170〕《編輯部的話》，《文藝報》5 卷 1 期（1951 年 10 月 25 日）。
〔註 171〕其他兩項決議是「開展增產節約」運動和「加強抗美援朝」運動。《關於常務委員會工作報告的決議》，《人民日報》，1951 年 11 月 2 日。

　　　　才能改正那種「兩耳不聞世間事，一心只讀聖賢書」的態度。〔註172〕

　　根據政協全國委員會第三次會議關於改造思想的「號召」，中華全國文學藝術界聯合會常務委員會決定，首先在北京文藝界組織整風學習，號召北京市的文學藝術工作者進行政治學習，以期達到文藝界的改造思想和改進工作的目的〔註173〕。全國文聯積極準備利用此次北京學習運動的「經驗」，進一步在全國文藝界普遍展開這一「學習運動」。作為中國政治在文學藝術上的「晴雨表」，中華全國文協機關刊物的《文藝報》很快對這一「動向」表示出特定的「政治敏感」，要求全國文藝界掀起一場全國性的「學習運動」。這場「學習運動」，後來被稱為文藝界的「思想改造」運動。

　　11月17～23日，中華全國文聯召開第八次常務委員會擴大會議。從這次會議召開的時代背景來看，它其實是積極響應全國政協決議的號召而召開的會議。在這次會議上，中華全國文聯通過了兩項重要的「決議」：展開全國文藝界的學習運動和調整全國性的文藝刊物〔註174〕。

　　11月20日，全國文聯常務委員會專門討論了北京出版的定期的和不定期的文藝刊物，會議認為，北京出版的這些文藝刊物，包括《人民文學》《文藝報》《說說唱唱》等，大部分都是具有全國性指導意義的文藝刊物，「國家和人民要求這些刊物真正成為全國文學藝術的創作和批評的核心，即是廣大的讀者群眾的聯繫者和指導者，又是各方面作家的組織者和監督者。各個刊物都必須有明確的戰鬥目標，強烈的思想內容、生活內容和群眾化的風格，成為文藝事業的不斷的革新者」。但現有的這些刊物，「離開這個要求是很遠的」。在具體總結兩年來中國文藝實踐情況時，中華全國文聯常務委員會指出，「兩年多來，全國文學藝術事業雖有一定的成就，特別是在抗美援朝運動開展以後，文學藝術工作者在進行愛國主義國際主義的宣傳教育方面起了一定的作用，但是這些成績遠不能夠滿足國家和人民的要求。一般地說，文藝工作是落後於現實的發展的」〔註175〕。比如，在說到《人民文學》《文藝報》《人民

〔註172〕劉少奇：《關於思想改造問題報告提綱》注釋十，中共中央文獻研究室、中央檔案館編：《建國以來劉少奇文稿 1951.1～1951.12》第 3 冊，北京：中央文獻出版社，2005 年，第 786 頁。
〔註173〕《清除文藝工作中濃厚的小資產階級傾向　北京文藝界開始整風學習　胡喬木周揚兩同志號召改造思想改進工作》，《人民日報》，1951 年 12 月 1 日。
〔註174〕《關於展開文藝界的學習運動和調整全國性的文藝刊物》，《文藝報》5 卷 3 期（1951 年 11 月 25 日）。
〔註175〕《清除文藝工作中濃厚的小資產階級傾向　北京文藝界開始整風學習　胡喬

戲劇》這幾個刊物存在的問題時，它們的具體表現如下所述：

《人民文學》：由於它的編輯方針不明確和編輯思想上有偏向，所以，它的內容是不充實的，它沒有能負起指導全國文學創作的責任，而且經常發表內容錯誤的作品，如蕭也牧的《我們夫婦之間》，秦兆陽的《改造》，白刃的《血戰天門頂》，丁克辛的《老工人郭福山》等。在《人民文學》上，我們不能經常看到關於當前文學創作問題的有指導意義的文章。《人民文學》對文學創作中（主要是文學思想中）的一些重大問題（如蕭也牧的創作傾向等），也沒有展開過什麼討論。彷彿這個刊物的編輯部的任務只是湊幾篇作品，付排刊印，而對於文學工作中的許多重大問題，可以不加注意和研究。但是，從《人民文學》發表的一些有錯誤的作品中，可以看到一種共同的傾向，那就是以小資產階級的思想感情，來歪曲人民群眾的生活鬥爭的真實面貌。這些作品不是宣傳無產階級的先進思想，相反地，是宣揚小資產階級的庸俗趣味和錯誤的思想。《人民文學》編輯部不但沒有能夠在事前察覺這些作品中的錯誤，甚至在文藝界和讀者對這些作品進行了嚴正的批評以後，還不去注意這些錯誤的思想實質和編輯工作中所存在的問題。對於自己工作中的偏向，這個刊物的編輯部也從來沒有作過比較認真的公開的檢討。這些，都可以說明《人民文學》的編輯部是缺乏對人民負責的精神的，否則，他們為什麼居然可以長期地忽視小資產階級思想對人民文學事業的危害，也不正視自己的缺點和錯誤呢？

《說說唱唱》：這個刊物的編輯部，對刊物的思想內容的重視也很不夠。它曾發表過內容十分惡劣的小說《金鎖》，這個作品把農民歪曲到不能容忍的地步。後來這個刊物的負責人之一趙樹理同志雖作了一些檢討，但很不深刻。而在以後，《說說唱唱》在刊物的思想性上也沒有顯著的改進。不久前仍舊發表了像《種棉記》之類的宣傳資本主義思想的作品。《說說唱唱》所發表的關於武訓問題的討論的介紹文字，竟用一種旁觀的口吻，發了一些不恰當的議論。由此可見，在《說說唱唱》的編輯工作中，一直沒有把思想工作放在首位，而是不加重視，甚至遠遠地落在群眾的思想鬥爭的實際之後。

木周揚兩同志號召改造思想改進工作》，《人民日報》，1951 年 12 月 1 日。

試問，這樣的刊物，如果不加以改進，能不能擔負起對於人民的思想教育的責任呢？

《人民戲劇》：前一、二卷中，可以看到這個刊物也沒有什麼編輯方針。它的內容是非常貧乏的，甚至有些文章的觀點是有錯誤的。它既沒有提出當前戲劇創作和戲劇運動中的重要問題，也沒有發表什麼有思想內容的作品。雖然它在以後有了一些改進，但對於它所負的指導全國戲劇工作的責任，依然是不相稱的。甚至在它所發表的文章中，鼓勵了小資產階級的創作傾向，如光未然同志的《介紹幾個愛國主義的獨幕劇》一文，就對宣揚小資產階級思想的、形式主義的創作，作了不適當的歌頌。

所以，「為著集中現有的編輯著作力量使文藝刊物符合於上述要求，決定對現有文藝刊物按照『少而精』的原則」〔註176〕，進行調整。「調整全國文藝刊物」，成為這次文藝學習運動的首要之舉。中華全國文聯常務委員會擬定「調整全國文藝刊物」的具體方案，如下：

（一）加強《文藝報》，使成為關於文學、戲劇、美術、音樂、電影的綜合性的藝術評論刊物和藝術學習刊物。原在《人民戲劇》《人民音樂》《新戲曲》等刊物上登載的評論性文字，都轉移到《文藝報》登載。為此，應當改組《文藝報》的編輯委員會，增加電影、戲劇、美術、音樂等方面的編輯人員，以保證完成此項任務。

（二）加強《人民文學》，使《人民文學》成為集中發表全國優秀作品的刊物。除保證作品的應有的藝術水平外，應當特別注意作品的思想性、戰鬥性和群眾性。應當加強與地方刊物的聯繫，認真地選載地方刊物上的優秀作品。應當指導創作，設創作時評，對本刊和其他文藝刊物發表的作品加以批評和介紹。此外，應當以一定篇幅發表較有系統的理論批評論文，和對於中國古典文學的研究與世界進步文學的介紹。《人民文學》編輯委員會應當加以改組和充實。

（三）加強《說說唱唱》。原有的《北京文藝》停止出版，其編輯人員與《說說唱唱》編輯部合併，另組新的編輯委員會。《說說

〔註176〕《中華全國文學藝術界聯合會常務委員會　通過關於調整北京文藝刊物的決定》，《人民日報》，1951年11月26日。

唱唱》應當成為發表優秀通俗文學作品和指導全國通俗文藝工作的刊物。

（四）《人民戲劇》《新戲曲》《人民音樂》《民間文藝集刊》停止出版。另出一專刊劇本的定名為《劇本》的小型的刊物，定期地向全國供應各種劇本。音樂方面出一同樣小型刊物，定名為《歌曲》，專登歌曲，附以介紹和說明歌曲的文字。《人民美術》不恢復出版，美術作品分別交《人民文學》《文藝報》和《人民畫報》登載。

（五）《新電影》停刊。加強《大眾電影》，使成為指導觀眾的全國性的電影刊物。〔註 177〕

調整文藝刊物的「背後」，顯然是為了進一步確立《文藝報》（文藝理論）、《人民文學》（文學創作）、《說說唱唱》（通俗文藝創作為主）等刊物的全國性權威指導地位〔註 178〕。這樣，文藝刊物就被劃分出了不同的等級。在這種等級地位的確立過程中，《文藝報》《人民文學》和《說說唱唱》的權威地位，得到進一步加強。《文藝報》作為黨的文藝政策宣傳刊物，顯示出了它在未來中國文學運動中的窗口意義，「成為領導型的藝術評論和文藝學習的刊物」；《人民文學》作為最高文學創作刊物，「成為領導性的發表創作指導創作的刊物」；《說說唱唱》作為通俗文藝理論與創作的刊物，「成為全國通俗文藝的刊物，並定期地選印劇本和歌曲，以供應全國廣大的需要」。〔註 179〕

12 月 20 日，全國文聯專門給各地文聯和文聯所屬協會下發通知。通知內容如下：

各大行政區文聯、各協會、各省市文聯及所屬各協會：

全國文聯常委會擴大會議於一九五一年十一月二十日通過關於調整北京文藝刊物的決定，責成加強全國文聯機關刊物《文藝報》，使成為綜合性的藝術評論和藝術學習的刊物，以貫徹毛主席的文藝思想，指導文藝創作，推進全國文藝運動。特別在文藝界整風運動

〔註 177〕《中華全國文學藝術界聯合會常務委員會　通過關於調整北京文藝刊物的決定》，《人民日報》，1951 年 11 月 26 日。

〔註 178〕我曾經考察過《人民教育》這一刊物的權威地位確立過程，發現它是通過「秦牧抗拒批評事件」被確立起來的。

〔註 179〕《中共中央關於在文學藝術界開展整風學習運動的指示》（一九五一年十一月二十六日），中共中央研究室編：《建國以來重要文獻選編》第 2 冊，北京：中央文獻出版社，1992 年，第 466 頁。

期間，《文藝報》為指導這一運動的主要刊物。為此，特作如下通知：

> 各地文聯及各協會應將《文藝報》規定為各地區、各部門文藝
> 幹部經常閱讀的學習刊物。對於《文藝報》所提出的有關文藝思想、
> 文藝創作和文藝運動等方面的重大問題，應通過各種方式，組織本
> 地區或本部門的文藝幹部聯繫自己的情況和問題進行討論。各大行
> 政區文聯的機關刊物，應有計劃地組織和發表討論這些問題的文章。
> 《文藝報》上重要的社論和文章，各地文藝刊物亦應及時予以轉載
> 和介紹。〔註180〕

我們還必須看到，全國文協常務委員會提出對全國文藝刊物進行調整，
雖然表面僅僅和思想改造運動的開展相聯繫，但實際上背後還有其他複雜的
原因，那就是確立北京（首都）文藝界在全國的領導地位。這點可以從刊物
的等級劃分與地位確立看出。這次會議決定調整的文藝刊物，其實絕大部分
其所屬地都在北京，並且這些刊物都是一級文藝團體所控制的機關性文藝刊
物〔註181〕。

二、組織清理：整頓文藝幹部隊伍——《中共中央宣傳部關於 文藝幹部整風學習的報告》的「出臺」

1949年7月全國文代會之後，文藝界的單位體制化被確立。這種高度組
織化的單位制度，使每個成員最終被單位制度管轄著和控制著。不屬於單位
體制下的個人，在高度單位體制的社會中，最終失去了個人生存的「空間」。
所以，每個人都希望並且必須讓自己隸屬於某一單位組織。文藝工作者也不
例外，他們都希望能加入到各級文藝組織中〔註182〕。當然，文藝組織不僅包
括全國性的文藝機構，還包括地方性的文藝機構。不能加入全國性的文藝機
構的人，他們則可以在地方性的文藝機構中，獲得一定的生存空間。

這種涉及全國性文藝事業的管理與規劃的重大問題，理當由日常性的文

〔註180〕《全國文聯為加強文藝幹部對〈文藝報〉的學習給各地區文聯和各協會的通
　　　　知》，《文藝報》1952年第1號（1952年1月10日）。
〔註181〕《文藝報》係中華全國文學藝術工作者聯合會的機關刊物；《人民文學》係中
　　　　華文學工作者協會的機關刊物；《說說唱唱》為大眾文藝研究會的機關刊物。
〔註182〕我們看到沈從文游離於「中華全國文協」和「中華全國作協」這樣的組織之
　　　　外，但從骨子裏他仍舊想融入到組織之中，第二次文代會雖然沈從文不是以
　　　　作家身份參加會議，但毛澤東的話，很讓沈從文激動了很久。

藝機構來處理。全國文聯就是這樣的全國性文藝機構，它負責全國文藝工作者的日常事務協調與安排。1951 年 3 月 5 日，全國文聯舉行第七次常務委員會，圍繞「總結去年工作制定今年計劃」，這個議題對 1950 年文聯工作作了總結，並對 1951 年的工作作了安排。在新的一年工作計劃的安排之中，第七點值得我們注意，它認為，應該「整頓全國文學藝術界聯合會內部組織，加強研究室和其他各部門工作」〔註 183〕。按此，中國共產黨中央宣傳部即著手準備，開展對全國文學藝術界聯合會內部組織的「整頓」。

為了統一思想認識，中共中央宣傳部首先召集文藝幹部十餘人，舉行文藝工作會議，最終取得一致意見，同意對全國文藝界的內部組織進行整頓。這十餘人，準確地說是十九人。人員名單及基本情況如下表〔註 184〕：

表格二：中國共產黨中央宣傳部召集中國共產黨文藝幹部 19 人基本情況表

姓名	出生年月	籍貫	擔任職務
胡喬木	1912.06	江蘇鹽城	毛澤東秘書；中宣部副部長，新聞總署署長；政務院文化教育委員會秘書長。
周揚	1907.11	湖南益陽	全國文聯副主席；中國共產黨中央宣傳部副部長；文化部副部長、黨組書記；文化部電影指導委員會委員。
丁玲	1904.10	湖南臨澧	全國文協副主席；中央文學研究所所長；中國共產黨中央中宣部文藝處處長；《文藝報》主編；文化部電影指導委員會委員。
趙樹理	1906.09	山西沁水	《說說唱唱》主編；文化部電影指導委員會委員；中華全國文聯全國委員會常務委員；中華全國文協全國委員會常務委員；北京市文聯副主席；大眾文學研究會副主席；中華全國曲藝改進會籌委會常委。
李伯釗	1911.03	四川重慶〔註 185〕	《說說唱唱》主編；北京市文聯副主席。
陳沂	1912.12	貴州遵義	中國人民解放軍總政治部文化部長。

〔註 183〕《全國文聯舉行常務委員會擴大會議　總結去年工作制定今年計劃》，《人民日報》，1951 年 3 月 27 日。
〔註 184〕中宣部在《中共中央宣傳部關於文藝幹部整風學習的報告》中有所透露，其名單最終確定為十九人。
〔註 185〕因 1997 年 3 月重慶市從四川省區直轄之後，現為重慶市潼南縣。

艾青	1910.03	浙江金華	全國文聯委員；《人民文學》副主編；文化部電影指導委員會委員。
何其芳	1912.02	四川萬縣〔註186〕	中央馬列學院〔註187〕教員。
呂驥	1909.04	湖南湘潭	中央音樂學院副院長。
周文	1907.06	四川榮經	中央馬列學院秘書長兼教員；中直黨委紀檢委員；全國作協組織部長；全國文聯委員。
江青	1914.03	山東諸城	文化部電影指導委員會委員；中國共產黨中央宣傳部電影管理處處長。
陽翰笙	1902.11	四川高縣	政務院文教委員會委員兼副秘書長；周恩來辦公室副主任；中國人民對外文化協會副會長；文化部電影指導委員會委員。
袁牧之	1909.04	浙江寧波	中央電影事業管理局局長；中華全國電影藝術工作者協會副主席；文化部電影指導委員會委員。
陳波兒	1910.04〔註188〕	廣東潮安〔註189〕	全國婦聯執行委員，全國文聯委員、全國電影工作者聯誼會常委；中央電影局藝術委員會副主任兼藝術處處長；文化部電影指導委員會委員。
張庚	1911.01	湖南長沙	中華全國戲劇工作者協會副主席；中央戲劇學院副院長；中國戲曲研究院副院長。
嚴文井	1915.10	湖北武昌	中華全國文協黨組副書記，書記處常務書記；《人民文學》副主編；中國共產黨中央中宣部文藝處副處長。
林默涵	1913.01	福建武平	政務院文教委員會辦公廳副主任，計劃委員會委員；中國共產黨中央中宣部文藝處副處長。

如上表格所列十九位「文藝幹部」，全部都是中國共產黨黨員。從成長經歷來看，他們全部都有「延安經驗」，參加過 1942 年的延安文藝整風運動，接受過中國共產黨的思想洗禮，何其芳、嚴文井、丁玲、艾青，是這一代文藝工作者的「典型代表」。他們絕大部分還有三十年代左翼文學的「經驗」。從擔任的工作來看，他們在人民共和國初期的文藝戰線上，都擔負著重要的領導職務。可以說，他們是人民共和國初期文藝界的重要領導人，或者是中國共

〔註186〕因 1997 年 3 月重慶市從四川行政省區直轄之後，現為重慶市萬州區。
〔註187〕中央馬列學院即今日中共中央黨校前身。
〔註188〕根據現有資料，陳波兒的出生時間有另一種說法，生於 1907 年 4 月。陳賢武主編：《潮州勝概‧明賢篇》，廣州：花城出版社，2009 年，第 72～73 頁。
〔註189〕今屬廣東潮州。

產黨意識形態建構的「把關人」。中國共產黨中央宣傳部召集這些文藝人士或
文藝幹部來討論全國文藝界的「問題」，以及商討整頓文藝界內部組織的問題，
顯然能夠很快達成一致意見〔註190〕。他們的共產黨員身份，決定了他們必然
遵循中國共產黨中央宣傳部的意志來行動。這其實就是先在黨內討論文藝界
問題，再把這個問題放大到全國文藝界來討論並實施。從這裡，我們可以明
顯地看出，1951 年 11 月展開的文藝界文藝學習運動，實際上在這年 9 月就基
本上確定下來了。它與高等學校的思想改造運動，有必然的、內在的聯繫，
至少在時間上是同步的。結合 9 月至 11 月全國大事記來看，為了緊密鑼鼓地
安排文藝界的「文藝學習運動」，從 9 月 24 日到 11 月中旬，中國共產黨中央
宣傳部先後召開了八次會議，時間上顯然是相當緊密的。這也與正在京津地
區開展的高等學校思想改造的時間安排相切合。

　　全國文聯常委會作為全國文藝界處理日常事務的「機構」，也為這種政治
安排作「積極準備」。為了統一思想認識，全國文聯常委會先後召集過兩次會
議，決定在北京發動數百文藝幹部參加的整風學習運動。11 月 17 至 22 日，
全國文聯常務委員會第八次會議上，常委會代表們認為，人民共和國文藝工
作的領導方面，存在著一種「忽視思想、脫離政治、脫離群眾、迎合資產階
級小資產階級的傾向」，「使文藝戰線發生混亂，在黨的文藝幹部中也發展著
某種無組織無紀律的現象」〔註191〕，而為了克服這種傾向，文藝幹部隊伍就
必須採取「整風學習」的方法。但「整風學習」的具體方案該怎麼「操作」
呢？顯然，全國文聯還得依賴於中國共產黨中央宣傳部的「指示」，因為全國
文聯的「實際」監督者和管理者，是中國共產黨中央宣傳部。

　　11 月 23 日，中國共產黨中央宣傳部在全國文聯常務委員會第八次會議精
神的基礎上，對兩年來文藝界的狀況進行了有效評估，直接向中國共產黨中
央委員會和毛主席提交了《中共中央宣傳部關於文藝幹部整風學習的報告》
（以下簡稱為《報告》）。《報告》認為，「文藝工作的領導，在進入城市後的
主要錯誤是對毛主席文藝方針發生動搖，在某些方面甚至使資產階級小資產
階級的思想影響篡奪了領導」。《報告》把批判的重點集中到人民共和國初期

〔註190〕這似乎給人一種感覺，這次會議的安排是有預謀性質的。它表現出中共中央
　　　　宣傳部在「揣測」來自黨中央的意見時，表現出的「前瞻意識」。
〔註191〕《中共中央宣傳部關於文藝幹部整風學習的報告》（一九五一年十一月二十三
　　　　日），《建國以來重要文獻選編》第 2 冊，北京：中央文獻出版社，1992 年，
　　　　第 462 頁。

的文藝政策上，首先指向的，是「統一戰線」政策。

從前面幾個專題的梳理中，我們發現：「統一戰線」政策是人民共和國初期文藝戰線上的重要政策之一，它對文藝隊伍的安定團結局面的維持，無疑發揮了重要的作用。但在《報告》中透露出來的，是文藝界的這種「統一戰線」政策，「在與資產階級、小資產階級文藝家的合作當中，表現無原則的團結，對他們的各種錯誤思想沒有認真地加以批評，認真地提出改造思想的任務」。或許，在中國共產黨中央宣傳部的眼裏，全國文藝界的這種「團結」，已經忘記了其重要的政治目標的「實現」，及統一戰線的真正目的：團結是目的，鬥爭才是手段。《報告》還認為，「不少小資產階級的文藝家任意曲解毛主席的延安文藝座談會的講話，拒絕思想改造，拒絕以文藝為政治服務，要求文藝更多地表現小資產階級的生活和趣味」，「黨的文藝幹部在這種資產階級、小資產階級思想包圍下，有許多人隨波逐流，表現自己的立場是和他們一致的或接近一致的」〔註192〕。

考察人民共和國初期的文藝界，我們知道上海文藝界在現代中國文學運動中曾經產生了重要的作用〔註193〕。人民共和國成立前夕，我們知道文代會的代表團組成，其中南方一團的基本成員，主要來自上海文藝界，他們絕大部分是中國共產黨爭取和團結的對象，即革命的「統戰對象」。1949年8月下旬，上海文藝界提出「可不可以寫小資產階級文學」的論爭，它反映的不僅是上海文藝界面臨的問題，而且也是人民共和國文藝政策的導向性問題。但這場論爭在文藝界的領導人看來，它試圖消解的是毛澤東文藝思想的指導地位。本著「團結」的目的，上海文藝界1950年提出「更親密的團結，更勇敢的創造」。但在文藝界的領導人及中宣部看來，這樣的口號是「不要求文藝工作者參加實際鬥爭，改造自己」，「使得許多文藝領導幹部過多地並且常常是無效地忙於行政事務，而很少注意思想工作，才造成他們在工作上鋪張不切實際，形式多而內容少的作風」。當然，在中宣部看來，最嚴重的問題還是電影《武訓傳》的出現。這是上海文藝界「沒有把認真地審查電影劇本及影片，

〔註192〕《中共中央宣傳部關於文藝幹部整風學習的報告》（一九五一年十一月二十三日），《建國以來重要文獻選編》第2冊，北京：中央文獻出版社，1992年，第463頁。

〔註193〕中國現代文學的發展與上海有著密切的關係，現代文學觀念的形成背後，必然是城市的現代化發展。而上海自晚清以來開放的眼光，為文學生產背後的各種因素的確立奠定了堅實的基礎。

審查文藝出版物和戲劇音樂節目，當做重大的政治責任」的緣故造成的。特別是《人民日報》社論指出，電影《武訓傳》反映了全國文教界、文藝界思想混亂到了何種程度，無疑，這是指出上海文藝界複雜的現實。

電影《武訓傳》不僅引發了對上海文教界和電影界的「整頓」，最後還擴展到對整個上海文藝界的「整頓」。以夏衍、鄭君里、孫瑜、蔡楚生為首的上海文藝界領導人，最終在電影《武訓傳》的批判聲浪中及文藝整風運動中，被迫寫檢討文字，表示響應中宣部和文化部發動起來的對電影《武訓傳》的批判〔註194〕。

作為文藝工作幹部的蕭也牧，是來自解放區的文藝工作者。人民共和國初期，他在文藝創作上，顯示出很強的創作能力〔註195〕，其作品受到來自原國統區和解放區文藝工作者的普遍「讚賞」〔註196〕。因短篇小說《我們夫婦之間》被上海文華影業公司拍攝成同名電影，1951 年 4 月，電影公開上映後，蕭也牧受到了嚴厲的批判〔註197〕。蕭也牧應該算是文藝界整風前的一個批判典型。正是由於這次對蕭也牧的批判，使他最終被調離中國共產主義青年團中央及《中國青年》雜誌社，其寫作生涯也基本上被「中止」〔註198〕。中宣部最初給黨中央和毛主席的《報告》中，文聯決定動員的北京文藝界各方面工作人員僅約七百人〔註199〕。但最後，參加這次文藝整風學習運動的單位和個人，卻是變得相當的「廣泛」，參加的單位包括：中央人民政府文化部藝術

〔註194〕夏衍：《從〈武訓傳〉的批判檢討我在上海文化藝術界的工作》，《人民日報》，1951 年 8 月 26 日；鄭君里：《我必須痛切地改造自己》，《解放日報》，1952 年 5 月 26 日；蔡楚生：《改造思想，為貫徹毛主席文藝路線而奮鬥！》，《人民日報》，1952 年 1 月 14 日。

〔註195〕蕭也牧的創作計劃表還在全國文聯的機關刊物《文藝報》上登載，他一九五零年計劃完成的文字其實也不少，先後創作的作品有《鍛鍊》（中篇小說）、短篇小說數篇，改編歷史故事《五四運動的故事》等。

〔註196〕夏衍就非常看重這篇小說。後來在夏衍的建議下，私營電影製片公司文華影業公司把小說改編成電影。

〔註197〕蕭也牧顯然受到周揚的讚賞，但丁玲和馮雪峰卻對小說及電影進行了嚴厲的批判。這也反映出 50 年代初期文藝界複雜的宗派主義情緒。此點很感謝潘先偉博士的「提示」，在此對他的提示表示謝意。

〔註198〕儘管 1956 至 1957 年蕭也牧曾經迎來短暫的春天，但這已經於蕭也牧的文藝創作生涯而言，顯得微乎其微。

〔註199〕《中共中央宣傳部關於文藝幹部整風學習的報告》（一九五一年十一月二十三日），中共中央研究室編：《建國以來重要文獻選編》第 2 冊，北京：中央文獻出版社，1992 年，第 465 頁。

事業管理局、電影局、中央戲劇學院、中央美術學院、中央音樂學院、中國戲曲研究院、中國青年藝術劇院、人民文學出版社、人民美術出版社、中華全國文學藝術界聯合會、《文藝報》編輯部、《人民文學》編輯部、中央文學研究所、北京市人民藝術劇院、北京市人民美術工作室、北京市音樂工作團、北京市文學藝術界聯合會等〔註200〕17家。從這裡我們可以看出：對文藝幹部隊伍的整頓過程中，參與範圍被擴大化。

　　作為文藝家（工作者）聚集的都市上海，和作為文藝管理幹部聚集的首都北京，在1951年3月至8月的這段時間裏，文化部和中華全國文聯都選取典型事件（上海以電影《武訓傳》為批判點，北京以蕭也牧的作品批判為「批判點」），作為全國文藝整風運動的「切入點」，顯然這是早已在中國共產黨中央宣傳部的安排與部署之中。之後，才形成的《中共中央宣傳部關於文藝幹部整風學習的報告》這類文件或報告，只是為了使這種文藝整風運動變得合法與合理的政治運動而已。

三、重提《「文藝講話」》：發表十週年紀念的「前期準備」

　　1940年1月，毛澤東發表《新民主主義論》。這是毛澤東第一次對中國新文化進行系統的建構。它提出了文化思想的「領導權」問題：新民主主義的文化，「只能由無產階級的文化思想即共產主義思想去領導，任何別的階級的文化思想是不能領導了的」，「所謂新民主主義的文化，一句話，就是無產階級領導的人民大眾的反帝反封建的文化」〔註201〕。1942年5月，《在延安文藝座談會上的講話》（後面均稱為《「文藝講話」》）這一文獻的形成，為延安邊區文藝界文藝政策的具體實施奠定了堅實的理論基礎。自1942年5月之後，在《新民主主義論》和《「文藝講話」》兩篇經典文獻的具體指導之下，延安邊區文藝向「工農兵方向」的發展，形成了強大的文學運動聲勢。在這一過程中，最終形成了文學史上的「趙樹理方向」，並展示出文藝創作的實績，這就是「中國人民文藝叢書」的編輯與出版。1949年7月全國文代會上，周揚對解放區文藝進行總結時說到，延安解放區的文藝創作正是堅持了毛澤東的

〔註200〕《清除文藝工作中濃厚的小資產階級傾向，北京文藝界開始整風學習——胡喬木周揚兩同志號召改造思想改進工作》，《人民日報》，1951年12月1日。

〔註201〕毛澤東：《新民主主義論》，《毛澤東選集》第2卷，北京：人民出版社，1991年，第698頁。

《「文藝講話」》所指出的方向，才取得了明顯的文學實績，延安解放區文學也僅僅只有這一個方向：「毛主席的《在延安文藝座談會上的講話》規定了新中國的文藝的方向，解放區文藝工作者自覺地堅決地實踐了這個方向，並以自己的全部經驗證明了這個方向的完全正確，深信除此之外再沒有第二個方向了，如果有，那就是錯誤的方向」〔註202〕。所以，《「文藝講話」》成為新社會文藝工作者必須共同遵循的「標準」，成為人民共和國文藝的「新方向」〔註203〕。但文藝工作者們到底怎樣來領會和執行《「文藝講話」》之精髓呢？由於解放區文藝與國統區文藝、解放區文藝工作者與原國統區文藝工作者之間的「裂縫」（緒論中有交待），必然導致具體的文藝創作、不同的文藝工作者，在深入領會毛澤東的這兩篇經典文獻時，其出發點和立足點的差異。

　　雖然全國文聯和各文藝組織、文藝機構都強調對毛澤東《「文藝講話」》的學習，但具體的落腳點應該放在什麼地方，在人民共和國這樣的新社會裏，這是每個文藝工作者必然思考的問題，也是文藝界組織者與領導者思考的問題。1951 年 10 月，《毛澤東選集》第一卷出版。在仔細閱讀《毛澤東選集》第一卷時，我們發現一個「嚴重」的問題：雖然《毛澤東選集》第一卷出版了，它與文藝界的「文藝指示」之間，並沒有直接的「聯繫」。真正有聯繫的文章，是《新民主主義論》和《「文藝講話」》。問題是它們恰恰並沒有納入到第一卷之中。我們知道，經歷 1942 年延安文藝整風運動之後，《「文藝講話」》成為解放區文藝工作者工作的基本出發點。1949 年 7 月全國文代會的最終決議中，《「文藝講話」》和《新民主主義論》成為文藝工作的具體指導思想〔註204〕。或許，當時很多文藝工作者都知道《「文藝講話」》和《新民主主義論》這兩篇經典文獻的「重要性」，但他們卻並不一定知道毛澤東的其他重要文藝理論文章。

〔註202〕周揚：《新的人民的文藝——在中華全國文學藝術工作者代表大會上關於解放區文藝運動的報告》，《中華全國文學藝術工作者代表大會紀念文集》，北京：新華書店，1950 年，第 70 頁。

〔註203〕陳思和主編：《中國當代文學史教程》，上海：復旦大學出版社，2005 年 9 月版，第 4 頁。

〔註204〕這從《大會的決議》《大會宣言》《電毛主席致敬》《電朱總司令暨人民解放軍致敬》《電賀中國人民政治協商會議籌備會》等文章內容中可以看出，毛澤東文藝思想，特別是毛澤東《在延安文藝座談會上的講話》在文藝方向的確立上的重要意義。《中華全國文學藝術工作者代表大會紀念文集》，北京：新華書店，1950 年，第 146～152 頁。

　　1950 年 12 月 29 日，《實踐論》在《人民日報》上的重新發表後，時年三十八歲的青年文藝理論家程千帆，就明白並解答出其中隱藏的「秘密」。他寫到：

> 　　如所周知，我們的文藝工作中最重要的原則和最基本的方針之獲得，是在一九四二年以後，即毛主席《在延安文藝座談會上的講話》發表之後。由於這一文件的發表，文藝工作者才取得了思想一致，行動一致。在文藝界的組織工作和批評工作中，在作者們的生活實踐和創作實踐中，不斷地開闢了革命文藝的道路。……《在延安文藝座談會上的講話》乃是《實踐論》的原理對文藝工作之具體的應用，而在《在延安文藝座談會上的講話》的基礎上的，因此，也就必然地同樣地建立在《實踐論》的理論基礎上的。而《實踐論》之重新發表，因此，也就必然地加深了我們對於《在延安文藝座談會上的講話》的理解，使我們對於文藝科學上許多問題的認識，比以前更明確更堅定，因而加速與加強了文藝科學的建立。〔註205〕

無獨有偶，時為中南文藝學院副院長、中南區作協副主席、《長江文藝》副主編的文藝工作者俞林也指出：

> 　　學習毛主席的《實踐論》，我們就要按著毛主席的指示辦事，把屁股從小資產階級方面移到工農兵方面來，移屁股就是改造自己的思想情感，改造自己的主觀世界，而主觀世界的改造，只有通過參加變革客觀世界的實踐。〔註206〕

雖然俞林強調的是對《實踐論》的學習，但他真正指向的，卻是《「文藝講話」》的基本內容。這裡所摘錄的什麼「屁股」、「工農兵」、「改造自己」、「思想感情」等詞語，其實直接移植於毛澤東《「文藝講話」》中的「關鍵性」詞語，包含著特定的文學及文化含義，顯示出毛澤東的《「文藝講話」》在文藝「把關人」心目中的地位及熟練的程度。程千帆和俞林的「表述」，讓我們窺見了《實踐論》學習熱潮的背後，原來直接指向的是《「文藝講話」》。如果說，《實踐論》是毛澤東思想的哲學基礎，那麼毫無疑問地，《「文藝講話」》是毛澤東文藝思想的具體體現，《新民主主義論》則是《「文藝講話」》的理論基礎。這

〔註205〕程千帆：《〈實踐論〉對於文藝科學幾個基本問題的啟示》，《文藝報》4 卷 9 期（1951 年 8 月 25 日）。

〔註206〕俞林：《〈實踐論〉讀後筆記》，《長江文藝》5 卷 1 期（1951 年 2 月 1 日）。

裡,我們可以作出這樣的「推論」:《實踐論》重新發表的背後,和《「文藝講話」》的學習有著內在關係。其實,從對《實踐論》的「包裝」來看,它和《毛澤東選集》第一卷的出版有密切的關係,而《毛澤東選集》最初是想以全套的隆重出版來推進全國學習毛澤東思想的「熱潮」。全國文藝界的立足點,當然是學習毛澤東的文藝思想〔註 207〕。《毛澤東選集》第一卷和毛澤東文藝思想之間的「真空」,將用什麼方法來填補呢?

作為人民共和國文藝的「掌門人」,周揚深刻領會著來自中國共產黨的政治及思想意圖,1951 年 5 月 12 日,他到文藝作家培養的實驗學校中央文學研究所,其講題便是《堅決貫徹毛澤東文藝路線》,其中涉及到對《「文藝講話」》的定論。周揚認為,「一九四二年毛澤東同志的《在延安文藝座談會上的講話》,把新文藝推進到了一個新的歷史階段」,「假如說『五四』是中國近代文學史上的第一次文學革命,那麼《在延安文藝座談會上的講話》的發表及其所引起的在文學事業上的變革,可以說是繼『五四』之後的第二次更偉大、更深刻的文學革命」,「一九四九年七月,《在延安文藝座談會上的講話》成了新中國文藝運動的戰鬥的共同綱領」〔註 208〕。周揚的這番講話,為中央文學研究所學習《「文藝講話」》奠定了理論基礎。之後,中央文學研究所成為毛澤東文藝思想的重要學習場所。

7 月,《湖南農民運動考察報告》在《人民日報》重新登載後,文藝工作者柳青寫了「讀後感」。雖然說柳青是對《湖南農民運動考察報告》閱讀後的「體驗」,但他作為文藝工作者,他對《「文藝講話」》中的精神卻是體會得非常深刻,文中引用毛澤東《「文藝講話」》的言語比比皆是,試圖表達的是「作家要以正確的階級觀點與思想感情進行創作活動,除了走毛澤東同志所指定的這條路,再沒有其他任何捷徑」〔註 209〕。

〔註 207〕在《文藝報》的《編輯部的話》中,其實已經揭示出這種密切的關係:「在理論學習和文藝問題的研究方面,我們重視並繼續進行了對於《實踐論》的學習,力求從具體問題的研究中,領會馬列主義和毛澤東思想對於文藝工作的指導意義,並從這一基礎上加強科學的文藝理論的建設,改進我們的工作。」這些話,針對的是人民共和國的文藝界而言。《編輯部的話》,《文藝報》4 卷 11、12 期合刊(1951 年 10 月 1 日)。

〔註 208〕周揚:《堅決貫徹毛澤東文藝路線》,北京:人民文學出版社,1952 年,第 72 ～74 頁。

〔註 209〕其中有這樣一些引用:「要徹底解決這個問題,非有十年八年的長時間不可。但是時間無論怎樣長,我們卻必須解決它,必須明確地徹底地解決它。我們

其實，10 月 12 日《毛澤東選集》第一卷出版後，《文藝報》很快發表社論文章。首先，社論強調學習毛澤東思想在中國革命和建設中的「重要性」：「毛澤東思想是引導中國革命走向勝利的科學，是一切革命幹部或專門家所必須通曉的。因此，學習毛澤東思想，學習掌握毛澤東思想的武器，就成為我們的迫切的政治要求與政治任務」；其次，社論指出在現實的文學藝術實踐中，「存在著一些根本性質的嚴重的缺點，那首先就是在某些文學藝術作品中表現了資產階級、小資產階級的反動思想和錯誤傾向，而未能及時而有力地給予批評、揭露，致使文藝戰線上發生思想混亂的狀態」。顯然，社論還是以引用毛澤東的《「文藝講話」》內容為基本立論依據。其實，社論所指出的這些問題的最終「癥結」，集中體現在「因為文學藝術工作者對於毛澤東思想缺乏應有的認識，應有的學習和應有的宣傳」，「他們對於毛澤東思想的最基本的精神完全無知或完全無視」。〔註 210〕那麼，《毛澤東選集》第一卷出版後，全國文藝界加強對毛澤東思想的認識、學習和宣傳，顯然是「應有之義」。或許，文藝界真正要領會的絕對不是《毛澤東選集》第一卷的全部內容，而是《實踐論》《新民主主義論》和《「文藝講話」》。《「文藝講話」》正是在這樣的過程中，逐漸形成其經典的歷史地位。

中國共產黨中央宣傳部在給毛主席和黨中央的《報告》中也強調，自人民共和國成立以來，對《「文藝講話」》的曲解是非常嚴重的，它羅列了上海文藝界複雜的思想狀況，以及文藝界執行毛主席文藝講話的基本情況，「不少小資產階級的文藝家任意曲解毛主席的延安文藝座談會的講話，拒絕改造思想，拒絕以文藝為政治服務，要求文藝更多地表現小資產階級的生活和趣味」〔註 211〕。《「文藝講話」》作為毛澤東文藝思想的「核心」，居然遭到文

的文藝工作者一定要完成這個任務，一定要把屁股移過來，一定要在深入工農兵、深入實際鬥爭的過程中，在學習馬列主義和學習社會的過程中，逐漸地移過來，移到工農兵這方面來，只有這樣，我們才能有真正為工農兵的文藝。」「同志的輕視工農兵，脫離群眾，與國民黨的輕視工農兵，脫離群眾，是有些不同的。」「沒有這個變化，沒有這個改造，什麼事情都是做不好的，都是格格不入的。」柳青：《毛澤東思想教導著我——〈湖南農民運動考察報告〉給我的啟示》，《人民日報》，1951 年 9 月 10 日。

〔註 210〕社論：《學習毛澤東思想，為貫徹文藝的工農兵方向而奮鬥》，《文藝報》5 卷 1 期（1951 年 10 月 25 日）。

〔註 211〕《中共中央宣傳部關於文藝幹部整風學習的報告》（一九五一年十一月二十三日），中共中央研究室編：《建國以來重要文獻選編》第 2 冊，北京：中央文獻出版社，1992 年，第 463 頁。

藝工作者們的「曲解」，其實已經暗含了人民共和國文藝指導思想的癥結問題。考察 1951 年之前的人民共和國文藝批判運動，我們會驚異地「發現」，來自原國統區的文藝工作者在具體理解和領會毛澤東文藝思想時，確實存在著這樣或那樣的分歧〔註 212〕。11 月 24 日，在北京市文藝界學習動員大會上，中國共產黨中央委員會宣傳部副部長胡喬木發表題為《文藝工作者為什麼要改造思想？》的講話。他強調：

> 雖然一九四九年七月全國文學藝術工作者代表大會就已經宣布了接受毛澤東同志在一九四二年延安文藝座談會上所指示的方向，但是這並不是說，不經過像一九四二年前後在解放區文藝界進行過的那樣具體而深刻的思想鬥爭，這個方向就真的會被全國文學藝術工作者所自然而然地毫無異議地接受。〔註 213〕

這清楚地表明，當時主管文藝宣傳的領導人胡喬木對文藝界現狀的基本態度。雖然 1949 年 10 月人民共和國成立以來全國文藝界經過兩年多的努力，取得了很大的「成績」，但文藝界的成績與中國共產黨的「文學期待」之間，卻還是有著顯著的差距的，「有一些優秀的文藝作品，卻遠不能滿足廣大群眾日益增長的要求，我們的文學藝術沒有能充分反映出偉大祖國和勞動人民的新的生活，新的面貌；相反地，有許多作品卻是歪曲了勞動人民的生活和形象」〔註 214〕。特別是在對毛澤東文藝思想的經典文獻《「文藝講話」》的貫徹與實踐上，全國文藝界存在著很多的「漏洞」。

在胡喬木看來，「文學藝術界的許多領導工作人員，也顯然忘記了毛澤東同志在延安文藝座談會上的基本指示」〔註 215〕。為了推動文藝界學習《「文藝講話」》的內容，他引導文藝界人士重新溫習毛澤東的《「文藝講話」》。胡喬木認為，毛澤東在《「文藝講話」》中已經明確了文學藝術的根本任務，那就是要「很好地成為整個革命機器的一個組成部分，作為團結人民教育人民打擊敵人消滅敵人的有力武器，幫助人民同心同德地和敵人作鬥爭」，他大

〔註 212〕甚至來自於解放區內部的文藝家之間，也存在著這樣的分歧意見，這在胡風的日記中有交代。

〔註 213〕胡喬木：《文藝工作者為什麼要改造思想——11 月 24 日在北京文藝界學習動員大會上的講演》，《文藝報》5 卷 4 期（1951 年 12 月 10 日）。

〔註 214〕社論：《認真學習，改造思想，改進工作》，《文藝報》5 卷 4 期（1951 年 12 月 10 日）。

〔註 215〕胡喬木：《文藝工作者為什麼要改造思想？——十一月二十四日在北京文藝界學習動員大會上的講演》，《文藝報》5 卷 4 期（1951 年 12 月 10 日）。

段地引用毛澤東在《「文藝講話」》中的內容,如下:

> 你要群眾瞭解你,你要與群眾打成一片,就得下決心,經過長期的甚至是痛苦的磨練。……我們知識分子出身的文藝工作者,要使自己的作品為群眾所歡迎,就得把自己的思想感情來一個變化,來一番改造。沒有這個變化,沒有這個改造,什麼事情都是做不好的,都是格格不入的。小資產階級出身的人們總是經過種種方法,也經過文學藝術的方法,頑強地表現他們自己,宣傳他們自己的主張,要求人們按照小資產階級知識分子的面貌來改造黨,改造世界。在這種情形下,我們的工作,就是要向他們大喝一聲,說:「同志」們,你們那一套是不行的,無產階級和人民大眾是不能遷就你們的,依了你們,實際上就是依了大地主大資產階級,就有亡黨亡國亡頭的危險。只能依誰呢?只能依照無產階級及其先鋒隊的面貌改造黨,改造世界。
>
> 我們希望文藝界的同志們認識這一場大論戰的嚴重性,積極起來參加這個鬥爭,向敵人,向朋友,向同志,向自己,使每個同志都健全起來,使我們整個隊伍在思想上和組織上都真正統一起來,鞏固起來。

這樣的「言說方式」,不僅表達出他對毛澤東文藝思想學習的堅定性和不容置疑性,更表達出胡喬木作為毛澤東文藝思想指導下的文藝工作者的角色,及其身份的扮演。胡喬木把思想改造運動的「矛頭」,真正指向的是文學藝術界的「統一戰線」政策。他說:

> 無論在文藝戰線上,或是在其他的思想意識戰線上,工人階級必須在聯合資產階級和小資產階級的同時,力爭自己的領導地位;必須在承認資產階級思想和小資產階級思想在今天的社會上的合法地位的同時,批評這些思想的錯誤,指出這些思想之決不能夠擔當改造世界的領導責任。工人階級必須堅持依照自己的面貌來改造世界,來改造資產階級和小資產階級,而不允許降低自己到資產階級和小資產階級的思想水平來為他們「服務」。如果放棄這個思想鬥爭,就是放棄工人階級的領導,就是放棄人民民主事業。其結果,不但要脫離工人群眾,而且也要脫離工人階級以外的但是今天已經在工人階級領導下的廣大的人民群眾,因為這些群眾根據自己的經驗和覺悟已經相信,能夠真正給他們指點光明前途的,只是革命的工人

階級的思想，而不是資產階級和小資產階級的思想。〔註216〕

11 月 24 日，在北京文藝界整風學習的動員大會上，全國文聯常委會決定了文藝整風學習的「方法」，是通過聽報告和閱讀文件，展開批評和自我批評，聯繫自己檢查思想與作風，討論改進工作的辦法。所以，在這次文藝整風學習期間，對《「文藝講話」》的再學習，是文藝整風學習的必然學習環節之一。為了推進全國文藝界重新學習毛澤東的《「文藝講話」》，《「文藝講話」》最終被確定為「學習文件」之一〔註217〕。作為毛澤東文藝思想的「權威」闡釋者，周揚指出：

　　毛澤東同志在《在延安文藝座談會上的講話》中，解決了文藝上的許多基本問題。例如文藝與政治的關係，普及與提高的關係等等問題，但是其中一個最根本的問題，就是思想改造。毛澤東同志在那個講話中用了很形象化的、通俗的語言向所有文藝工作者，尖銳地提出了一個問題：你的「屁股」坐在那一面，如果是坐在小資產階級方面，就「一定要把屁股移過來」，移到工農兵這方面來。這就是問題的關鍵。這個關鍵問題沒有解決，什麼藝術與政治的關係，普及與提高的關係等等問題，都是不能解決的，如果「解決」了，那都是假的。「屁股」坐在那一方面的問題，也就是立場的問題，這問題解決了，其他的問題也就都可以迎刃而解。許多文藝工作者沒有認識思想改造的重要性和必要性。如果我們放棄對文藝工作者的思想改造的工作，那就是去掉《在延安文藝座談會上的講話》的革命內容，使這個講話降低到一切資產階級、小資產階級的自由主義者都可以接受的程度；放棄思想改造，就是放棄共產主義的原則立場。

　　因此，每個同志對待思想改造，都應該採取自覺的態度，缺少自覺，是改造不了的。老解放區的經過改造的同志，不要以為自己在延安經過了整風學習，就沒有問題了。不是也有老區的經過整風的同志，到了新的環境，在各種資產階級、小資產階級思想影響的包圍之

〔註216〕胡喬木：《文藝工作者為什麼要改造思想？——十一月二十四日在北京文藝界學習動員大會上的講演》，《文藝報》5 卷 4 期（1951 年 12 月 10 日）。

〔註217〕學習文件包括：毛主席著《實踐論》、毛主席《在延安文藝座談會上的講話》《斯大林給別德內依的信》（載八月十二日人民日報）、毛主席著《反對自由主義》、聯共中央關於文藝問題的四個決定和日丹諾夫《關於〈星〉與〈列寧格勒〉兩雜誌的報告》、人民日報社論《必須重視電影武訓傳的討論》。

下，就又露出了自己小資產階級的尾巴嗎？小資產階級出身的知識分子和小資產階級之間總是有千絲萬縷的聯繫，不是容易斷的，而他們和工農群眾之間的聯繫，卻是常常鬆懈的，容易斷的。至於新解放區的沒有經過改造的同志，他們的思想感情實際上是根本沒有改變的。他們雖然口頭上也講工農兵，心裏喜歡的卻依然是小資產階級。一部分老的左翼的文藝工作者還有一個自以為很「革命」的包袱（這個包袱我也曾有過的），這就大大地妨礙了他們的進步；必須丟掉這個包袱。今天，全國的文藝工作者絕大部分都是需要改造的。〔註218〕

周揚這裡著重強調指出的「屁股」、「文藝與政治」、「普及與提高」、「原則立場」、「思想情感」等關鍵性詞語，照搬的仍舊是毛澤東的《「文藝講話」》中所列的關鍵性詞語，他並沒有實現真正的「超越」。看來，毛澤東的《「文藝講話」》成為文藝工作者、文藝領導人進行文藝構想經常性的、基本的出發點，胡喬木、周揚這樣具有很好素質的人如此，其他人亦不能脫離於此。

《「文藝講話」》不僅成為文藝界思想學習運動的主要學習資料，而且通過這次思想學習運動必然加強其在文學藝術界的指導思想地位。1949 年全國文代會確立起的權威指導思想的地位，在這次思想學習運動中得到進一步加強鞏固，《「文藝講話」》成為毛澤東著作引用率最高的篇章之一。文藝工作者在寫作時，《「文藝講話」》成為基本的「準繩」。在這次學習運動中的動員大會之後，文藝界的頭面人物，如歐陽予倩、老舍、李伯釗、周文、華君武、瞿希賢、黃鋼等，從各自不同的藝術領域紛紛「登場」，表達出自己對毛澤東文藝思想的「恭敬態度」。這為全國文藝界形成對毛澤東《「文藝講話」》的統一認識，提供了更加便利的「條件」。

作為歷史經驗的一種敘述，《「文藝講話」》必須在歷史變遷過程中逐漸得以完善。文藝界思想學習運動的開展，為《「文藝講話」》在文藝工作者心目中確立起應有的地位提供了可能。在 1952 年 5 月即將來臨之前形塑《「文藝講話」》，顯然與「十年紀念」有著密切的關係。1952 年 5 月的後來歷史發展，已經證明了這一切的先期意義。路翎這一「統一戰線」政策爭取的對象，也接到寫作紀念《「文藝講話」》十週年的文章〔註219〕的任務。顯然，他也被迫

〔註218〕周揚：《整頓文藝思想，改進領導工作——十一月二十四日在北京文藝界整風學習動員大會上的講演》，《人民日報》，1951 年 12 月 7 日。
〔註219〕路翎在信件中對胡風說：「紀念《講話》十週年，布置大家寫文章，也是難題。

成為推動著《「文藝講話」》這一文獻經典化的一個分子。

總之,在人民共和國的文化出版事業中,《毛澤東選集》第一卷的出版,無疑是一件具有思想史意義的出版事件。雖然政協全國委員會確認了中國共產黨在政治上的絕對領導地位,但人民共和國初期意識形態的建構過程之中,顯然呈現的是一種複雜的「狀態」。如何「統一」、「規訓」和「確立」新的意識形態的權威性,「規範」文學藝術領域的指導思想,在經濟建設達到高潮的時候,作為執政黨的中國共產黨,必然要著手處理這樣的事情。新生政權的「合法性」,需要一定的理論作為支撐。其實,從《毛澤東選集》的「包裝」來看,中國共產黨在這方面有著強烈的「自覺意識」。《毛澤東選集》在高校思想學習運動的過程中,和全國人民思想改造、文藝界思想改造運動前夕得以出版,無疑提供了理論學習的參照體系,為「形塑」人民共和國意識形態風貌奠定了堅實的基礎。

同時,《文藝報》《人民日報》在推進學習《毛澤東選集》的過程中,還提出「另外」的要求。它以編輯部的「名義」,發出「學習毛澤東思想是首要的。但同時我們也希望文藝作家與文藝理論工作者注意研究毛主席著作中的文體與語言。毛主席的著作常常用極其平易的形式,生動地表現了極深刻的思想內容。在語言使用上,毛主席給我們作了光輝的範例。在他的著作中,每一句話都能簡練、準確、有力地傳達了深湛的思想並飽和著豐富的感情。我們要求大家在這方面也加以研究,以端正那些在文章中賣弄玄虛、故作高深的作風。」〔註 220〕

周揚在強調《毛澤東選集》第一卷出版的意義時,更強調了毛澤東思想對文藝創作的實質性影響,他說:「我們在文藝工作上所獲得的每一個成績,都是由於正確地執行了毛澤東文藝路線的結果。但比起中國人民的偉大鬥爭及其在各方面的成就來,文藝工作的成就還是太小了。這除了許多原因之外,一個最主要的原因是我們執行毛澤東文藝路線還是不夠。毛澤東文藝路線,就是文藝上的階級路線、群眾路線。文藝要為人民服務,首先為工農兵服務,文藝工作者就必須與工農兵群眾相結合;沒有這種結合,文藝創造就斷絕了

這種情況下,什麼也不好談的,能不寫就不寫」路翎的身份當時很獨特,他作為統戰對象都接到寫作紀念《講話》的文章,可見中國共產黨內安排寫作紀念《講話》的文章的政治安排在這之前都已經準備好了。路翎:《一九五二年五月十九日》,《致胡風書信全編》,鄭州:大象出版社,2004 年,第 261 頁。
〔註 220〕《編輯部的話》,《文藝報》5 卷 1 期(1951 年 10 月 25 日)。

源泉，文藝工作者本身的思想改造也失去了依據。」〔註221〕

那麼，《實踐論》的重新發表與《毛澤東選集》第一卷的出版，顯然是中國共產黨的一次精心的「安排」。西方著名毛澤東研究專家羅斯‧特里爾（Ross Terrill）曾注意到《人民日報》1951年緊密安排毛澤東著作重新連續發表的「內在秘密」。他說：

「1951年，《人民日報》搞了一系列的連載文章。這些文章評述的那本書，是《毛澤東選集》，作者是毛澤東」，「這些作品是經過精心選擇的。毛澤東寫過的許多評論沒有出現在官方版的《毛澤東選集》裏。20年代的一些評論太缺少傳統馬克思主義的內容。另外一些文章是江西時期的（那時毛澤東的權力還不太大），其中有的思想雖然是毛澤東寫出來的，但他並不相信。《選集》中沒有收他的詩」，「過於坦率的話經過了修飾。俚語的比喻和玩笑話不見了。一些對西方友好的話也被刪去。毛澤東在不同時期說過的一些對西方友好的話也被刪掉。凡是提到蘇聯的地方都是讚美之辭；甚至連對李立三的批評都不見了，以免觸怒李立三在莫斯科的師友們。」〔註222〕

《毛澤東選集》第一卷這樣的精心編排方式，為全國人民學習毛澤東思想提供了新的「藍本」，為1951年全國文藝界掀起學習毛澤東文藝思想奠定了堅實的基礎，並為9月、11月展開的高等學校思想改造和文藝界思想改造運動，提供了理論學習進行對照的「藍本」。不管是《實踐論》，還是《毛澤東選集》第一卷，最終都成為思想改造的重要學習資料，是每個參加這場學習運動的知識分子必然學習的內容〔註223〕。對照閱讀、深刻檢討，它們儼然成為每個高等學校教師和文藝工作者拷問靈魂的「標尺」。《毛澤東選集》的出版，本身是一種政黨行為，但經過五十年代初期知識分子的共同參與，使它成為一種國家行為。所以，《毛澤東選集》第一卷選擇在1951年10月出版，其背後的政治及思想史意義非同一般。學習毛澤東思想，進行思想改造運動，以及1952年更大聲勢的全國思想改造運動，已經成為全國政治運作背後強大的意識形態建構。

〔註221〕周揚：《堅決貫徹毛澤東文藝路線》，北京：人民文學出版社，1952年，第76～77頁。

〔註222〕【美】羅斯‧特里爾（Ross Terrill）著，曾胡、廖康、陳舜興、張明譯：《毛澤東的後半生》，北京：世界知識出版社，1989年，第25～26頁。

〔註223〕政協一屆三次會議上各民主黨派負責人的講話中，特別強調對《毛澤東選集》的學習，已經明確地表達出《毛澤東選集》的出版背後在思想改造運動中的真實意義。

結束語

　　深入考察 20 世紀中國文學的歷史進程時，我們知道，自中國新文學孕育以來，就形成了一個基本的「文學傳統」，那就是文學與政治有著糾纏不清的關係，「中國現代文學比較注重表現政治」，「中國文學總是隨著政治運動而變化的，總是帶有政治運動的色彩」〔註 1〕。顯然，這是很寬泛的現象描述。八年前（2002 年），我開始關注中國左翼文藝特別是左翼都市小說書寫，把它並置於中國新感覺派都市小說書寫的對比中加以考察，就發現政治與文學之間存在著的內在緊張關係，新感覺派都市小說書寫最終走向消失，與左翼文學強大的政治攻勢有很大的關係〔註 2〕。順著這樣的思路，我曾經關注過延安解放區文藝，試圖梳理 1942 年延安文藝整風運動之後文學思想變遷的歷史軌跡，尋找左翼文學在 40 年代延安邊區文學實踐中的「影子」。2005 年，我把關注的視點轉向人民共和國初期的文藝界，也是順著這樣的歷史軌跡進行的「勾勒」。在人民共和國文藝裏，我發現：文藝與政治的關係表現得更加突出。要對它進行描述，從某種程度上顯示出把握上的「難度」。

　　洪子誠曾指出，「所謂『純』文學理論，所謂純粹以『文學性』、『藝術性』

〔註 1〕這是德克‧博迪轉述一個美國現代文學愛好者希爾小姐的話。希爾小姐認為，
　　　　「最明顯的是 1919 年的五四運動和 1925 年的五卅運動」,「最近這幾十年的中
　　　　國文學爭論的焦點就是為藝術而藝術還是為社會大眾的藝術」,「文學是有意識
　　　　去喚醒民眾的階級覺悟，是突出階級鬥爭的，是促進無產階級革命的」。【美】
　　　　德克‧博迪（Derk Bodde）著，洪青耘、陸天華譯：《北京日記——革命的一
　　　　年》，上海：東方出版中心，2001 年，第 173 頁。
〔註 2〕具體參閱筆者的碩士論文《左翼、新感覺派都市小說及差異論 1927～1936》，
　　　　重慶師範大學碩士論文，2004 年。

作為標準的文學史，如伊格爾頓所的，只是一種學術神話。確實是這樣，文學理論，文學史，這些與人的意義、價值、語言、感情、經驗有關的論述，必然和更深廣的信念密切相連，這些信念涉及個體和社會的本質，個體和社會的關係，權力的問題等等」〔註 3〕。雖然本文對 1951 年人民共和國文藝界進行研究，但它不是純粹的文學史研究，而是立足的政治、經濟、文化、社會等諸多複雜面的研究。論文特別關注「中國革命」對整個文化環境、文學生產等方面的影響。

我們知道，中國革命的「曲折性」，使中國革命只能「分步走」，這在毛澤東在《新民主主義論》中有清晰的表述〔註 4〕。「分步走」的理論，導致不同的革命時期，有著不同的革命任務。不同的革命任務，使革命的陣線聯合出現某種差異，但「統一戰線」作為中國共產黨文藝政策的具體表徵卻貫穿著人民共和國文藝界始終。從「統一戰線」的政策出發，我們看到了中國革命與意識形態之間複雜的緊密關係，也看到了文藝界在這一「統一戰線」下的具體實踐的基本形態。雖然我們不可能完全觀照整個人民共和國文藝界的基本情形，但選擇小一點的視點來觀察，以便管窺整體的風貌，倒是可以獲得的。魯迅在給沙汀、艾蕪的創作回信中說到，「選材要嚴，開掘要深，不可將一點瑣屑的沒有意思的事故，便填成一篇，以創作豐富自娛」〔註 5〕，「開掘要深」，這給予我很大的啟發意義。「開掘要深」，必然涉及到選題要嚴。怎樣有效地切合人民共和國文藝界進行描述，以便打破文學的革命史敘事框架？這一直是我在體驗人民共和國以來文學史敘事時思考的核心問題。

既然是考察人民共和國初期的文學史敘事，全國文藝界堅守的基本指導思想我們還是應該予以關注。1949 年全國文代會的召開，最終確立了文藝的組織與管理模式，同時也確立了文藝的理論構架，那就是毛澤東的《新民主主義論》和《「文藝講話」》。它們成為經典性的「文獻」，是人民共和國初期

〔註 3〕洪子誠：《問題與方法——中國當代文學史研究講稿》，北京：三聯書店，2002年，第 41 頁。

〔註 4〕毛澤東認為，「中國革命的歷史進程，必須分為兩步，其第一步是民主主義的革命，其第二步是社會主義的革命，這是性質不同的兩個革命過程。」革命性質的不同，決定了革命領導力量的差異，領導階級在團結革命力量上就顯示出差異，不同的革命任務決定了不同的團結對象。毛澤東：《新民主主義論》，《毛澤東選集》第 2 卷，北京：人民出版社，1952 年，第 626 頁。

〔註 5〕魯迅：《二心集·關於小說題材的通信（並 Y 及 T 來信）》，《魯迅全集》第 4卷，北京：人民文學出版社，2005 年，第 377 頁。

文藝工作者思考問題的基本立足點和出發點。同時，人民共和國建立之時，《共同綱領》成為臨時國家憲法，其中規定了國家的性質、社會結構的基本形態。在這些基本形態中，我注意到「人民民主專政」的核心含義：「中國人民民主專政是中國工人階級、農民階級、小資產階級、民族資產階級及其他愛國民主分子的人民民主統一戰線的政權，而以工農聯盟為基礎，以工人階級為領導。由中國共產黨、各民主黨派、各人民團體、各地區、人民解放軍、各少數民族、國外華僑及其他愛國民主分子的代表們所組成的中國人民政治協商會議，就是人民民主統一戰線的組織形式」。具體到全國文藝界，結合經典文獻的線索梳理，我才清楚地理解到第一次文代會召開的真實含義：文藝界的「統一戰線」。但真正涉及到文藝界的「統戰」話題時，問題的複雜性卻迎面撲來。

我們知道，1942 年 5 月，邊區延安掀起了所謂的「文藝整風運動」。中國共產黨對邊區文藝家的思想進行整頓和改造，「建立意識形態層面上的共識」〔註 6〕。之後，文藝家的「身份」發生了變化。它的稱謂，由「文藝家」而變為「文藝工作者」。延安邊區的「黨文化」管理體制的形成，使文藝必然「成為整個革命機器的一個組成部分，作為團結人民、教育人民、打擊敵人、消滅敵人的有力的武器」〔註 7〕。無產階級文學藝術的政黨化，在革命進程中應當扮演的是「齒輪」和「螺絲釘」的作用。經歷延安文藝整風運動之後，延安的文藝工作者以「齒輪」和「螺絲釘」的角色進行自我定位，推進著延安邊區文藝和解放區文藝的發展，這些作品最終體現在「中國人民文藝叢書」的編撰與出版過程之中。1949 年 10 月人民共和國即將成立前，文藝隊伍、文藝思想顯然是複雜的，中國共產黨布置下召開的第一次全國文代會，以革命的「統一戰線」作為基本政策，暫時掩埋了文藝界複雜的一面，全國文藝界表現出暫時的「平靜」。但來自中宣部及中國共產黨意識形態建構高層的領導者們，對文藝界這種「平靜」，並沒有表現出滿意的態度。文藝界平靜的局面背後，顯然隱藏著更大的「危機」。

1950 年中國共產黨展開黨內整風運動。經歷這次黨內整風運動之後，中國共產黨內的思想認識達到了高度一致。但黨外卻仍是複雜的。怎樣形塑全

〔註 6〕陳永發：《中國共產革命七十年》上冊，臺北：聯經出版事業公司，1998 年，第 362 頁。

〔註 7〕毛澤東：《在延安文藝座談會上的講話》（1942 年 5 月），《毛澤東選集》第 3 卷，北京：人民出版社，1952 年，第 805 頁。

國文藝隊伍、文藝思想，進一步有效地規訓知識分子，顯然擺上了 1951 年的議事日程。12 月 29 日，《實踐論》的重新發表，掀起了範圍極廣的新的政治學習運動。《實踐論》發表的「背後」，並不僅僅代表毛澤東思想的權威地位得以確立，更代表中國共產黨在全國政權領導地位的確立。通過組織化的文學藝術批判運動，使得文藝隊伍的清理與整合、文藝思想的清理與整合，形成一套有序的「運動進行曲」。

　　1951 年 1 月，中央文學研究所創辦並開學，新的學員主要來自工農兵文藝工作者，他們成為文藝黨校培訓的對象。中國共產黨試圖通過學校培養的方式，充實人民共和國初期的文藝隊伍。這支「準文藝工作者」的文藝隊伍，雖然僅僅五十多人，但在批判電影《武訓傳》《關連長》和《我們夫婦之間》的運動中，卻扮演著了「新生力量」的角色。同時，他們在學習過程中，深入閱讀了《實踐論》《黨史》和毛主席《「文藝講話」》等文藝理論著作，使這些學員在「堅決貫徹毛主席文藝路線，加強文藝的黨性、階級性，掌握新現實主義創作方法等原則性問題上，有著不少的收穫」〔註 8〕。1951 年 2 月底，電影《武訓傳》在全國各大影院上映。中宣部和文化部在為電影提供全國上映的機會的同時，卻積極醞釀並部署對電影《武訓傳》的批判運動，把矛頭直接指向私營電影業——崑崙影業公司。5 月 20 日，《人民日報》發表的社論文章《應當重視電影〈武訓傳〉的討論》，揭開了對電影《武訓傳》的批判運動，範圍波及很大，涉及文藝界和文教界的思想狀況，被點名的電影亦越來越多，絕大部分是私營電影製片廠攝製的電影，針對的對象是鮮明的。7 月，籌備兩年之久的「新文學選集」隆重登場，但在這一套叢書出版的同時，「文藝建設叢書」出版的聲勢也不小，兩者可謂形成了鮮明的力量對比與展示。「新文學選集」側重於五四新文學作家作品的出版，「文藝建設叢書」側重於人民共和國文藝作品的出版，這些文藝家以延安成長起來的文藝工作者為主。「新文學選集」在裝幀、紙質上花費了工夫，定價偏高，由私營出版業開明書店出版；「文藝建設叢書」設計大方樸素，定價偏低，由公營出版社三聯書店、人民文學出版社出版。這樣的出版方式，導致兩套叢書的最終命運發生戲劇性的差異，「新文學選集」不得不在 1952 年結束出版工作；而「文藝建設叢書」繼續出版。1951 年 10 月 12 日《毛澤東選集》第一卷出版；緊接著 10 月

〔註 8〕《文藝動態·中央文學研究所學員分赴各地實習》，《文藝報》4 卷 11、12 期合刊（1951 年 10 月 1 日）。

23 日，政協全國會議召開並決定開展思想改造運動，使之成為之後的全國性政治運動，全國文藝界緊緊跟隨其後，積極展開了文藝思想學習運動。

文藝界的「統一戰線」政策在發生著變化，到底怎樣變化，中國共產黨有自己的方案。1952 年 8 月 4 日，毛澤東發表關於「統一戰線」問題的談話，他說到：「統一戰線是否到了有一天要取消？我是不主張取消的。對任何人，只要他真正劃清敵我界限，為人民服務，我們都是要團結的。」〔註 9〕毛澤東的這種回答，徹底否定了黨內幹部對「統一戰線」輕視態度，「統一戰線」的長期性，變成了一種政策。即使到當下我們的現實生活中，「統戰」仍舊是一個關鍵的字眼。文藝界還是要求「統戰」。但「統戰」在人民共和國成立後到底應該扮演什麼樣的角色，這是我們遇到的最大難題。

我們知道，「統一戰線」被中國共產黨人倍加珍惜。他們認為，「統一戰線」是中國共產黨領導中國革命取得勝利的三大法寶之一。當「統一戰線」上升到如此高的思想理論意義時，它在社會中的作用就更加明顯。但通過微觀考察 1951 年文藝界的基本情況，我們發現：「統一戰線」自始至終扮演的都是一種「策略」。它是臨時性的、策略性的政策，並沒有上升到法律的依據，只是作為政策制定時的理論參照而已，失去了長久的時效性。從這裡，我們可以窺探到人民共和國建立後，為什麼在意識形態領域裏會頻繁地發生那麼多的文藝運動的秘密。文藝界正是在「統一戰線」政策的指導下，進行了詳細的文學思想及文藝工作者隊伍的清理活動。這證實了思想意識形態領域的建設，需要從各方面來逐漸地、具體地「落實」。而作為傳播知識的整個機構和媒介，「學校和報紙，廣播和電影」，「都被專門用來傳播那些不管是真是假都會強化人民對當局所做決定正確性的信心和意見；而且，那些易帶來疑竇或猶豫的信息將一概不予傳播」〔註 10〕。這才導致在文藝學校的建構形成以工農作家為主體、知識分子作家能參與的基本格局，電影界進行有效的思想清理，以及對知識分子集中的高等學校進行思想改造，並進而對報紙、雜誌和刊物進行思想整頓，為文藝思想的進一步清理做堅實的「鋪墊」，為意識形態的形塑提供新的「便利」。

〔註 9〕毛澤東：《團結起來，劃清敵我界限》（1952 年 8 月 4 日），《毛澤東選集》第 5 卷，北京：人民出版社，1977 年，第 68～69 頁。
〔註 10〕【德】弗里德里希·奧古斯特·哈耶克（Friedrich August Hayek）著，王明毅、馮興元等譯：《通往奴役之路》，北京：中國社會科學出版社，1997 年，第 153 頁。

　　文藝界只是人民共和國社會的微觀視點，真正要深入對這一時期社會變遷作考察，立足於文藝界的考察顯然是不夠的，或者說是不完善的。目前限於我的知識儲備，我不可能對心理學、政治學層面等話題進行深入研究，對政治學與文學之間關係的梳理，也需要大量的交叉學科知識準備。這些，就只有留待今後繼續努力，繼續挖掘。我把這次論文的寫作，僅僅作為自己進入人民共和國文學史、思想史研究領域的一次嘗試，它將激勵我繼續深入進行人民共和國文學史、思想史史料的搜集與整理，並加以更深刻的學術研究。

參考書目

一、黨史文獻類

1. 薄一波：《若干重大決策與事件的回顧》（上冊），北京：中共中央黨校出版社，1991 年 5 月版。

2. 李維漢：《回憶與研究》，上下冊，北京：中共黨史資料出版社，1986 年 4 月版。

3. 劉少奇：《劉少奇選集》，北京：人民出版社，1981 年版。

4. 劉少奇：《建國以來劉少奇文稿》，第 1～3 冊，北京：中共中央文獻出版社，1996 年版。

5. 毛澤東：《毛澤東選集》（1～4 卷），北京：人民出版社，1991 年 6 月版。

6. 毛澤東：《毛澤東選集》，第 5 卷，北京：人民出版社，1977 年 4 月版。

7. 毛澤東：《毛澤東文集》，北京：人民出版社，1993～1999 年版。

8. 毛澤東：《建國以來毛澤東文稿》，第 1～6 冊，北京：中央文獻出版社，1988 年版。

9. 毛澤東：《毛澤東書信選集》，北京：人民出版社，1983 年 12 月版。

10. 中央檔案館編：《中共中央文件選集》，第 1～18 冊，北京：中共中央黨校出版社，1992 年 10 月版。

11. 中國出版科學研究所、中央檔案館編：《中華人民共和國出版史料》（1～4 卷），北京：中國書籍出版社，1995～1996 年版。

12. 中共中央研究室編：《建國以來重要文獻選編》，第 1～4 冊，北京：中央文獻出版社，1992 年 6 月版。

13. 中共中央文獻研究室編：《周恩來年譜》（1949～1976），北京：中央文獻出版社，1997 年 5 月版。

14. 周恩來：《周恩來選集》，北京：人民出版社，1980、1984 年版。

二、作品類

1. 全集、文集、作品單行本類

1. 丁玲：《丁玲全集》，第 4～10 卷，石家莊：河北人民出版社，2001 年 12 月版。

2. 胡風：《胡風全集》，第 7～10 卷，武漢：湖北人民出版社，1999 年 1 月版。

3. 魯迅：《魯迅全集》，北京：人民文學出版社，2005 年 11 月版。

4. 馬寅初：《馬寅初全集》，第 13～14 卷，杭州：浙江人民出版社，1999 年 9 月版。

5. 茅盾：《茅盾全集》，第 18～40 卷，北京：人民文學出版社，1988～1996 年版。

6. 沈從文：《沈從文全集》，第 14～27 卷，太原：北嶽文藝出版社，2002 年 12 月版。

7. 孫犁：《孫犁全集》，第 8～11 卷，北京：人民文學出版社，2004 年 7 月版。

8. 蔡楚生：《蔡楚生文集》，第 2～3 卷，北京：中國廣播電視出版社，2006 年 6 月版。

9. 馮雪峰：《雪峰文集》，第 1～4 卷，北京：人民文學出版社，1985 年 7 月版。

10. 胡愈之：《胡愈之文集》，第 4～5 卷，北京：三聯書店，1996 年 8 月版。

11. 葉聖陶：《葉聖陶集》，第 21～23 卷，南京：江蘇教育出版社，2004 年 11 月版。

12. 鄭振鐸：《鄭振鐸全集》，第 16 卷，石家莊：花山文藝出版社，1998 年 11 月版。

13. 周揚：《周揚文集》，第 1～2 卷，北京：人民文學出版社，1984 年 12 月版。

14. 巴金：《慰問信及其他》，上海：平明出版社，1951 年 7 月版。

15. 胡風：《胡風三十萬言書》，武漢：湖北人民出版社，2003 年 1 月版。

16. 路翎：《朱桂花的故事》，天津：知識書店，1950 年 10 月版。

17. 亦門：《詩與現實》，北京：五十年代出版社，1951 年 11 月初版。

2. 文學叢書類

（1）新文學選集，22 冊

1. 魯迅：《魯迅選集》，上、中、下冊，北京：開明書店，1952 年 4 月版。

2. 茅盾：《茅盾選集》，北京：開明書店，1952 年 4 月版。

3. 趙樹理：《趙樹理選集》，上海：開明書店，1951 年 9 月版。

4. 老舍：《老舍選集》，上海：開明書店，1951 年 8 月版。

5. 曹禺：《曹禺選集》，上海：開明書店，1951 年 8 月版。

6. 郁達夫：《郁達夫選集》，上海：開明書店，1951 年 7 月版。

7. 聞一多：《聞一多選集》，上海：開明書店，1951 年 7 月版。

8. 朱自清：《朱自清選集》，上海：開明書店，1951 年 7 月版。

9. 許地山：《許地山選集》，上海：開明書店，1951 年 7 月版。

10. 魯彥：《魯彥選集》，上海：開明書店，1951 年 7 月版。

11. 胡也頻：《胡也頻選集》，上海：開明書店，1951 年 7 月版。

12. 柔石：《柔石選集》，上海：開明書店，1951 年 7 月版。

13. 殷夫：《殷夫選集》，上海：開明書店，1951 年 7 月版。

14. 洪靈菲：《洪靈菲選集》，上海：開明書店，1951 年 7 月版。

15. 蔣光慈：《蔣光慈選集》，上海：開明書店，1951 年 7 月版。

16. 郭沫若：《郭沫若選集》，上、下冊，上海：開明書店，1951 年 7 月版。

17. 丁玲：《丁玲選集》，上海：開明書店，1951 年 7 月版。

18. 張天翼：《張天翼選集》，上海：開明書店，1951 年 7 月版。

19. 葉聖陶：《葉聖陶選集》，上海：開明書店，1951 年 7 月版。

20. 巴金：《巴金選集》，上海：開明書店，1951 年 7 月版。

21. 洪深：《洪深選集》，上海：開明書店，1951 年 7 月版。

22. 艾青：《艾青選集》，上海：開明書店，1951 年 7 月版。

（2）文藝建設叢書，30 冊

1. 劉白羽：《早晨六點鐘》，北京：人民文學出版社，1952 年 4 月版。

2. 雷加：《我們的節日》，北京：人民文學出版社，1952 年 4 月版。

3. 嚴辰：《戰鬥的旗》，北京：人民文學出版社，1952 年 4 月版。

4. 立高：《永生的戰士》，北京：人民文學出版社，1952 年 4 月版。

5. 蕭殷：《論生活、藝術和真實》，北京：人民文學出版社，1952 年 3 月版。

6. 周揚：《堅決貫徹毛澤東文藝路線》，北京：人民文學出版社，1952 年 2 月版。

7. 孫犁：《風雲初記》，北京：人民文學出版社，1951 年 10 月版。

8. 企霞：《光榮的任務》，北京：人民文學出版社，1951 年 10 月版。

9. 柳青：《銅牆鐵壁》，北京：人民文學出版社，1951 年 9 月版。

10. 郭光：《僅僅是開始》，北京：人民文學出版社，1951 年 8 月版。

11. 陳登科：《活人塘》，北京：人民文學出版社，1951 年 7 月版。

12. 白朗：《為了幸福的明天》，北京：人民文學出版社，1951 年 7 月版。

13. 丁玲：《跨到新的時代來》，北京：人民文學出版社，1951 年 7 月版。

14. 丁玲：《歐行散記》，北京：人民文學出版社，1951 年 6 月版。

15. 陳明，安波曲：《平妖記》，北京：三聯書店，1951 年 3 月版。

16. 蕭三：《人物與紀念》，北京：三聯書店，1951 年 2 月版。

17. 田間：《拍碗圖》，北京：三聯書店，1951 年 2 月版。

18. 孫犁：《採蒲臺》，北京：三聯書店，1950 年 12 月版。

19. 康濯：《黑石坡煤窯演義》，北京：三聯書店，1950 年 11 月版。

20. 立高《永遠向著前面》，北京：三聯書店，1950 年 11 月版。

21. 馬加：《開不敗的花朵》，北京：新華書店，1950 年 10 月版。

22. 馬烽：《村仇》，北京：三聯書店，1950 年 9 月版。

23. 方紀：《老桑樹底下的故事》，北京：三聯書店，1950 年 9 月版。

24. 秦兆陽：《壺嘴兒說媒》（後改為《幸福》），北京：三聯書店，1950 年 9 月版。

25. 馬烽：《村仇》，北京：三聯書店，1950 年 9 月版。

26. 李爾重：《領導》，北京：三聯書店，1950 年 7 月版。

27. 徐光耀：《平原烈火》，北京：三聯書店，1950 年 7 月版。

28. 楊沫：《葦塘紀事》，北京：三聯書店，1950 年 7 月版。

29. 柯仲平：《從延安到北京》，北京：三聯書店，1950 年 5 月版。

30. 丁明輯譯：《美國文學的作家與作品》，北京：三聯書店，1950 年 6 月版。

3. 日記、書信類

1. 楊沫：《自白——我的日記》，廣州：花城出版社，1985 年 4 月版。

2. 柳亞子：《柳亞子選集》（下），北京：人民出版社，1989 年 1 月版。

3. 常任俠著，沈寧整理：《春城紀事（1949～1952）》，鄭州：大象出版社，2006 年 5 月版。

4. 宋雲彬：《紅塵冷眼——一個文化名人筆下的中國三十年》，太原：山西人民出版社，2002 年 3 月版。

5. 路翎：《致胡風書信全編》，鄭州：大象出版社，2004 年 4 月版。

6. 胡風：《致路翎書信全編》，鄭州：大象出版社，2004 年 4 月版。

三、研究著作類

1. 北京師範大學中國大辭典編纂處編：《學習辭典》，北京：天下出版公司，1951 年 5 月版。

2. 北京師範大學中文系中國現代文學教學改革小組編：《中國現代文學史參考資料》（第一、二、三卷），北京：高等教育出版社，1959 年 3、5 月版。

3. 陳改玲：《重建新文學史秩序：1950～1957 年現代作家選集的出版研究》，北京：人民文學出版社，2006 年 5 月版。

4. 陳明顯：《中華人民共和國史》，北京：北京理工大學出版社，1993 年 12 月版。

5. 陳思和主編：《中國當代文學史教程》，上海：復旦大學出版社，1999 年 8 月版。

6. 陳思和：《中國新文學整體觀》，上海：上海文藝出版社，1987 年 6 月版。

7. 陳偉軍：《傳媒視域中的文學——論「文革」前十七年小說的生產機制與傳播方式》，桂林：廣西師範大學出版社，2009 年 5 月版。

8. 陳永發：《中國共產革命七十年》，上下冊，臺北：聯經出版事業公司，1998 年 12 月版。

9. 陳子善：《邊緣識小》，上海：上海書店出版社，2009 年 1 月版。

10. 陳子善：《文人事》，杭州：浙江文藝出版社，1998 年 8 月版。

11. 成仿吾：《戰火中的大學：從陝北公學到人民大學的回顧》，北京：人民教育出版社，1982 年 2 月版。

12. 程光煒：《文學史的興起——程光煒自選集》，開封：河南大學出版社，2009 年 4 月版。

13. 程季華主編：《中國電影史》，第 2 卷，北京：中國電影出版社，1963 年 2 月版。

14. 崔曉麟：《重塑與思考：1951 年前後高校知識分子思想改造運動研究》，北京：中共黨史出版社，2005 年 11 月版。

15. 丁玲：《到群眾中去落戶》，北京：作家出版社，1954 年 2 月版。

16. 董健、丁帆、王彬彬主編：《中國當代文學史新稿》，北京：人民文學出版社，2005 年 8 月版。

17. 董之林：《舊夢新知：「十七年」小說論稿》，桂林：廣西師範大學出版社，2004 年 12 月版。

18. 《當代中國》叢書編輯部：《當代中國電影》（上），北京：中國社會科學出版社，1989 年 1 月版。

19. 段美喬：《投岩麝退香——論 1946～1948 年間平津地區「新寫作」文學思潮》，臺北：秀威信息科技，2008 年 10 月版。

20. 傅斯年：《史學方法導論》，北京：中國人民大學出版社，2004 年 9 月版。

21. 高華：《紅太陽是怎樣升起來的——延安整風運動的來龍去脈》，香港：中文大學出版社，2000 年版。

22. 高深主編：《文學的日子——我與魯迅文學院》，內部資料，北京：魯迅文學院編輯出版，自印本，2000 年 10 月版。

23. 郭沫若：《關於文化教育工作的報告》，北京：人民出版社，1951 年 11 月版。

24. 韓劍飛編著：《中國憲政百年要覽 1840～1954》，太原：山西人民出版社，2008 年 7 月版。

25. 何其芳：《西苑集》，北京：人民文學出版社，1952 年 12 月版。

26. 賀桂梅：《轉折的時代——40～50 年代作家研究》，濟南：山東教育出版社，1999 年版。

27. 洪子誠：《中國當代文學史》，北京：北京大學出版社，1999 年 8 月版。

28. 洪子誠：《當代文學概說》，南寧：廣西教育出版社，2000 年 7 月版。

29. 洪子誠：《中國當代新詩史》，北京：人民文學出版社，1993 年 5 月版。

30. 洪子誠：《當代中國文學的藝術問題》，北京：北京大學出版社，1986 年版。

31. 洪子誠：《問題與方法——中國當代文學史講稿》，北京：三聯書店，2002 年版。

32. 洪子誠：《1956：百花時代》，濟南：山東教育出版社，1998 年 5 月版。

33. 胡菊彬：《新中國電影意識形態史》，北京：中國廣播電視出版社，1995 年 10 月版。

34. 黃鋼：《在電影工作崗位上》，上海：新文藝出版社，1952 年 8 月版。

35. 黃秋耘：《黃秋耘文集第四卷　風雨年華》，廣州：花城出版社，1999 年 8 月版。

36. 黃藥眠：《沉思集》，上海：棠棣出版社，1953 年 12 月版。

37. 翦伯贊：《史料與史學》，北京：北京出版社，2005 年 5 月版。

38. 金炳華主編：《上海文化界：奮戰在「第二條戰線」上史料集》，上海：上海人民出版社，1999 年 11 月版。

39. 李達：《〈實踐論〉解說》，北京：三聯書店，1951 年 7 月版。

40. 李進、李小峰、胡嘉、陸萼庭、楊東蓴、楊晉豪、趙景深編著：《續編新知識辭典》，上海：北新書局，1951 年 5 月增訂再版本。

41. 李陀編：《昨天的故事：關於重寫文學史》，香港：牛津大學出版社，2006 年版。

42. 李一氓：《模糊的熒屏：李一氓回憶錄》，北京：人民出版社，1992 年 12 月版。

43. 梁啟超：《中國歷史研究法》，上海：華東師範大學出版社，1995 年 12 月版。

44. 劉金田、吳曉梅：《〈毛澤東選集〉出版的前前後後》，北京：中共黨史出版社，1993 年 7 月版。

45. 劉納：《創造社與泰東書局》，南寧：廣西教育出版社，1999 年 10 月版。

46. 陸弘石主編：《中國電影：描述與闡釋》，北京：中國電影出版社，2002 年 3 月版。

47. 茅盾：《我所走過的道路》，北京：人民文學出版社，1981 年 7 月版。

48. 孟繁華、程光煒：《中國當代文學發展史》，北京：人民文學出版社，2004 年 1 月版。

49. 孟犁野著：《新中國電影藝術史稿（1949～1959）》，北京：中國電影出版社，2002 年 9 月版。

50. 彭華：《馬寅初全傳》，北京：當代中國出版社，2008 年 10 月版。

51. 錢理群：《1948：天地玄黃》，濟南：山東教育出版社，1998 年 5 月版。

52. 沙汀：《睢水十年》，北京：三聯書店，1987 年 5 月版。

53. 邵燕君：《傾斜的文學場——當代文學生產機制的市場化轉型》，南京：江蘇人民出版社，2003 年 10 月版。

54. 邵燕祥：《別了，毛澤東！——回憶與思考 1945～1958》，香港：牛津大學出版社，2007 年版。

55. 石揮著、魏紹昌編：《石揮談藝錄》，上海：上海文藝出版社，1982 年 7 月版。

56. 斯炎偉：《全國第一次文代會與新中國文學體制的建構》，北京：人民文學出版社，2008 年 10 月版。

57. 師哲口述，李海文整理：《中蘇關係見證錄》，北京：當代中國出版社，2005 年 1 月版。

58. 宋雲彬：《紅塵冷眼——一個文化名人筆下的中國三十年》，太原：山西人民出版社，2002 年 3 月版。

59. 孫瑜：《銀海泛舟——回憶我的一生》，上海：上海文藝出版社，1987 年 5 月版。

60. 田本相：《曹禺傳》，北京：北京十月文藝出版社，1988 年 10 月版。

61. 涂光群：《五十年文壇親歷記（1949～1999）》，瀋陽：遼寧教育出版社，2005 年 5 月版。

62. 王本朝：《中國當代文學制度研究（1949～1976）》，北京：新星出版社，2007 年 6 月版。

63. 王富仁：《中國文化的守夜人：魯迅》，北京：人民文學出版社，2002 年 3 月版。

64. 王培元：《延安魯藝風雲錄》，桂林：廣西師範大學出版社，2004 年 12

月第 2 版。

65. 王瑤：《中國新文學史稿》（下冊），上海：新文藝出版社，1953 年 8 月版。

66. 王增如、李向東編著：《丁玲年譜長編》，上卷，天津：天津人民出版社，2006 年 1 月版。

67. 王政明：《蕭三傳》，北京：北京圖書館出版社，1996 年 10 月版。

68. 韋君宜：《思痛錄·露沙的路》（最新修訂版），北京：文化藝術出版社，2003 年 1 月版。

69. 吳迪編：《中國電影研究資料》（1949～1979），上卷，北京：文化藝術出版社，2006 年 6 月版。

70. 吳俊、郭占濤：《國家文學的想像和實踐：以人民文學為中心的考察》，上海：上海古籍出版社，2007 年 6 月版。

71. 吳世勇編：《沈從文年譜》，天津：天津人民出版社，2006 年 6 月版。

72. 吳永平：《隔膜與猜忌——胡風與姚雪垠的世紀紛爭》，開封：河南大學出版社，2006 年 10 月版。

73. 夏衍：《懶尋舊夢錄》（增補本），北京：三聯書店，2000 年 9 月版。

74. 夏志清著，劉紹銘編譯：《中國現代小說史》，臺北：傳記文學出版社，1991 年 11 月版。

75. 蕭超然等：《北京大學校史（1898～1949）》，北京：北京大學出版社，1981 年 10 月版。

76. 蕭乾著、傅光明編：《蕭乾文集·文學回憶錄》，杭州：浙江文藝出版社，1998 年 12 月版。

77. 《新華書店總店史》編輯委員會編：《新華書店總店史（1951～1992）》，北京：人民出版社，1996 年 1 月版。

78. 邢賁思主編：《中國哲學五十年》，瀋陽：遼海出版社，1999 年 12 月版。

79. 刑小群：《丁玲與文學研究所的興衰》，濟南：山東畫報出版社，2003 年 1 月版。

80. 陽翰笙：《陽翰笙百年紀念文集 第二卷 紀實》，北京：中國戲劇出版社，2002 年 10 月版。

81. 楊奎松：《中華人民共和國建國史研究 1》，南昌：江西人民出版社，2010 年 2 月版。

82. 楊守森主編：《二十世紀中國作家心態史》，北京：中央編譯出版社，1998 年 11 月版。

83. 楊曉民、周翼虎：《中國單位制度》，北京：中國經濟出版社，1999 年 3 月版。

84. 于風政：《改造——1949～1957 年的知識分子》，鄭州：河南人民出版社，2001 年 1 月版。

85. 於可訓、李遇春主編：《中國文學編年史・當代卷》，長沙：湖南人民出版社，2006 年 9 月版。

86. 于麗主編：《中國電影專業史研究——電影製片、發行、放映卷》，北京：中國電影出版社，2006 年 9 月版。

87. 余英時：《中國知識分子論》，鄭州：河南人民出版社，1997 年 4 月版。

88. 趙超構：《延安一月》，上海：上海書店出版社，1992 年 11 月版。

89. 趙春生主編：《周恩來文化文選》，北京：中央文獻出版社，1998 年 2 月版。

90. 趙丹：《地獄之門》，上海：文匯出版社，2005 年 8 月版。

91. 趙君豪：《中國近代之報業》，香港：香港申報館，民國二十七年（1939 年）12 月再版本。

92. 趙曉恩：《延安出版的光輝：〈六十年出版風雲散記〉續編》，北京：中國書籍出版社，2001 年 10 月版。

93. 翟志成：《中共文藝政策研究論文集》，臺北：時報文化出版公司，1983 年 6 月版。

94. 鄭毅等主編：《共和國要事珍聞（上中卷）》，長春：吉林文史出版社，2000 年 2 月版。

95. 支克堅：《胡風論》，南寧：廣西教育出版社，2000 年 6 月版。

96. 支克堅：《周揚論》，開封：河南大學出版社，2004 年 6 月版。

97. 中共上海市委黨史研究室、上海市現代上海研究中心：《口述上海 電影往事（上）》，上海：上海教育出版社，2008 年 12 月版。

98. 中國電影家協會電影史研究部編：《中華人民共和國電影事業三十五年》（1949～1984），北京：中國電影出版社，1985 年 9 月版。

99. 中國電影資料館、中國藝術研究院電影研究所編：《中國藝術影片編目》（上冊），北京：文化藝術出版社，1982 年 6 月版。

100. 中華全國文學工作者協會資料室編：《全國文學作品目錄調查 1949.7～1953.6》，內部資料，1953 年 6 月。

101. 中華全國文學藝術工作者代表大會宣傳處編：《中華全國文學藝術工作者代表大會紀念文集》，北京：新華書店，1950 年 4 月版。

102. 《中央電影局藝術委員會資料專題研究（2）・〈實踐論〉與文藝創作》，中央電影局藝術委員會，內部資料，1951 年 10 月 25 日。

103. 仲呈祥編：《新中國文學紀事和重要著作年表》，成都：四川省社會科學院出版社，1984 年 11 月版。

104. 周揚：《堅決貫徹毛澤東文藝路線》，北京：人民文學出版社，1952 年 2 月版。

105. 朱寨主編：《中國當代文學思潮史》，北京：人民文學出版社，1987 年 5 月版。

106. 竹潛民主編：《人民電影的奠基者——寧波籍電影家袁牧之紀念文集》，寧波：寧波出版社，2004 年 9 月版。

107. 鄒榮庚主編，中共上海市委當時研究室編：《歷史巨變：1949～1956》，上海：上海書店出版社，2001 年 5 月版。

108. 【德】弗里德里希·奧古斯特·哈耶克（Friedrich August Hayek）著，王明毅、馮興元等譯：《通往奴役之路》，北京：中國社會科學出版社，1997 年 8 月版。

109. 【德】顧彬（Wolfgang Kubin）著，范勁等譯：《二十世紀中國文學史》，上海：華東師範大學出版社，2008 年 9 月版。

110. 【法】皮埃爾·布爾迪厄（Pierre Bourdieu）著，劉暉譯：《藝術的法則——文學場的生成和結構》，北京：中央編譯出版社，2001 年 3 月版。

111. 【法】林曼叔、海楓、程海著：《中國當代文學史稿》（一九四九～一九六五大陸部分），巴黎：巴黎第七大學東亞出版中心，1978 年版。

112. 【荷】佛克馬（Douwe Fokkema）、蟻布思（Elrud Ibsch）著，俞國強譯：《北大學術講演叢書 3·文學研究與文化參與》，北京：北京大學出版社，1996 年 6 月版。

113. 【荷】佛克馬（Douwe Fokkema）、蟻布思（ElrudIbsch）著，林書武等譯：《二十世紀文學理論》，北京：三聯書店，1988 年 1 月版。

114. 【加】謝少波（Xie, S.）著，陳永國、汪民安譯：《抵抗的文化政治學》，北京：中國社會科學出版社，1999 年 8 月版。

115. 【美】德克·博迪（Derk Bodde）著，洪青耘、陸天華譯：《北京日記——革命的一年》，上海：東方出版中心，2001 年 2 月版。

116. 【美】海登·懷特（Hayden White）著，陳永國、張萬娟譯：《新歷史主義與敘事》，北京：中國社會科學出版社，2003 年 6 月版。

117. 【美】韓丁（Willam Hinton）著，韓倞等譯：《翻身——中國一個村莊的革命紀實》，北京：北京出版社，1980 年 10 月版。

118. 【美】黃仁宇（Ray Huang）：《萬曆十五年》，北京：中華書局，1982 年 5 月版。

119. 【美】黃仁宇（Ray Huang）：《大歷史不會萎縮》，桂林：廣西師範大學出版社，2004 年 5 月版。

120. 【美】莫里斯·邁斯納（Maurice Meisner）著，杜蒲、李玉玲譯：《毛澤東的中國及後毛澤東的中國：人民共和國史》，成都：四川人民出版社，

1989 年 2 月版。

121. 【美】R·麥克法誇爾（Roderick MacFarquhar）、費正清（John King Fairban）
　　編，謝亮生等譯：《劍橋中華人民共和國史：革命的中國的興起 1949
　　～1965 年》，北京：中國社會科學出版社，1998 年 7 月版。

122. 【美】羅斯·特里爾（Ross Terrill）著，曾胡、廖康、陳舜興、張明譯：
　　《毛澤東的後半生》，北京：世界知識出版社，1989 年 5 月版。

123. 【日】浜田正秀著，陳秋峰、楊國華譯：《文藝學概論》，北京：中國戲
　　劇出版社，1985 年 8 月版。

124. 【英】迪克·威爾遜（Dick Wilson）著，中共中央文獻研究室《國外研
　　究毛澤東思想資料選輯》編輯組編譯：《毛澤東》，北京：中央文獻出版
　　社，2003 年 3 月版。

125. 【英】特里·伊格爾頓（Terry Eagleton）著，伍曉明譯：《二十世紀西方
　　文學理論》，西安：陝西師範大學出版社，1986 年 12 月版。

四、期刊、雜誌和報紙類

1. 《文藝報》週刊，1949 年。

2. 《文藝報》，1949 年～1952 年。

3. 《青青電影》，1948 年～1951 年。

4. 《人民文學》，1949 年～1952 年。

5. 《說說唱唱》，1950 年～1952 年。

6. 《中國青年》，1949 年～1952 年。

7. 《大眾文藝》，1949 年～1950 年。

8. 《西南文藝》，1950 年～1952 年。

9. 《東北文藝》，1949 年～1952 年。

10. 《華南文藝》，1950 年～1952 年。

11. 《大眾電影》，1951 年～1952 年。

12. 《長江文藝》，1950 年～1952 年。

13. 《文藝新地》，1950 年～1952 年。

14. 《西北文藝》，1950 年～1952 年。

15. 《人民音樂》，1950 年～1951 年。

16. 《解放軍文藝》，1952 年。

17. 《新建設》，1950 年～1952 年。

18. 《學習》雜誌，1950 年～1952 年。

19. 《人民日報》，1946 年～1952 年。

20. 《光明日報》，1949 年～1952 年。

21. 《文匯報》，1949 年～1952 年。

22. 上海《新聞日報》，1949 年～1952 年。

23. 重慶《新華日報》，1949 年～1952 年。

24. 《長江日報》，1950 年～1952 年。

25. 《東北日報》，1948 年～1952 年。

26. 《北京日報》，1950 年～1952 年。

27. 《解放日報》，1941 年～1946 年。

28. 《南方日報》，1950 年～1952 年。

29. 《中國現代文學研究叢刊》，1979 年～2009 年。

30. 《新文學史料》，1979 年～2009 年。

31. 香港《二十一世紀》，1991 年～2009 年。

五、重要學術論文類

1. 陳思和：《試論當代文學史（1949～1976）的潛在寫作》，《文學評論》1999 年第 6 期。

2. 程光煒：《〈文藝報〉「編者按」簡論》，《當代作家評論》2004 年第 5 期。

3. 董之林：《關於「十七年」文學研究的歷史反思——以趙樹理小說為例》，《中國社會科學》2006 年第 4 期。

4. 洪子誠：《當代文學的「一體化」》，《中國現代文學研究叢刊》2000 年第 3 期。

5. 洪子誠：《「當代文學」的概念》，《文學評論》1998 年第 6 期。

6. 洪子誠：《關於五十至七十年代的中國文學》，《文學評論》1996 年第 2 期。

7. 馬烽：《京華七載》，《山西文學》1999 年第 2、3 期。

8. 毛憲文、賀郎：《丁玲——偉大的文學教育家》，《武陵學刊》2010 年第 1 期。

9. 孟繁華：《政治文化與中國當代文藝學》，《中國社會科學》1999 年第 6 期。

10. 任宗德：《我與崑崙》，《電影創作》2000 年第 1～6 期。

11. 王景山：《我所知道的中央文學研究所和所長丁玲》，《新文學史料》2002 年第 4 期。

12. 王來棣：《毛澤東的知識分子政策》，《當代中國研究》（美國）2003 年第 3 期。

13. 王曉明:《一份雜誌和一個「社團」──重識五·四文學傳統》,《上海文學》1993 年第 4 期。

14. 王曉明:《面對新的文學生產機制》,《文藝理論研究》2003 年第 2 期。

15. 吳俊:《文學的權利博弈:國家文學與文學批評》,《當代作家評論》2011 年第 2 期。

16. 張碩果:《上海電影製片廠的「社會主義改造」(1949〜1952)》,《電影藝術》2009 年第 1 期。

17. 朱壽桐:《論作為現代文學中心的上海》,《學術月刊》2004 年第 6 期。

18. 錢春蓮:《新中國私營電影業研究》,《北京電影學院學報》2002 年第 1、2 期。

19. 杜英:《上海:文人分流與文化生產方式一體化走向(1949〜1954)》(博士論文,指導教師:趙園教授),中國社會科學院研究生院。

20. 郭建玲:《一九四五〜一九四九年中國現代文學格局轉型研究》(博士論文,指導教師:陳子善教授),華東師範大學。

21. 胡慧翼:《第一次文代會研究》(博士論文,指導教師:溫儒敏教授),北京大學。

22. 李迎春:《建國初期「文藝報」研究(一九四九〜一九五七)》(博士論文,指導教師:孫先科教授),河南大學。

23. 袁盛勇:《宿命的召喚──論延安文學意識形態化的形成》(博士論文,指導教師:吳立昌教授),復旦大學。

六、外文文獻類

1. Lifton.Robert Jay, Thought Reform and the Psychology of Totalism: the Study of Brainwashing in China, first published by the university of north Carolina press in 1989.

2. Chen Weiren, Tang Dacheng with China Literary World in the Past Fifty Years, Fellows Press of America, Incent, January, 2005.

後 記

　　選擇人民共和國初期的文學史及文學史料的搜集與研究，作為我目前的學術關注點，純粹是一次偶然的「遭遇」。2005年上半年，我曾所在的工作單位西昌學院中文系，給我安排了一門新課程，名叫《中國當代文學作品選》。雖然我讀了很大一部分書，但我對中國當代文學卻是陌生的。因為按照常識性的知識，中國現代文學才有研究頭，當代文學沒有什麼研究價值，所以，從開始學習起，我對中國當代文學都是以抵制的心態出現的。這時居然要「趕鴨子上架」，我不得不做一些準備工作。

　　我開始對圖書館的藏書情況進行全面清理，希望能夠有所「發現」。當然，在這一過程中，我確實發現了很多東西，40年代的教育刊物，甚至《觀察》週刊，都被我從圖書館的剔舊書庫中翻檢出來，這些文字讓我深深地震撼著，歷史原來還有另一面！但這與我所要承擔的《中國當代文學作品》關係不大，我也不可能完全放棄文學研究。後來，我在圖書館的報刊閱覽室，發現厚厚的幾架舊報紙，那是《人民日報》和《光明日報》，並且都是從1950年1月開始。這些東西，我讀碩士研究生時根本不曉得。慢慢地翻閱過程中，中國當代文學運動中被批判的小說、詩歌、戲劇、電影，逐漸在我的眼前呈現出清晰的「線」。我利用上課的機會，把這些作品搬到課堂上，先讓學生們讀作品，再把這些批判的文章印出來給他們讀，讓他們在沒有先入之見中看這些批判文字，從中發現歷史長河中文學史到底是怎麼回事。這樣的教學方法很有意思，雖然這樣上課需要大量的準備工作，但我覺得自己這時才真正進入了角色，教師只是一個角色的扮演者，他應該引導學生們入門，至於入門後的發展，那要看個性。

正是在翻閱這些發黃甚至發脆的報紙過程中，我注意到作家的檢討文字。從 2005 年 5 月開始，我加緊了對作家檢討文字的整理工作，特別是利用自己出差的機會，也在四川大學圖書館進一步整理。到 2007 年 9 月，我前往上海攻讀博士學位時，這些檢討文字已經不少了。我開始試圖從作家檢討文字入手，微觀考察共和國作家的心態史。但這是一個很大的問題，雖然我的資料搜集還比較可觀，但真正進入研究後，我才發現：我的心理學知識很差，我的政治學知識也很少，我的思想史方法訓練為零。

導師陳子善先生一直鼓勵我繼續翻閱文學史料，從文學史料中鉤沉出一些線索。我沒有急躁，按著陳老師的意思，開始在華東師範大學圖書館翻閱共和國成立後的主要報紙和刊物，先後翻閱的刊物和報紙應該不下 100 種，並利用便利條件，在四川大學圖書館、武漢大學圖書館、清華大學圖書館也搜集了一部分資料。2008 年 12 月舉行了開題論證會，雖然我試圖從 1948 年做起，到 1953 年為止，但蔡翔老師、羅崗老師、殷國明老師認為我的選題很大，恐怕在具體寫作過程中存在很大的困難，他們希望我縮小範圍，只關注 1951 年的人民共和國文藝界。文學史料的進一步的清理過程中，我才發現導師們對我選題的「擔憂」，確實是事實，我的「野心」有點大。2009 年 4 月，在導師陳子善先生的引導下，我最終確定了論文的寫作提綱，並開始論文寫作。到現在論文定稿，我只能完成這個樣子，是否達到了我預期的目的呢？只能等待專家們的評審和方家的指正。

能夠完成這部著作，首先應該感謝我的博士指導教師陳子善先生、碩士指導教師郝明工教授。陳子善先生、郝明工教授都是以文學史料的整理為主，他們的文學史觀念和考證功夫，是引導我進入中國現當代文學的重要理論和方法。從最初選題到最後定稿，陳子善先生、郝明工教授為我的論文寫作付出了很艱辛的勞動。論文寫作中能夠獲得的這些進步，主要來自於他們給予我這個愚鈍的弟子的悉心引導和無私厚愛。同時，我曾先後向王景山、李相榮、李敬敏、王端陽、李楊、賀桂梅、倪文尖、張業松、崔曉麟、王曉明、陳思和、解志熙、張中良、段美喬、龔明德、流沙河、邢曉群、董之林、吳曉東等先生請教相關問題，在此一併感謝老師們對我的「厚愛」。特別是已經八十七歲高齡的王景山先生，每次接待中都對我說很多勉勵話語，讓我在冷酷的文學史料中，得到了很多溫暖。老同事鍾繼剛兄、戴學忠兄、李秀卿兄、張俊之兄，學兄廖久明教授、張碩果博士、張向東教授、王學振教授，以及

同窗好友（牟澤雄、謝仁敏、強中華、沈祖春、邱雪松、老 KING），也給我很多幫助，這些都是無形的，我銘記在心。同時，我的大學同學、研究生同學都給予我的無私關照，這樣的名字一大串，在此我不再一一羅列，他們的名字早已鎔鑄在我的腦海深處。

四川大學圖書館、華東師範大學圖書館、武漢大學圖書館、清華大學圖書館的老師們，為我查閱資料給與很多方便。特別是我問學三年的華東師範大學圖書館管理員吳建屏老師，默默地為我搬動過期期刊及五十年代舊書達兩年之久，這無形之中給與他帶來的不僅是體力的勞動，還要接受年代陳舊的灰塵的侵襲，對他為我論文寫作提供的幫助，在此特別感謝。

感謝我的家人為我付出的艱辛，感謝愛我的人為我付出的很多努力。沒有他（她）們在我身後的默默奉獻，我的論文初稿也不會這麼快就完成的。更感謝九泉之下的母親，給我一個健康的體魄，這部論文也將獻給我尊敬的母親！

袁洪權
2010/04/08，初稿並修訂於上海櫻桃河畔。

跋

　　2010 年 6 月華東師範大學博士畢業已時隔十年，我的博士論文終於可以交付出版了。照理應該感到高興才是，畢竟這是我公開出版的第一部學術著作。這裡僅簡單交待幾句它曾經歷過的特殊過程，也算是我人生成長的一段記憶。

　　2011 年 9 月，華麗姐還在綿陽師範學院工作，我慫恿她動員李怡老師來綿陽開個學術講座，讓這死寂的人文環境能夠有所震動。李怡老師如約來綿陽，應該有他對我的「期待」。講座完畢後，他明確告訴我，洪權可以到四川大學做博士後，進一步拓展學術視野，也是緩解家庭經濟緊張的一種處置方式。我最終沒有成行，相關原因不說也罷。等 2013 年 9 月真正解脫的時候，我做博士後的年齡已經超標。2012 年 12 月晉級副教授職稱後，我開始著手博士論文的出版事宜，但出版環境已經發生了重大變化，我的博士論文的選題及其研究取向，已經與時代環境的期待之間有著很大的差距，曾先後提交幾個出版社（此處不必一一點出），都面臨這樣或那樣的問題，甚至有個出版社提出只保留兩章內容就可以了。我最終拒絕了這樣的無理要求，放棄其出版計劃。

　　2017 年 4 月赴樂山師範學院的郭沫若研討會期間，李怡老師關切地問我，洪權的博士論文是不是可以交付給花木蘭完整地出版出來。對於這求之不得的機會，我當然十分願意，對李怡老師的「義舉」，我的心底亦感激不盡。但那時教育部青年項目的催促結題壓力，我把我的整個精力都投入到教育部課題的寫作上。2018 年，又匆匆上陣做國家課題。2019 年想打算調動、換個工作環境，整個人的身心為這個調動搞得疲憊不堪。書稿的事情早已扔在一邊，無暇且無心顧及。

今年三月份傳來花木蘭「啟動人民共和國文化與文學叢書」的出版計劃，我主動與李怡老師聯繫，看我的博士論文能否納入到這個計劃內。沒想到李怡老師如此果斷，讓我盡快把書稿傳給他進入出版社編排的程序。真感謝李怡老師對洪權的厚意，我別無他報，只能不斷努力於學術研究，不讓他對我有失望的情緒。

感謝我的兩位博士導師陳子善先生、殷國明教授，他們在百忙之中為拙著的出版寫來序言，這無形中讓這部稚嫩的學術處女作增色不少。認識子善先生和殷國明教授已經十六年，在我的學術起步與學術發展中，他們猶如父輩一般對我百般呵護。尤其懷念海上讀書的時光，閔行校區櫻桃河畔和中山北路校區麗娃河邊的美好時光，而今已經成為人生的追憶。這本博士論文的出版，亦是我對那段美好歲月的一種特殊記憶。

書稿提交前，我重新通讀了一遍原稿，對其中的錯字和別字，包括一些語病進行了訂正，但我沒有對學術觀點進行修正，也沒有把我缺席的一章內容（蕭也牧的批判運動）補寫出來。2007～2010 年的學術思考，那時我的想法就是這個樣子，如果更改了，已經不是我那時的真正觀點，也無法見證我學術成長的歷史軌跡。我希望這樣的原始面貌保存著我自己對學術的一種記憶，甚至是一種判斷。

因為這是我公開出版的第一部學術著作，我把她敬獻給我尊敬的母親陳道蘭老大人（1952.2.11～2006.1.2）。不知不覺，母親離開我已經十四年！清明節本來應該回去給她老人家上墳，但庚子疫情的嚴重現實導致我無法回老家，懇請在天之靈的母親大人能夠原諒我。感謝母親給予我的曾經的養育之恩，更感激母親給了我一個健康的體魄，它是不斷激勵我前行的身體基礎。

真誠期待方家能對拙著的出版予以批評！

袁洪權

庚子（二○二○）年四月五日，涪江畔。